U0847339

敦煌诗集

敦 煌

Dunhuang Poetry Anthology

张琴—— 著

异文·佚句·佚诗丛考

诗 集

山西出版传媒集团 山西经济出版社

张琴，1986年生，山西临汾人，毕业于南京师范大学，文学硕士。中国敦煌吐鲁番学会会员。现任太原开放大学讲师，主要从事中古语言文字学的研究，在省级期刊发表多篇学术论文。多次被评为国家开放大学实验学院“优秀教师”，山西开放大学“优秀科研工作者”。

序　言

在我指导过的三十多位硕士研究生中，除了有几位后来又跟我读了博士学位的，毕业后还能做学问写论文发表的，以前一位都没有。我因此得出结论，跟我读书，要读到博士毕业才能做学问。因为我做的是敦煌语言文献方面的学问，仅是识认敦煌写本中千奇百怪的异体俗字就得花费一年以上的时间，学会撰写学术论文又得一年时间，最后匆匆完成毕业论文，拿了学位离校工作，很快就被繁重的日常工作压得喘不过气，哪还有心思操旧业写论文求发表。何况现在发表论文，年轻人往往收不到稿费，还要自觉自愿不得声张地送上上万元的“版面费”，真是不值得。所以我对于我的硕士毕业生不再做学问的原因也能理解。专业不同，有的专业本科毕业就著述颇丰，诸如财经、影视、设计、某某理论之类，不可同日而语。

不过前年忽然有了一位硕士毕业生，工作多年后，发来论文请我过目，改变了我的井底之见。这就是我2012年指导毕业的硕士研究生张琴。

张琴，1986年生，山西临汾人，毕业于南京师范大学文学院汉语言文字学专业，获文学硕士学位。中国敦煌吐鲁番学会会员。现任太原开放大学讲师，主要从事中古文献学与语言文学的研究，在省级期刊发表多篇学术论文，多次被评为国家开放大学实验学院优秀教师、山西开放大学优秀科研工作者。

张琴为人文静，聪颖多能，尤其善于综括分析，硕士学位论文《〈敦煌愿文集〉复音词研究》即是以拙著《敦煌愿文集》为取材来源，将所得复音词分类辨析，颇显学术水准。毕业之后，在工作岗位上，撰写十余篇敦煌语言文献方面的论文，则较在校期间又有所长进，例如《敦煌写本〈珠英集〉异文的类型与特征》《敦煌写本〈瑶池新咏集〉〈唐女冠诗丛钞〉异文的类型及价值》《敦煌写本P. 2567+2552卷〈唐诗丛钞〉异文的类型与特征》《敦煌写本P. 3812〈唐诗丛钞〉佚诗、异文综析》等篇，皆是。此外，作者也努力在异文考察等微观研究方面有所突破，《敦煌写本P. 3619〈唐诗丛钞〉异文辨析》等篇即是。

此书在文献整理的基础上，将敦煌诗歌写本与其他古抄本、传世刻本比勘互证，对敦煌诗集中出现的佚诗、佚句逐一笺释、疏通，并分析其艺术特色；对敦煌诗集中出现的与传世刻本中相异的字、词、句进行了分类归纳，分析写本异文的特征与价值，推断写本异文形成的原因。作者在对敦煌诗歌写本进行整理研究时，既遵循文字、音韵、训诂等传统的研究方法，又特别注意不同诗歌写本的文本形态及个性特征，不仅使敦煌写本诗集的文献学、语言学及文学价值得以彰显，还使读者了解到写本时代诗歌传播的概况。

敦煌文学的研究曾经轰轰烈烈，在敦煌学领域独占鳌头，但随着老一辈学者的纷纷西去，研究队伍渐趋式微，研究成果也就变得稀少，而研究难度却随着敦煌文学研究的深入发展而变得越来越高。有鉴于此，我们需要有良好学术根基的、甘于寂寞坐冷板凳的、像张琴这样的年轻人，来继续进行敦煌文学、语言文字学和文献学等学科的研究，使得我们的学术研究不断开花结果，使得我们的敦煌学继续放射光芒。

2023年2月22日

黄征（1958—），祖籍江苏淮阴，生于浙江江山，故号江浙散人。曾任浙江大学中文系教授、南京师范大学文学院美术学院教授、南京师范大学敦煌学研究中心主任；现任浙江大学文学院兼职教授、泰国格乐大学艺术学兼职教授、灵隐寺浙江飞来峰艺术研究中心主任。有《敦煌俗字典》《敦煌变文校注》《敦煌愿文集》《敦煌语言文字学研究》《敦煌语文丛说》《劫尘遗珠》《敦煌书法精品集》《陕西神德寺塔出土文献》《浙藏敦煌文献校录整理》等专著或合著。

自 序

2013年刚评为讲师后不久，我有幸参与撰写一部《古典文学朗朗集》小丛书，通过挖掘诗人的生平事迹、时代背景、诗歌流传和鉴赏等材料来演绎唐诗故事，从此与唐诗结缘。又过几年，在孔夫子旧书网上偶然购得了上学期间就心心念念的《敦煌诗集残卷辑考》，其中的诗集诗钞进一步打开了我的视野。首先吸引我的是《瑶池新咏集》《珠英集》《心海集》这类具有总集特征的诗歌丛钞，其中，《瑶池新咏集》和《珠英集》散佚已久，在传世文献中仅存书目名称；《心海集》则未见各类书目著录。敦煌写本不仅存留了这三部诗集的书目名称（《瑶池新咏集》和《珠英集》还保留了编者信息），还为我们展现了书中所收录的具体篇目。因为这类诗集的祖本均是失传已久的唐人选唐诗总集，所以其中收录的篇目在编选排列上均有一定的规则可循。《珠英集》基本遵循了以官员的官位

等级高低排序的原则，《瑶池新咏集》可能是根据各位女诗人的知名度来排序，《心海集》在形式上按照五言、七言的体式排序，在内容上按照修禅入佛的步骤排序。在敦煌诗歌写本中，还有一类具有别集特征的诗歌丛钞。如《涉道诗》《张祜诗集》等。这类诗钞的祖本一般是唐代敦煌地区流行的诗人别集。在卷首可看到题签和作者的信息，行款较为严整。除此之外，敦煌诗歌写本中更常见的是行款不甚考究、没有明晰的编辑体例、抄写较为随意的诗歌丛钞。如敦煌写本P. 2567+P. 2552《唐诗丛钞》、敦煌写本Дx. 3871+P. 2555《唐诗文丛钞》等。这一类诗歌丛钞往往最能反映写本时代诗歌作品的流传情况。

敦煌写本诗歌丛钞中所收录的一些诗作亦见载于传世刻本，但与传世刻本在诗题、诗句、字词上存在很多相异之处。

我以徐俊先生的《敦煌诗集残卷辑考》为底本，对照敦煌写本原卷，将其与传世刻本所构成的异文现象进行了系统地整理归纳、考证辨析，得以管窥唐代民间的用字情况、唐诗的雅俗流变、唐诗语言词汇的表现力与成熟度等。结合形制行款、书写符号、避讳现象等因素，对每个写卷中的异文进行微观分析，发现其中所存在的异文情况各不相同。如敦煌写本P.2492+Дx.3865《唐诗文丛钞》中的异文，不仅间接反映了题壁传抄与口耳相传的传抄系统，还展现了民间读者对白居易诗进行创造性改编的痕迹；敦煌写本P.2567+P.2552《唐诗丛钞》中的异文则反映出此卷写本抄写者文化修养相对较高，所据祖本是较为可靠的民间善本；敦煌写本P.3862《高适诗集》中的修辞性异文有较高的鉴赏价值，其中的校勘性异文反映了抄手可能临摹自草书底本。

此外，敦煌写本诗歌丛钞中还存在大量传世刻本中失收的佚诗、佚句。对于这些佚诗、佚句，我在徐俊先生《敦煌诗集残卷辑考》、陈尚君先生《全唐诗补编》所辑录诗歌的基础上，再次对照写本原卷，进行了更为细致的校对补充，对这些佚诗、佚句的诗意做了完整的阐释。进而从佚诗的艺术特色、佚诗的作者、佚诗与诗人其他诗作的关系、佚诗与诗人的生平经历、佚句与上下文之间的关系等角度进行阐发，使得这些佚诗、佚句的文献学及文学价值得以凸显。

在对敦煌写本诗歌丛钞中的佚诗、佚句、异文进行整理研究的过程中，有时候仅仅是弄清楚一个字的源流、考证一个词的词义就要花费很多时间，寻找敦煌写本以外的其他古代抄本更加困难重重。我常常向业师黄征先生请教写本原卷中某个字的正俗、异体、古今、通假、繁简、避讳等现象，黄老师总会倾囊相授，让枯坐书桌旁的我豁然开朗。此外，业师黄征先生的《敦煌语言文字学研究》《敦煌俗字典》、张涌泉先生的《敦煌写本文献学》、黄永武先生的《敦煌文献与文学丛考》等敦煌学论著也对我帮助很大。敦煌学研究是一条寂寥的漫漫长路，每当困惑迷茫、找不到突破口的时候，总会想起黄老师在《敦煌语言文字学研究》的序言中所写“板凳甘坐十年冷、文章不着一字空”。相信老师所言不虚，只要专心致志，就会有所成就。

此书名为《敦煌诗集佚诗、佚句、异文丛考》，但并没有囊括所有的敦煌写本诗歌丛钞。如法藏P.3386、P.3582、P.2633所见《杨满川咏孝经十八章》、法藏P.2624与英藏S.3880所见《咏廿四气诗》、法藏P.3866所见李翔《涉道诗》、法藏P.4617所见《释玄本五台山圣境贊》、法藏P.4878与英藏S.4444所见《张祐诗集》等，已有一些学者对其进行详解，此书均未及展开论述。为了更好地展现写本时代进入刻本时代文献文字的演变情况，书中在说明字形演变的关系时，在辑录敦煌写本原卷中的佚诗、佚句时，使用了一些繁体字和异体字。此书成书仓促，不当之处，敬请各位专家学者指正。

目 录

001 / 敦煌写本《珠英集》异文的类型与特征

021 / 敦煌写本《珠英集》所见佚诗、佚句考辨

061 / 敦煌写本《瑶池新咏集》《唐女冠诗丛钞》异文的类型及价值

077 / 敦煌写本《瑶池新咏集》所见佚诗、佚句的价值

091 / 敦煌写本P.2492+Дx.3865《唐诗文丛钞》异文的特征与价值

115 / 敦煌写本P.2567+P.2552《唐诗丛钞》异文的类型与特征

167 / 敦煌写本P.2567+P.2552《唐诗丛钞》所见佚诗、佚句考辨

187 / 敦煌写本P.3619《唐诗丛钞》异文辨析

199 / 敦煌写本P.3619《唐诗丛钞》佚诗考辨

225 / 敦煌写本P.3812《唐诗丛钞》佚诗、异文综析

257 / 敦煌写本P.3862《高适诗集》佚诗、异文综析

279 / 敦煌写本Дx.3871+P.2555《唐诗文丛钞》异文辨析

287 / 敦煌写本S.3016与S.2295所见《心海集》残卷考论

303 / 敦煌写本S.6171《宫词丛钞》初探

敦煌写本《珠英集》异文的类型与特征

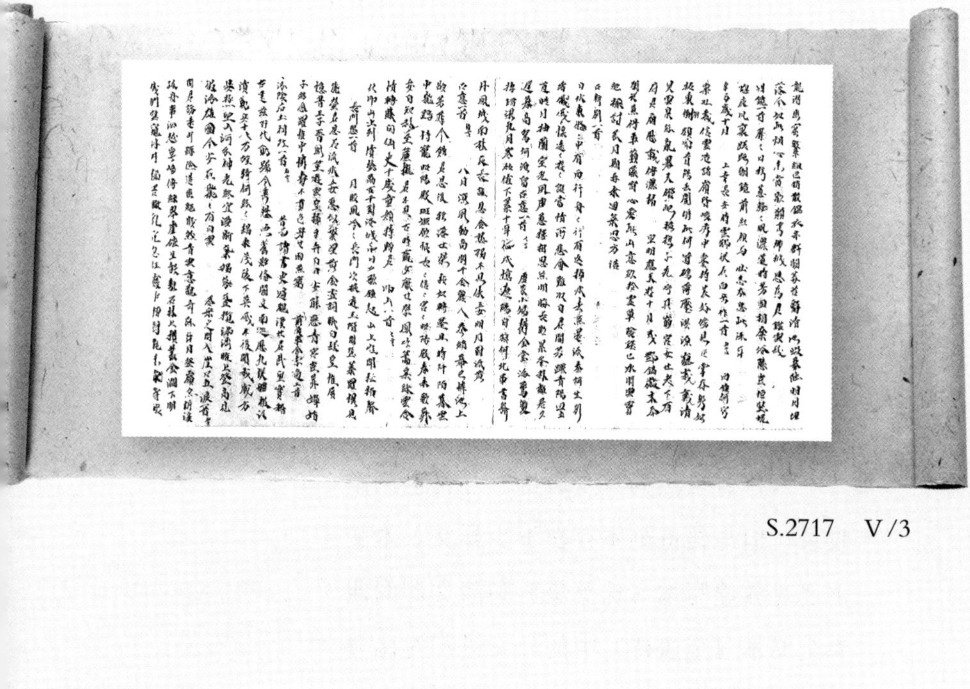

S.2717　V/3

崔融于武则天时期所编纂的《珠英集》（一作《珠英学士集》）共有五卷，已于宋元之际佚失。[1]近代所发现的敦煌写本英藏2717、法藏3771（以下简称S.2717、P.3771）却保留了《珠英集》卷四、卷五中共计五十五首诗。写本中以作者官位等级的高低来排序，将所任官职和籍贯冠于每位作者姓名之前。每首诗题后，时或标以“五言”“七言”“杂言”“四言”以别其诗体。两个残卷均抄写在佛经卷背，行款格式均不甚考究，似为个人诵习的抄本。但其中却保留了不见于传世刻本的二十九首佚诗，其余的二十六首诗虽然为《全唐诗》等传世刻本收录，但与传世刻本存在不少异文。本文主要对敦煌写本《珠英集》和清文渊阁四库全书本《全唐诗》中的异文进行对比分析，并以《文苑英华》等传世刻本加以佐证，以探究敦煌写本《珠英集》异文的类型及特点。

敦煌写本《珠英集》中的异文，从学科的角度主要分为校勘性异文、用字性异文和修辞性异文。[2]这三类异文极易产生

混淆，给文献整理与校勘增加了难度。但通过总结异文在形、音、义等方面的关系[3]及形成规律，可对其加以辨别。如敦煌写本《珠英集》校勘性异文以形讹字居多，所以要十分留意字形相近的异文，以免将其误认为修辞性异文；敦煌写本《珠英集》俗字数量巨多，校勘整理者必须认识相当数量的敦煌俗字，以免将其误认为讹误字等。

一、校勘性异文

将敦煌写本《珠英集》与《全唐诗》两相比勘，发现写本中的讹误字较多。其中，因字形相似而误抄为他字的讹误字所占比重最大。如“輿”讹作“舆”，“哉”讹作“裁”，“特”讹作“持”，“河”讹作“何”，“奈”讹作“秦”，“掩”讹作“抽”，“不”讹作“今”，“嬴”讹作“羸”，“寘”讹作“宜”，“磴”讹作“[illegible]”，“持”讹作“特”，“悟”讹作“語”，“狙”讹作“徂”，“氛”讹作“氣”，“銅”讹作“錭”，“情”讹作“惜”，“鴈”讹作“應”，“素”讹作“索”，“螢”讹作“營”，“宵”讹作“霄”，“徽”讹作“微”，“復”讹作“蕩”。也有因脱漏部件、多加部件而致讹误的用例。如“嶷”讹作“疑”，“無”讹作“舞”，“縣”讹作“懸”。

有的讹误字涉下文而误。如敦煌写本崔湜《塞垣行》中的“客邀黄河誓”，《全唐诗》作“豈要黄河誓”，“客”当为“豈”之误，两者不仅草书字形十分相似，又涉下文“海上久为客”句而造成讹误。元希声《赠皇甫侍御赴都》中的“官驂州悬”，《全唐诗》作“官联州县”，“驂”与“联”的俗字字形较为相似，亦是涉下文“騑驂徐动”而致讹误。

此外，敦煌写本《珠英集》还有许多倒误、脱误、衍误的例子，其中，S.2717卷中脱误较为常见，共有七例。P.3771卷中出现了倒误和衍误各一例。如乔备诗《长门怨》中的“遥□马如相”，《文苑英华》《全唐诗》作“遥问马相如”，“问”字脱，“马如相”为“马相如”之倒误。P.3771卷元希声《赠皇甫侍御赴都》中的“官驂州悬”句中，“州悬”之前复多出“悬”字。此类校勘性异文较好鉴别，兹不赘论。

偶有敦煌写本为正，《全唐诗》为讹误者。如沈佺期《朝镜》第一句“靡靡日摇蕙”，《全唐诗》释作“霏霏日摇蕙”。“靡”，《说文解字》释作“披靡也”，此联之“靡靡”即指蕙草在日光下摇动，随风倒伏的样子。“霏”，《说文解字》释作“雨云貌”。故“霏霏”一词虽然在唐诗中出现的频率较高，但大多用来形容雨雪盛多、云烟浓密，或用来形容形似雨雪的柳絮、眼泪等。因“霏霏”与“菲菲”音同，“霏霏”亦用来形容草木茂盛之貌。如“暖烟轻淡草霏霏，一片晴山衬夕晖”（吴融《东归次灞上》），据此诗颔联之“时芳固相夺”句，首联应指草木摧折之态。《全唐诗》之“霏霏”应为“靡靡”之形讹。

值得注意的是，某些字形相似的校勘性异文极易被视为修辞性异文而未加校改。如敦煌写本沈佺期《辛丑岁十月上幸

长安时云卿从在西岳作》诗中的“天磑屺横抱”句，《全唐诗》作“天磴屹横抱”，《初学记》《文苑英华》皆作“天磴矻横抱”，其中的“磴”显然为“磑”之误，而“屺”是否为“屹”之误，诸学者似有分歧。[①]根据与上句“云泉纷乱瀑”中的“纷”字的词性可知，其相对应的位置也应该是形容词，且“天磴屹横抱”是形容石阶陡而高，横绕天际的样子。“屺”和“矻”显然都是因与“屹”字形相似而致的讹误。

二、用字性异文

用字性异文中，以俗字与正字所构成的异体异文所占比重最大，共有一百零八例。敦煌写本《珠英集》之俗字，指当时当地所流行的不规范异体字，[4]多为《敦煌俗字典》所收录。这些俗字异文自成体系，如S.2717卷中的“土”作“圡”，且下面是土旁的字皆多出一点，如“[illegible]—堂”“[illegible]—塋”“[illegible]—墜”“[illegible]—壁”“[illegible]—煙”“[illegible]—塞”“[illegible]—塵”；S.2717卷中“我”作“[illegible]”，以“我”为声旁的“俄”亦作“[illegible]”，“義”作“[illegible]”；S.2717卷“奇”作“竒”，以之为声旁的“騎”亦作“[illegible]”；S.2717卷中“無”作“[illegible]”，以之为声旁的“舞”亦作“[illegible]”。P.3771卷中“門”字写作“[illegible]”，以之为形旁的“聞”“閣”“閨”“閒”“間”，递相写作“[illegible]”“[illegible]”“[illegible]”“[illegible]”“[illegible]”。S.2717卷中“参”作“条”，P.3771卷中

① “天磑屺横抱”句，徐俊《敦煌诗集残卷辑考》录为“天鐙（磴）屺横抱”，张锡厚《全敦煌诗》录为“天磴屹横抱”。

以“参”为声旁的“骖”字相袭而写作“[illegible]”等。

除去俗字之外，写本中还出现了一些较为规范的异体字，这类异文往往在唐代以前已有用例。这类异文在异体异文中所占的比重相对较低，如“皷—鼓”“亰—京”“鷰—燕”“昬—昏”“蟇—蟆”“鷰—燕”“跱—峙”“鼑—鼎”“珎—珍”“沉—沈”“凉—涼”“櫂—棹”“暎—映”“准—準”“霊—靈”“峯—峰”“暉—辉”“硖—峡”；还有一些异文构成古今字关系，如“卷—捲”“練—鍊”“尊—樽”；写本中的通假字与《全唐诗》所录的本字构成异文的有“泏—涉”“葭—笳”“闲—閒”“功—工”“邀—要”。

此外，同一联绵词之异体也属于用字性异文。如写本中的“磅薄”“徘徊”“潭蕩”“悦惚”等联绵词，《全唐诗》分别作“磅礴”“裵回”“淡蕩”“恍忽”。魏耕原先生认为此中的“磅薄”为“磅礴”之误，[5]按：“磅薄”与“磅礴”音同，习见于古籍中，二者应是同一联绵词的不同写法，不应视为讹误。

在文献整理过程中，不可忽视写本中频繁出现的俗字异文。

（1）要仔细辨析，不可将某些俗字异文视为讹误字。如王无竞《北使长城》中的“反璧俄沦祀”句，敦煌写本作“反[illegible]俄沦祀”，“[illegible]”其实是“璧”的俗字，[6]却被录为“壁”，并进一步校勘为“璧”。[7]

（2）写本中出现的一些俗字异文，可用来校勘传世刻本

中的讹误。如敦煌写本沈佺期《辛丑岁十月上幸长安时云卿从在西岳作》中“阴壑已氷闭”句，《字汇》：“氷，俗冰字。”《文苑英华》作“阴壑已承（《集》作水《初学记》作永）闭”，《全唐诗》作“阴壑已永闭”。“阴壑已氷闭”，指幽深的山谷已被寒冰封冻，使上一联中想要拾摘灵草的愿望落空。“氷”字最合乎上下文语意。且“冰闭”一词在古诗中的出现频率较高，唐张九龄诗题《冬中至玉泉山寺属穷阴冰闭崖谷无色及仲春行县复往焉故有此作》和南朝宋鲍照诗“冰闭寒方壮”（《行京口至竹里诗》）中的“冰闭”，皆指严冰封冻的景象。传世刻本中所出现的异文“水”和“永”，皆于上下文不通，是在屡次传抄、刻印过程中不识俗字“氷”所致的讹误。

三、修辞性异文

修辞性异文指敦煌写本《珠英集》残卷与《全唐诗》在运用词语和句式上的差异，[8]没有正误之别。

（一）异文的双方为同义、近义或反义关系

（1）异文的双方为单音同义词，其同义关系一望而知，如“予—余”“墀—堦”“帷—帐”“岁—载”“载—年”。

（2）异文的双方为含有相同语素的复音同义词或词组，某些异文在结构和词义上有细微差别，如“再来—来过”分别为偏正结构和并列结构，“旦时—朝随”分别为时间名词和动词性短语；“陇外—陇上”分别指陇山以西和陇山之上之地；

“崤陵—崤函”这组异文中，“崤陵”指崤山，“崤函”指崤山和函谷。这些复音同义词或词组皆合于上下文语境，但总体上来说，敦煌写本中的异文在律诗中的对语数及其在唐诗中的出现频率比《全唐诗》要低，如下表所列：

复音同义词异文在历代律诗中的对语数及其在唐诗中出现频次统计						
	敦煌写本《珠英集》			四库全书本《全唐诗》		
序号	复音同义词异文	历代律诗对语数	唐诗频次	复音同义词异文	历代律诗对语数	唐诗频次
1	未当	12	2	未尝	97	4
2	云发	7	12	玄发	17	38
3	驾幸	0	18	从幸	0	7
4	再来	94	41	来过	24	28
5	草树	176	76	草木	322	313
6	书怀	0	135	言怀	0	96
7	芬月	0	1	芳月（春天义）	4	9
8	小妇	35	30	少妇	42	55
9	军书	42	28	音书	131	64
10	荣枯	50	81	荣华	41	58
11	旦时	0	0	朝随	16	13
12	仙史	4	2	萧史	5	23
13	童颜	13	21	红颜	87	95
14	妆梳	0	13	梳洗	1	18
15	机中	23	21	闺中	25	32
16	陇外	10	7	陇上	72	40
17	论诗	129	30	讨论	6	27
18	崤陵	5	3	崤函	2	5
19	逦迤	1	22	逶迤	1	139
20	川光	28	19	河光	8	3

（3）异文的双方分别为复音词和单音词。如崔湜《登总持寺浮图》，《全唐诗》题作“登总持寺阁”，“浮图”与“阁”构成同义关系，“浮图”为梵语音译词。

（4）异文的双方虽然为反义关系，但在特定的语境中具有相同的表达效果。如崔湜《同李员外春怨》中的第三联“卷帘双燕出”，《文苑英华》和《全唐诗》均作“卷帘双燕入”，“出”与“入”构成反义关系，“卷帘双燕出”和“卷帘双燕入”分别指卷起帘子看到双燕飞过和双燕飞入，都是以空中双燕来反衬主人公的孤独。

（二）异文的双方含义有别、义各有适

1.含义相别的异文导致句法结构的差异

【拓—石】

沈佺期《辛丑岁十月上幸长安时云卿从在西岳作》第三联之“傍见巨掌存，势如拓东倒”，《文苑英华》作“旁见巨掌存，势如拓东倒”，《全唐诗》作“傍见巨掌存，势如石东倒”。“拓”与“石”看似皆通，实则句法结构相异。此联运用了河神巨灵擘华山、掌印尚存的典故，[①]“拓东倒”为动补结构，“拓”为“推”义，[②]形容上句中提到的“巨掌”向东推举、随石倾倒的形态，与上句承接紧密。“石东倒”则为主

①《文选·张衡〈西京赋〉》：“缀以二华，巨灵赑屃，高掌远跖，以流河曲，厥迹犹存。”薛综注：“巨灵，河神也，巨大也。古语云：此本一山当河，水过之而曲行，河之神以手擘开其上，足蹋离其下，中分为二，以通河流。手足之迹于今尚在，赑屃作力之貌也。”

②《集韵·铎韵》：“拓，手推物也。”

谓结构，指石头向东倒去，与上句之“巨掌”不相承接。敦煌写本和《文苑英华》所见之“势如拓东倒”显然更切合于上下文语境。

【首—送】

崔湜《同李员外春闺怨》第五联为“去岁闻西伐，今年首北征”，《文苑英华》《全唐诗》均作“去岁闻西伐，今年送北征”，敦煌写本中的“首”为“开始”义，宋翁卷“兹辰首征途”（《送叶任道》）中的“首”亦是此义。“首北征”为偏正结构，以“首”与“闻”相对，突出了战争无休无止，女子所思念的对象久久不得归乡。“送”指送别，传世刻本中的“送北征”为兼语结构的省略，意指去年方听说他加入西伐大军，以为西伐回来可以久聚，谁知今年又要送他去北方征战。“首”与“送”词义迥异，但都切合于上下文语境。

【还无时—无还期】

王无竞《凤台曲》第二联“一旦彩云至，身去还无时”，《乐府诗集》《全唐诗》作“一旦彩云至，身去无还期”。敦煌写本之“还无时”属于古代汉语中状语后置的结构，汉代《盘中诗》“山有日，还无期”与此结构类似。传世刻本“无还期”属于述宾短语，多见于唐人诗作。虽然二者语序结构不同，但语意相近，句末的“时”与“期”均属支韵。

【成—下】

乔备《出塞》中第三联为“阴云暮成雪，寒日昼无晶”，《文苑英华》《全唐诗》作“阴云暮下雪，寒日昼无晶”。在

“阴云暮成雪”句中，“云”为“成雪”的主语；而在“阴云暮下雪”句中，“阴云”则为“下雪”的状语。

2.含义相别的异文导致叙述主体的差异

【追—邀】

敦煌写本所见李适《答宋之问入崖口五渡（五言）》第九联之“追予名山期，从尔泛海澨”，《全唐诗》作“邀余名山期，从尔泛海澨”。“追”与“邀”之异文，亦见于传世刻本。“追”，《玉篇》释作“及也”。“期”，段玉裁《说文解字注》释作“会也。会者，合也。期者，要约之意。”故两者于句意皆通，均为兼语结构。然而敦煌本“追予名山期，从尔泛海澨”与下联的“岁晏秉宿心”皆为第一人称叙述，释为“等我去赶赴你关于名山的邀约，好跟你泛游海岸”。而“邀余名山期，从尔泛海澨”为第二人称叙述，释为“你邀请我赴名山之约，同你一道泛游海岸”。

3.含义相别的异文导致修辞手法的差异

【潺湲—曲终】

王无竞《铜爵妓》第六联之“高台奏曲终，潺湲泪横落”，《乐府诗集》《全唐诗》作“高台曲未终，曲终泪横落”，传世刻本之“曲终”运用了首尾蝉联的顶针手法，语气贯通，突出了铜爵妓“奏曲”和“泪落”这两个动作的前后承接关系。敦煌写本之“潺湲”指泪流不止之貌，突出了铜爵妓忧思深重、绵绵不绝。《楚辞・九歌・湘君》“横流涕兮潺湲，隐思君兮陫侧”中的“潺湲”亦是此义。

4.含义相别的异文在营造意境上的差异

【月—日】【晴—朝】

敦煌写本所见杨齐哲《晓过古函谷关》“川光流晓月，树影散晴风”，《初学记》作“川光流晓日，树影散朝风”，《唐诗纪事》《全唐诗》均作“河光流晓日，树影散朝风”，按：“川”与“河”为近义词，“月”与“日”所构成的异文，屡见于传世刻本。如郎士元《送裴补阙入河南幕》中的“秋城临海树，寒月上营门”句，其中的“月”字，《文苑英华》作“日”。“晓月”指“拂晓的残月”，“晓日”指朝阳，此句主要营造函谷关内清寒的意境，故以敦煌本“晓月”为佳，“晴风”用语亦胜于“朝风”。[9]

5.含义相别的异文有助于补正《汉语大词典》中某些词汇的释义

【度—卷】

《汉语大词典》据传世文献中的“疾风卷溟海”句，将“溟海”释为“沙漠”，然“溟海”作“沙漠”解，古典文献中鲜有其例。“溟海”一词，最先出自《山海经》“溟海无风而洪波百丈”，此处的溟海指绕着蓬莱仙岛、神话传说中的海。至庄子《逍遥游》，“溟海”的意象再次虚化，“穷发之北有溟海者，天池也”句，陆德明《经典释文》曰：“穷发，李云发犹毛也；司马云北极之下无毛之地也。”段玉裁认为，“溟海”本作“冥海”，[10]嵇康、梁简文帝、清代学者郭庆藩皆持此论，认为“溟”当取“昏暗无边、冥漠无涯”的义项，[11]溟

海指“北方不毛之地那昏暗无边的大海”，并无具体实指。由敦煌写本中的“度”可知，“疾风度[①]溟海”，指迅疾的风越过传说中昏暗无边的大海，“溟海”应取庄子《逍遥游》中的义项。以此来训释传世刻本，“疾风卷溟海，万里扬砂砾”由此释作“迅疾的风席卷昏暗无边的大海，继而在北方边地扬起万里砂砾”。以“昏暗无边的大海”解释“溟海”，更能凸显疾风的威力。《汉语大词典》之所以将其解释为“沙漠”，是不知“溟海”为虚指之误。

四、敦煌写本《珠英集》残卷异文的特征

（一）敦煌写本俗字数量众多，种类繁杂，与当时当地所流行的俗字以及抄写者的书写习惯有关

（1）简化俗字、繁化俗字、类化俗字、楷化俗字、避讳俗字并陈。其中，简化俗字和繁化俗字所占比重最大。敦煌写本《珠英集》残卷的简化俗字，有些省去了正字的一些笔画，如“梁”字作“𣲰”，“舞”作“𦐇”，“戍”作“戌”，“微”作“𢼸”，“斷”作“𣃔”，“泠”作“令”，“冰”作“氷”，“萬”作“万”，“爾”作“尒”，“曉”作“暁”，“恩”作“思”；有些省略了正字的偏旁，如“嘗”作“甞”，“稽”作“𥠖”；有些是改换偏旁的简化俗字，如“遲”作“遅”，“總”作“惣”，“憑”作“凭”，“昬”作“昏”，“潛”

① 《中华大字典》：度，过也。王之涣诗“春风不度玉门关”。

作"惡"。敦煌写本中的繁化俗字，有些在正字基础上增加了笔画，如"茂"作"茂"，"奇"作"竒"，"溟"作"溟"，"淚"作"淚"；有些是在正字基础上增加了偏旁，如"苑"作"菀"；有些是初笔点乱繁化俗字，如"厭"作"厭"；有些是末笔点乱繁化俗字，如"土"作"圡"，从"土"之字皆增加一点，"筆"作"筆"；有些为换旁增笔俗字，如"班"作"班"，"奪"作"奪"，"坐"作"坐"，"跎"作"跎"，"戒"作"戒"。除去简化俗字和繁化俗字外，还有位移俗字如"誓"作"誓"，类化俗字如"願"作"願"，探作"採"；隶书楷化俗字如"簾"作"簾"，避讳俗字如"號"变形作"號"，避唐太祖之名讳；"世"缺笔作"世"，"葉"变形作"葉"，避唐太宗之名讳。

（2）敦煌写本《珠英集》残卷俗字类型多样，其原因并不仅是抄写方便，而是与当时当地所流行的俗字以及抄写者的书写习惯有关。同一写卷中同一个字的俗字写法往往相同，但书写时也有时正时俗的情况发生，如S. 2717卷中李适《汾阴后土祠作》中"萬"书作"万"，但在此卷其他诗作中皆书作"萬"。这两卷写本在用字上有很多相异之处，如S. 2717卷中的"無"皆作"無"，P. 3771卷中则作"無"；S. 2717卷中之"溪"作"溪"，P. 3771卷中则作"谿"和"溪"；S. 2717卷中"能"作"能"，P. 3771卷中则作"能"；S. 2717卷中之"備"作"俻"，P. 3771卷作"俻"；S. 2717卷中"我"作"我"，P. 3771卷中却写作正字"我"等，这为S. 2717卷和

P. 3771卷的抄写者并非同一人提供了佐证。[12]

（二）敦煌写本《珠英集》残卷和《全唐诗》修辞性异文产生的原因系祖本不同

敦煌写本《珠英集》残卷虽然屡经传抄、难免讹误，但其抄写年代为大梁年间，且避讳十分严格，其祖本应该是《新唐书·艺文志》中所提及的《珠英学士集》。而《全唐诗》则来源于成书于唐代的《才调集》《搜玉小集》、成书于宋代的《文苑英华》《唐诗纪事》《乐府诗集》、成书于明代的《唐诗品汇》《唐诗归》等多个传世刻本，因敦煌写本和《全唐诗》所据的祖本不同，导致了修辞性异文的大量出现。

（1）在修辞性异文方面，敦煌写本《珠英集》残卷出现了与《全唐诗》等传世刻本全然相异的整句异文。如沈佺期《长门怨》后四句，敦煌写本作“君恩若流水，妾怨似繁星。黄金尽辞赋，自（白）发空帷屏。”《文苑英华》《全唐诗》等传世刻本皆作“清露凝珠缀，流尘下翠屏。妾心君未察，愁叹剧繁星。”《艺苑卮言》有云：“五言至沈、宋，始可称律。”沈佺期的很多五言乐府诗，都已具备了格律诗的特点。传世刻本之第三联仍写秋夜屋外屋内冷寂凄清之景，是对上一联写景的重复。敦煌写本之第三联“君恩若流水，妾怨似繁星”则由上一联之叙述转为抒情，以流水般一去不返的君恩和繁星般数之不尽的妾怨做对比，以地上的“流水”和天上的“繁星”相互映衬，巧妙地写出了女子远隔君王的处境，抒发了无尽的怨艾和无奈。传世刻本之第四联以“妾心君未察”的愁叹作结，抒情较为直白。敦煌写本之第四联“黄金尽辞赋，自（白）发空帷屏”提到了陈皇后长门买赋的典故，却能反其意而用之，说就算用尽黄金买到司马相如的词赋，最后也免不了空对着帷幔和屏风孤独终老，读来耐人寻味。总之，敦煌写本《长门怨》后四句的艺术境界明显要胜于传世刻本，显然不是传抄者的臆改。再如沈佺期《驾幸香山寺应制》后两句为“长愿醍醐参圣酒，身身（声声）歌赋幸金□”，传世刻本作“愿以醍醐参圣酒，还将祇苑当秋汾”。此句运用了汉武帝巡幸河东、饮燕中流的典故，将武则天此次香山之游视为汉武帝秋汾之幸。因全诗押“文”韵，以传世刻本的文意校对敦煌本，此韵部中符合文意的只有“汾”字，故敦煌本句末所脱之字应为“汾”。“秋季”在五行中属“金”，古诗词中常以“金”代指秋，如唐薛昭蕴《小重山·秋到长门秋草黄》中的“金蝉”、唐严巨川《仲秋太常寺观公卿辂车拜陵》中的“金风”等，故敦煌本“长愿醍醐参圣酒，身身（声声）歌赋幸金汾”句亦是将武则天比作汉武帝，大意为：愿圣上御赐的美酒如同醍醐般久留心间、使人醒悟。听那宴席间传来的声声歌赋，多像汉武帝巡幸汾水时满河棹歌相迎的热闹场面啊。敦煌写本与传世刻本皆通。

（2）《珠英集》残卷虽然与《全唐诗》用词相异，但与其他传世刻本相合。这进一步说明了二者的差别是因版本而导致的差异。如沈佺期《辛丑岁十月上幸长安时云卿从在西岳

作》中的“芬月期再来”，《全唐诗》作“芳月期来过”，《文苑英华》作“芳（集作芬）月期再来”。沈佺期《古意》中的第一联“卢家小妇郁金堂”，《才调集》《搜玉小集》《唐诗纪事》《全唐诗》均作“卢家少妇郁金堂”，《文苑英华》作“卢家少（一作小）妇郁金堂”，《乐府诗集》作“卢家小妇郁金堂”；第六联“学凤吹箫乘彩云”，《全唐诗》作“学吹凤箫乘彩云”，《文苑英华》卷一百九十三亦作“学凤吹箫乘彩云”等。

（3）敦煌写本异文在词性和词义上更加对仗。如沈佺期《古意》之“旦时阡陌暮云中”，《全唐诗》作“朝随阡陌暮云中”，敦煌写本中的“旦时”与“暮”同为时间名词，形成了句内对仗。崔湜《塞垣行》第六联出句为“十月塞寒总，四山沍阴积”，《全唐诗》作“十月边塞寒，四山沍阴积”。乔备《长门怨》第二联为“妾思霄（宵）逾静，君恩日更疏”，《文苑英华》《全唐诗》作“妾思宵徒静，君恩日更疏”，其中，敦煌写本之“总”与“积”、“逾”与“更”位置相对应，词义亦相近，为互文同义关系。

（4）同义语词的替换。从整体上来看，《全唐诗》之复音同义词异文在历代律诗中的对语数目较多，在唐诗中的出现频率也比较高，但并不能因此断定敦煌写本的某些语词是传抄者的臆改。相反，很可能是后世的编纂者在整理过程中对其进行了改编，用一些在唐诗中出现频率较高、较为习见的语词取代了频率稍低的同义词。

总之，敦煌写本《珠英集》虽经屡次传抄，俗字众多、讹错难免，但仍保留了一些用意佳于四库全书本《全唐诗》的整句异文和字词异文。有些异文无分优劣，但在唐诗和历代律诗中的使用频率有异，有利于探究异文的替换规律。所以敦煌写本《珠英集》具有不可忽视的文献价值。

【参考文献】

[1]徐俊.敦煌诗集残卷辑考[M].北京:中华书局,2000:551.

[2]真大成.利用异文从事汉语史研究应注意的三个问题[J].浙江大学学报(人文社会科学版), 2019(4):148.

[3]黄征.敦煌语言文字学研究[M].兰州:甘肃教育出版社,2002:37.

[4]黄征.敦煌俗字典(第二版)[M].上海:上海教育出版社,2019:4.

[5]魏耕原.唐宋诗词语词考释[M]北京:商务印书馆, 2006:8.

[6]黄征.敦煌俗字典(第二版)[M].上海:上海教育出版社,2019:36.

[7]徐俊.敦煌诗集残卷辑考[M].北京:中华书局,2000:572.

[8]真大成.利用异文从事汉语史研究应注意的三个问题[J].浙江大学学报(人文社会科学版), 2019(4):150.

[9]傅璇琮.唐人选唐诗新编[M].西安:陕西人民教育出版社,1996:74.

[10][汉]许慎.[清]段玉裁注.说文解字[M].上海:上海古籍出版社,1982.

[11] [清]郭庆藩.庄子集释[M].北京:中华书局,2004.

[12]徐俊.敦煌诗集残卷辑考[M].北京:中华书局,2000:556.

敦煌写本《珠英集》所见佚诗、佚句考辨

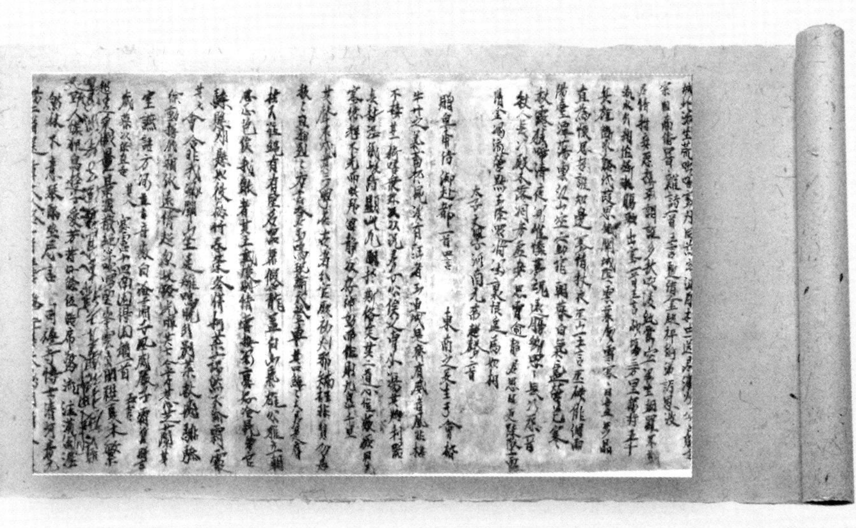

法Pel.chin.3771V^{0}　珠英学士集

敦煌写本英藏2717号和法藏3771号（以下简称S.2717和P.3771）《珠英集》残卷共见唐代诗人佚诗二十八首，另有一篇保存了不见于传世刻本的佚句。这些佚诗中，有送别怀人诗，如李适的《送友人向恬（括）州》，马吉甫的《秋夜怀友》，房元阳《送薛大入洛》；有生活杂感诗，如崔湜的《责躬诗》，乔备的《杂诗》，房元阳《秋夜弹棋鼓琴哥（歌）》；有咏物言志诗，如崔湜的《杂诗》；有即景抒怀诗，如崔湜的《九龙潭作》、阙名诗《感春》、元希声《宴卢十四南园得园韵》，杨齐哲《秋夜宴徐四山亭》；有羁旅宦游诗，如刘知几的《次河神庙虞参军船先发余阻风不进寒夜旅泊》，阙名诗《春悲行》《渝州逢故人》，胡皓的《奉使松府》《夜行黄花川》；有咏史怀古诗，如刘知几的《读汉书作》和《咏史》，王无竞的《咏汉武帝》《灭胡》《君子有所思行》；有山水田园诗，如马吉甫的《秋晴过李三山池》；有边塞诗，如阙名诗《奉天田明府席饯别》《答徐四箫（萧）关别醉后见投》。这些诗歌内容充实、情感真挚，在结构安排上亦富于变化，在一定程

度上反映了初唐诗人对宫廷诗风的变革。

一、敦煌写本S.2717《珠英集》残卷所见无名佚诗

敦煌写本S. 2717《珠英集》号残卷开头可见无名佚诗一首，为《帝京篇》，据王素考证，此篇的内容、用韵与唐太宗《帝京篇》极为相似，其作者应当是李百药的曾孙李羲仲。[1]原文如下：

神皋唯帝里，壯麗擬仙居。珠阙临清渭，银台人（入）翠虚。新豐喬樹蜜（密），長樂遠鐘踈。三市年華泛，千門麗日初。浮雲骕[骦]馬，流水鳳皇車。薄晚章臺路，繽紛軒冕度。緹绮（騎）□鳴鑾，仙管吟芳樹。花鳥曲江前，風光昭綺筵。迴□冶（曳）神袖，飛鶴繞驕弦。獨有揚雄宅，箫（蕭）然草《太玄》。

【校补】由对句“仙管吟芳树”可知，“缇绮（骑）□鸣銮”句脱漏之字应为动词，可能是“动”字。《文苑英华》所录初唐时期武平一《奉和圣制送金城公主适西蕃应制》诗中有“日斜征盖没，归骑动鸣鸾”句。“回□冶神袖”句中所脱漏之字可能为“雪”字。此联应化自薛道衡《和许给事善心戏场转韵》诗中的“翔鹤下伊川，艳质回风雪”句，以回旋的雪花来比喻翩翩舞姿。中唐诗人韦应物《长安道》中有“低鬟曳袖回春雪，聚黛一声愁碧霄”句，亦是以飘转的春雪来比喻摇曳的舞袖。

【释析】第一联言只有京城是神明所聚之地，其宏壮瑰丽的景象可与仙人的居所相比拟。第二联描述了京城长安的远景：宫门外两侧的华丽楼台靠近清澈的渭水，银台门则高耸入碧空。第三联言长安新丰县的树高大而茂密，从远处传来的长乐宫的钟声，听起来疏疏落落。第四联描绘了弥漫着市井气息的长安城，在那里，热闹的集市开始焕发光彩，千门万户纷纷迎来清晨明媚的阳光。第五联运用比喻的手法，言骕骦宝马如飘荡的云一般绝尘而过，饰有凤凰的车架如流水般川流不息，一派繁华的景象。第六联转而描写傍晚的京城街道上，挤满了各色车乘和穿着华丽服饰的达官贵人们。其中的“章台路”本指汉代长安城的章台街，在这里代指京城繁华的街道。第七联言达官贵人的侍从卫队摇动车上的铜铃，随从歌女们吹奏的管乐在花木间萦绕不绝。第八联言这些达官贵人的车架行至满是鸟语花香的曲江边上，旖旎的风光映衬着华丽的筵席。这里的“昭”字释“映衬、昭显”之义。第九联写筵席上歌舞之盛，伶人们长袖飘曳好似回旋的雪花，又如同围绕着骄矜的琴弦凌空飞舞的仙鹤。最后一联忽又宕出一笔，流露出繁华背后的忧思。说只有西汉的扬雄不慕繁华，在小小的宅院里隐居，无比悠闲地撰写他的《太玄经》。

二、敦煌写本S.2717《珠英集》残卷所见沈佺期诗佚句

敦煌写本S. 2717《珠英集》残卷可见沈佺期诗十首，其中的第二首诗保留了不见于传世刻本的佚句。这首诗阙题，《诗

式》《御定全唐诗》《全唐诗》题作《古镜》，仅存后三联，敦煌写本存全篇如下：

鑿井遘古墳，古墳櫬淪沒。誰家青銅鏡，送此長彼月。長夜何冥冥，千歲光不徹。玉匣歷窮泉，金龍潛幽窟。鞶組已銷散，錦衣亦虧闕。莓苔翳清池，蝦蟇蝕明月。埋落今如此，烟心未當歇。願垂拂拭恩，為君鑑雲髮。

【校补】“送此长彼月”句中的“彼”字，徐俊先生辑录为“彼（夜）”，陈尚君先生辑为“波”，对照敦煌写卷原本，此处原为“彼”之俗字，“彼月”于文意较合，不烦校。而“波月”指波中之月，于文意不通。“千岁光不彻”句，徐俊先生校作“行岁光不教”，对照S. 2717原卷，“行”应为“千”。此卷收录的另一首《古意》中亦出现了“千岁”一词，与此可以互证。徐俊先生所校句末出韵之“教”字，陈尚君先生在《全唐诗补编》中据吴企明先生录本重录为“彻”，“彻”属于“屑”韵，与“没”“月”“窟”“阙”“歇”“发”所在的“月”韵属于邻韵通押，且参照写本原卷，此处末字似为“彻”去掉“彳”旁的草书之形。[①]以“彻”相解，句意亦通，为历经千载而含光不尽之意。故此句应以“千岁光不彻”为是。“烟心未当歇”中的“烟”字，本字应为“照”。“照”与武则天称帝之后所取之名“曌”字同音，“烟”是由

① 参见王羲之《建安帖》之“彻”字。

“照”字避武则天名讳而改。

【释析】此诗通篇以古镜自喻，表达了对武皇知遇之恩的感念之情。敦煌写本所存前五联运用虚实相生的手法，以眼前所见，遥想古镜在千年间埋没蒙尘的境遇，为此诗最后两联“烟心未当歇”“为君鉴云发”之转折做出了铺垫。第一联首先叙述凿井遇见古镜的始末。第二联意为这青铜镜如同送至彼岸长久陪伴逝者的明月，它是谁家的呢？由问句引出下联对历史的追忆。第三、四联由眼前之玉匣古镜，揣想它们在幽暗的坟墓中所历经的千年时光和冥冥暗夜。第五联再次回到现实，描摹古镜的形态。说古镜上装饰的精美带子已经消失，背面雕刻的锦绣花纹也已缺损不全。第六联写古镜已被锈蚀，就好像清澈的池水被青苔遮蔽，明月被青蛙和蟾蜍所侵蚀。卢仝《月蚀》诗亦云：“传闻古老说，蚀月蛤蟆精。”最后两联借物言志，说即使被埋落到这种地步，想要映照别人的心仍未停歇。愿陛下垂恩拂拭，好为您鉴照如云的秀发。表达了才华长久被埋没，渴望得到君王赏识的志意。

三、敦煌写本S.2717《珠英集》残卷所见李适佚诗

敦煌写本S. 2717《珠英集》残卷可见李适诗三首。其中，第三首《送友人向恬（括）州》不见于传世刻本。全文如下：

委迤吳山雲，演漾洞庭水。青偑（楓）既愁人，白頻（蘋）亦靡靡。送君出京國，孤舟眇江汜。浮陽怨芳歲，況乃別行子。

括蒼漲海壖，斯路天台□。我有巖中念，遙寄四明裏。

【校补】第五联“斯路天台□”脱漏一字，根据文意推知，这里可能是要表达“那路离天台比较近”的意思，又因为全诗押“止”摄，此处脱漏之字应为“迩”。

【释析】诗题中的“括州”指现在的浙江丽水。这首诗的第一、二联均为作者所想象的友人旅途中的景象。第一联以绵延不绝的吴山云和烟波浩渺的洞庭水起兴，营造出渺远迷蒙的送别意境。第二联将镜头转移至云水之间的青枫树和白苹草，以青枫树和白苹草靡靡欲倒的姿态加以点染，引出送别的愁绪。第三联点出送别的地点在“京国”，即当时武则天称帝所定都的洛阳。诗人将友人一路送至江边，眼望着友人的船越行越远、越来越小。第四联中的动词“怨”，引出离别时间在“芳岁”，即正月，以“浮阳”之怨间接表达离别之怨，将之前的“愁”思更推进了一步。第五联又将视角转移至友人远行的目的地“括苍”，介绍其靠近海边的自然环境，说那里距离道教名山天台山很近，为下文的“岩中念”埋下伏笔。第六联中的“岩中念”，表达了对隐居生活的向往，以括州风景奇胜的名山“四明山”作结，使得诗意回味无穷。总体看来，相对于诗人的其他应制诗作，这首诗表达了真实的情感与志意，在艺术手法的运用上并非一味地追求外在形式的工巧，在一定程度上摆脱了当时盛行的形式主义诗风。

四、敦煌写本S.2717《珠英集》残卷所见崔湜佚诗

敦煌写本S.2717《珠英集》残卷可见崔湜诗九首。其中，第一首《责躬诗》、第四首《杂诗》、第五首《九龙潭》均不见于传世刻本。

第一首为《责躬诗》，全文如下：

嘗聞古人說，正直神不欺。忠義恒獨守，堅貞每自持。效官已十載，理劇猶未暮。獄聽除苛慘，形（刑）章息滯疑。豈得保世業，諒以答明時。顧無白玉玷，忽負蒼蠅詩。扃固（錮）非所耻，幽冤誰為辭。楚囚應積□，秦繫亦銜悲。永夜振衣坐，故人不在兹。流靈自蕪漫，芳草獨葳蕤。日月行無舍，平生志莫追。山林如道喪，州縣豈心期？助思紛何在，清神悵不怡。自憐暗成事，感歎與此詞。

【校补】第八联中的“积□”与“衔悲”应是互文同义，以文义推之，此处夺漏之字可能是“怨”“恨”或“愤”。

【释析】这首题为“责躬”，即悔过自责的诗，实际上是在为自己辩解。第一联到第五联主要是反思自己为官的经历。第一联暗用了赵襄子和唐高祖被霍山神指点而大获全胜的轶事典故，[1]说神明不会辜负自己的正直之心。第二联进一步展开阐述“正直”的内涵，运用“恒”“每”两个副词，极言

① ［唐］温大雅.大唐创业起居注第二卷：“然此神不欺赵襄子，亦应无负于孤。”

坚守品行之始终不懈。第三联主要表达了工作的繁难艰辛，说自己为官已十年，治理繁难的事务仍旧没有尽头。第四联回顾了具体的工作事务和成效，即在听理讼狱、实施刑法的过程中能去除暴虐、平息拘泥和疑虑。第五联表明了辛勤工作的目的，并不仅仅为了保全延续崔氏家族的地位，更是为了回报当今清平的盛世。第六联的两句分别运用了《诗经·大雅·抑》和《诗经·小雅·青蝇》篇中的两个语典，将没有玷污的白玉与苍蝇诗做对比，使得整首诗的语意得以转折，突出了谗言之猝不及防、不可理喻。第七联中否定句和疑问句的交叉运用，表达了蒙受深冤、无人可诉的心情。第八联紧随其后，分别运用了“晋归楚钟仪”和“东方朔辩怪哉虫”的事典，以“积□”“衔悲”两个动词性短语，倾诉内心的苦怨悲哀。第九联表达了对远方故人的思念。第十联运用了间接抒情的手法，以芳草繁茂的“葳蕤”之景与流灵荒芜的“芜漫”之绪作对比，寄托其繁杂的心绪。第十一联化用了《论语·子罕》中“不舍昼夜”的语典，由此来引出时间流逝、壮志未遂的失落。第十二联进一步说明了被下放到地方州县有违其志。至十三联，之前的愤懑悲哀转为了更加低落、寂寥、惆怅的情思。最后一联又运用了《史记·商君列传》中“愚者暗于成事，知者见于未萌”的语典，表面上自怜自叹，实际上进一步表达了不知所冤为何的愤懑之情。诗中不仅多次运用事典和语典，在副词的使用上也颇见功力，表现了蒙受冤屈的复杂心绪。诗人的另一首《景龙二年余自门下平章事削阶授江州员外司马寻拜襄州刺

史春日赴襄》也与此诗的结构安排相似。

【发微】王晓曦认为，此诗当作于神功元年（697年）前后，当时崔湜正担任佐史，已历官七载，坐事系狱。[2]以《珠英集》之编撰时间可知，此诗亦应作于崔湜担任左补阙之前。诗中所述“效官已十载”也许只是虚数。据《资治通鉴》二百零三卷记载，武则天执掌政权时期，广开告密之门，朝中官员皆深深畏惧，人人自危：“太后自徐敬业之反，疑天下人多图己……欲大诛杀以威之。乃盛开告密之门，有告密者，臣下不得问，皆给驿马，供五品食，使诣行在。虽农夫樵人，皆得召见……于是四方告密者蜂起，人皆重足屏息。”崔湜可能就是被告密者所作的“苍蝇诗”诬陷。武则天应该也看到了这篇言辞恳切的《责躬诗》，两年后即赦免了他的罪过，升任其为左补阙，让其参与《三教珠英》的编撰。

第四首《杂诗》全文如下：

鹊巢恶木巔，常窘一枝息。寧知椅梧鳳，亦欲此栖宿。喈喈多好音，矯矯奮輕翼。上林豈不茂，胡為戀幽仄。處陋仍莫保，居華固陵偪。下流不可居，斯言可佩服。

【释析】此诗的题材应为咏物言志诗。第一联写鹊鸟讨厌树顶，栖宿时受窘于一根小小的枝杈，这里暗用了《庄子·逍遥游》中“鷦鷯巢于深林，不过一枝”的事典，以“鹊鸟”来比喻欲望有限、易于自足者。第二联使用了反问句式，引出喜欢栖息在梧桐树顶端的凤凰鸟，对易于自足的人生态度予

以否定。第三联暗用了《诗经·国风·周南》中“黄鸟于飞，集于灌木，其鸣喈喈”的语典，以“喈喈”来形容鹊鸟和悦、美好的鸣叫声，以“矫矫”形容鹊鸟矫捷的飞行姿态。第四联紧承上联，连用两个问句，表现了对隐居避世的不解。他说鹊鸟啊，难道你在宫廷的园林中就不能发出美好的叫声，展现出矫捷的姿态吗？为什么要恋恋不舍那微贱、卑陋之地呢？第五联进一步展开议论，分析对比了身处卑陋之地与华贵之地的利弊，运用“仍”“固”两个副词，“仍”字起到延缓语气的作用，表现出对隐居避世的迟疑；“固”字则语气坚定，表现出对身处华贵即能逼视天下的深信不疑。第六联得出了“下流不可居”的结论，表达了对跻身上层社会的向往之情。

第五首为《九龙潭作》，原文如下：

弱龄闻兹山，梦寐尝所适。迨□此跻览，依然是畴昔。结侣寻绝径，周流观奇跡。兹蓬（逢）世所希，环令侰（合抱）穹壁。上有龙泉涌，百丈□潀射。伏溜转阴沟，盘渴（涡）沸嵌石。逶迤环汀屿，熠爚洞金碧。石蔓下离缕，云萝上绵幂。翫极不云厌，徘徊忽□夕。清籁充丝篁，茂草代茵席。冷然闻凤吹，髣髴觏云藉。顾谓携手人，谁为挂冠客？

【校补】根据句意、词性和音律推断，第二联“迨□此跻览”脱漏之字应为“经”。第五联中“百丈□潀射”句，“百丈”为数量词，“潀”，《说文解字》释为“小水入大水曰潀”，“潀射”为动词，释为聚集、喷射义。故中间脱漏之字应为名词。李白《求崔山人百丈崖瀑布图》云“但见瀑泉落，如潨云汉来”，宋李纲《梁溪集》云“过黄石驿十许里，严石间悬瀑潨射，声隐然，真小三峡也”，皆与此句意境相似，故此处应为“瀑”字。“徘徊忽□夕”句，疑脱漏之字为“已”或“至”。阮籍的《咏怀》诗云：“流光耀四海，忽忽至夕冥。”

【释析】第一、二联强调自幼年至今，九龙潭一直是他梦之所至的地方。第三、四联总写结伴而游的情景，其中的一些语词搭配很有特色。如“绝径”一词突出了此处风景幽胜，罕有人至。“穹壁”一词突出了峭壁之险，悬于天际。第五、六、七联描写了变幻万千的潭水。第五联写龙泉水自峭壁上跌落而下，水柱攒集喷射的景象。第六联写瀑布流向低处后转入背阳处的沟渠，急流相互冲撞，盘旋而形成深涡，在怪石间涌动。极言水深风大，环境之凄清。第七联将视线放远至整个潭岸，以及潭边点缀的小洲小岛，侧重描写水流的曲折与水光之明耀，突出其幽深瑰丽。第八联运用了互文的修辞手法，其中的“离缕”一词在古籍中所见甚少，疑为双声联绵词“离搂”之形误，形容藤萝蔓草上下交错纠缠的样子。“绵幂”则形容藤萝蔓草上下相覆，长势稠密。上下两句句意互相补充，描写了峭壁上藤萝蔓草攀缘密缠之态，展现了九龙潭幽美的景致。第九联写诗人及友人徘徊于其中，反复赏玩仍感到兴味无穷，倏忽之间，就看到太阳将要落山了。第十联写诗人还不想走，他想再听听水流的叮咚乐声，再在碧草织成的席垫上躺一会儿，运用了暗喻的修辞手法。第十一联的“冷

（泠）然闻凤吹”运用了《列仙传》中王子乔吹笙作凤鸣、乘鹤登仙的典故，为此处美景披上了世外仙境的神秘色彩。蒋礼鸿先生认为，下句中的“藉”是“舄”的音近假借字，“云藉”即“云舄”，指仙人穿的鞋子。以“凤吹”与“云藉”相对，表达了仙人的声音和足迹就在近旁的恍惚之感。最后一联“顾谓携手人，谁为挂冠客”暗用了楚国龚舍见飞虫触蜘蛛网而死，遂挂冠归隐的事典，表达了对自然山水的追慕之情，侧面烘托出景色的幽胜。

五、敦煌写本S.2717《珠英集》残卷所见刘知几佚诗

敦煌写本S. 2717《珠英集》残卷所见刘知几诗三首，均不见于传世刻本。第一首诗表达了离京赴任途中的抑郁忧思，第二首和第三首诗则运用大量的历史典故，在对历史人物的评点中，暗含着对昏暗朝政的贬刺。同时，这些诗表达了对老庄思想的认同与赞赏，隐藏着深长的无奈与哀叹。

第一首为《次河神庙虞参军船先发余阻风不进寒夜旅泊》，全文如下：

朝謁馮夷詞（祠），夕投孟津渚。風長川淼漫，河闊舟容與。迴首望歸途，連山曖相拒。落帆遵迴岸，輟榜依孤嶼。復值驚彼（波）息，戒徒（途）候前侶。川路雖未遙，心期頓為阻。沉沉落日暮，切切涼飆舉。白露濕寒葭，蒼烟晦平楚。啼猨響巖谷，唳鶴聞河潊。此時懷故人，依然愴行旅。何當欣既覯，鬱陶共君敘。

【释析】第一联写作者早晨拜谒了同州冯翊县境内的河伯祠，[3]傍晚时投宿至孟津渚这个地方。自孟津以下，就进入地势低平的平原地带，船行速度减缓。故第二联说大风迎面吹来，水流浩渺无边，小舟在宽阔的河岸上来回浮动。此处暗用了《楚辞·九章·涉江》中"船容与而不进兮，淹回水而凝滞"的语典。第三联中的"相拒"一词字面义为"对峙"，描述了诗人在舟船徘徊不进之时回望来时路，但见昏暗的日光下，群山隐隐对峙的景象。如果结合诗人当时的心情，这里的"相拒"，还隐含"相阻"的含义：诗人想再看一眼身后恋恋不舍的京城，却被崇山峻岭阻隔。第四联运用互文的修辞手法，"落帆"与"辍榜"、"遵"与"依"互文同义、词义互相补充，写诗人只好收落船帆、停下船桨，停泊于孤岛附近。第五联中的"惊波"指黄河中游险急河段的惊涛骇浪。"戒徒"一词，余欣认为是"戒途"之音误，[4]释作"出发、上路"义。此句谓此时风波已息，可以安心上路追赶前伴虞参军了。第六联中的"川路"指距离虞参军的水路。"心期"指诗人与虞参军为深交。此句意为虽然与好友相距未远，但终归是相隔两地。第七联运用叠音词进行对仗，言落日西沉、凉风高举、音声凄切。以凄凉的暮色衬托出诗人内心的孤寂。第八联中的"白露湿寒葭"化用了《国风·秦风·蒹葭》中的诗句"蒹葭苍苍，白露为霜"，表达了对故友的思念之情。"苍烟晦平楚"则化用了谢朓的诗句《宣城郡内登望》"寒城一以眺，平楚正苍然"，以苍茫阴晦之景来表现寂寥落寞之情。第

九联为了增强特定语词的表现力，进行了语序倒置。正常语序应该是“岩谷响猨啼，河溆闻鹤唳”，将“啼”“唳”字置于句前，突出了寂静的山水间，猨鹤啼声之凄厉。在种种景物的铺叙下，第十联所要抒发的“悲怆”之情便呼之欲出。这里的“故人”既指可前路之虞参军，又可指原来京城的朋友故旧。最后一联进一步点出“怀人”的原因：想要与友人畅叙心中的愤懑忧思。至于这郁陶忧思源于何处，余欣在《敦煌本〈珠英集〉残卷所见刘知几佚诗三首笺证》中已经深入论析，兹不赘述。

第二首为《读〈汉书〉作》，全文如下：

漢王有天下，欻起布衣中。奮飛出草潭，嘯吒馭群雄。淮陰既附鳳，黥彭亦攀龍。一朝逢運會，南面皆王公。魚得自忘筌，鳥盡必藏弓。咄嗟罹鼎俎，赤族無遺蹤。智裁（哉）張子房，處世獨為工。功成薄愛（受）賞，高舉追赤松。知正（止）信無辱，身安道亦隆。悠悠[千]載後，擊犿（抃）仰遺風。

【校补】最后一联中的“犿”应为“抃”之俗字写法。俞平伯言此处应校为“柝”字。杨慎《丹铅余录》：“是言也，苦县之沉魄首肯而柱下之浮魂击抃乎？”以“首肯”和“击抃”对举，两者词义相近，“击抃”应释作赞赏、鼓掌义，于句意可通，不烦校改。

【释析】：此诗第一联写刘邦从一介布衣做到了开国皇帝，速度非常快，出乎人们意料。“欻起”一词极言变化之迅疾。第二联中的“草潭”指草野、民间。此联意为汉高祖刘邦从草莽之中展翅高飞，善驭群将，赫然生威。第三联说韩信、黥布（英布）、彭越这三位开国元勋皆依附帝王成就了一番功业。《汉书》卷三四即有此三人的传记。第四联写这三个人赶上了好时势，很快就被封为诸侯王。据《汉书·高帝纪》记载，韩信先被封为齐王，后更立为楚王。彭越被封为梁王，黥布（英布）被封为淮南王。第五联分别运用了《庄子·外物》篇“得鱼而忘荃”和《史记·淮阴侯列传》“高鸟尽，良弓藏”的语典，表达了老子“功成、名遂、身退，天之道”的处世观。第六联写他们因不明功遂身退之“天道”而招致“鸟尽弓藏”的下场：仓促之间就被置于砧板和铁锅之上，任人宰割烹煮，处以极刑；满族诛灭，无一幸存。《汉书·韩彭英卢吴传》记载，“吕后使武士缚信，斩之长乐钟室……遂夷信三族”“不如遂诛之……遂夷越宗族”“番阳人杀布兹乡，遂灭之”。第七联引出汉高祖的谋臣、另一位开国元勋张良，赞赏他善于处世。第八联事出《汉书·张陈王周传》，汉朝稳固之后，汉高祖要封赏功臣，让张良“自择齐三万户”，却被张良婉言拒之，“愿封留足矣，不敢当三万户”，最后接受了级别较低的留侯。此联中所言“功成薄受赏”当指此。《汉书·张陈王周传》中亦云，张良说位居列侯已是布衣之极，“愿弃人间事，欲从赤松子游耳”。“高举追赤松”当言此。此处的“高举”释作退隐。第九联分别运用了老子《道德经》“故知足不辱，知止不殆，可以长久”和《北史·裴文举传》中“利之为贵，莫若安身，身安则道隆”的语典，表达了急流勇退、

明哲保身的处世思想。第十联进一步肯定了这种处世思想的好处：可使千岁称赏、后人追仰。

【发微】据《旧唐书·刘子玄传》记载，“是时官爵僭滥而法网严密，士类竞为趋进而多陷刑戮”，当时官场动荡，士大夫动辄得罪，刘知几写《思慎赋》是为了针砭时弊、表达己见。这首《读〈汉书〉作》也间接讽刺了当时险象环生的官场环境，反映出老庄“功遂身退”“保身全生”的处世态度。

第三首为《咏史》，全文如下：

泛泛水中蓱，離離岸傍草。逐浪高復下，從風起還倒。人生不若兹，處世安可保？遽瑗仕衛國，屈伸随世道；方朔隱漢朝，易農以為寶。飲啄得其性，從容成壽考。南國有狂生，形容獨枯槁。作賦刺椒蘭，投江溺流潦。達人無不可，委軍（運）推蒼昊；何為明白（自）銷，取譏於楚老？

【释析】第一联以水中漂泊的浮萍和岸边浓密的弱草起兴。第二联写它们的姿态高高低低、起起伏伏，皆是随风逐浪、顺势而为。“复”“还”这两个副词极言浮萍弱草顺势应变之频繁，看似羸弱却顽强。第三联运用反问句，进一步肯定了浮萍弱草随波逐流来保全自身的处世哲学。第四联运用了《论语·卫灵公》中卫国大夫遽瑗“邦有道则仕，邦无道则可卷而怀之”的事典，进一步阐发了随波逐流的深层含义，即“随世道屈伸”。第五联再次运用了《汉书·东方朔传》中东方朔“饱食安步，以仕易农；依隐玩世，诡及不逢”的事典加以论证。第六联语出《庄子·内篇》“泽雉十步一啄，百步一饮”，表达了对老庄适性逍遥、顺应自然之养生长寿之道的推崇。第七联运用了《史记·屈原贾生列传》中“屈原至於江滨，被发行吟泽畔。颜色憔悴，形容枯槁”的事典，与前面的事例形成对比。第八联写屈原以《离骚》赋讥刺楚大夫子椒与令尹子兰，最后投江溺亡的悲剧结局。此事出自《史记·屈原贾生列传》“于是怀石，遂自投汨罗以死”。第九联运用了贾谊《鵩鸟赋》中“达人大观兮，物无不可”的语典，表达了老庄“万物齐一、顺天听命”的哲学思想。第十联出自《汉书·王贡两龚鲍传》中王莽篡位后，龚胜坚决不应其征召，最后绝食而死，楚老吊孝时言“薰以香自烧，膏以明自销”的事典，运用了明贬暗褒的春秋笔法，表面上写被楚老讥刺，实际上是表达对龚胜身世悲惨的痛惜之情。

【发微】纵观刘知几的一生，“守兹介直，不附奸回”，绝非随波逐流之辈。他空抱“立言不朽”之志，最终却只能“求史才则千里降追，语宦途则十年不进”[①]，只能抑郁愤懑，退而撰写《史通》[②]。诗中运用了春秋笔法，在对屈原和龚胜的悲剧命运明贬暗褒中，隐含着对自己身世际遇的苍凉感叹。

六、敦煌写本S.2717《珠英集》残卷所见王无竞佚诗

敦煌写本S. 2717《珠英集》残卷所见王无竞诗八首，第二

---

① 参见刘知几《史通·外篇·忤时》

② 参见刘知几《史通·内篇》

首仅存《别润州李司马》诗题。第一、四、五、六首均不见于传世刻本。

第一首为《咏汉武帝》，全文如下：

漢家中葉盛，六世有雄才。廏馬三十万，國容何壯裁(哉)。東歷琅邪郡，北上單于臺。好僊復寵戰，莫救茂陵隈（煨）。

【校补】刘盼遂先生认为，最后一联中的“隈”当是“煨”的音同误字。所言极是。盖“隈”与“煨”同属影母灰韵。“煨”，《正字通·火部》释作“煨烬，火余也”，意思是烧为灰烬。《后汉书·梁统列传》云：“间者三辅从横，群辈并起，至燔烧茂陵，火见未央。”又《东观汉纪·梁统条》记：“统对上书状曰：元寿二年(公元前1年），三辅盗贼群辈并起，至燔烧茂陵都邑，烟火见未央宫，前代所未尝有。”因此卷写本常有因音同音近而误写的用例，“煨”字亦合于语境，故此处应校为“煨”。

【释析】第一联“汉家中叶盛，六世有雄才”，“中叶”指中期，此句言汉朝中期达到了鼎盛，是因为第六代皇帝汉武帝有雄才武略。第二联以一间马棚就有三十万马匹的场面来昭示国力的强盛。《全唐文》卷三百一刘彤《论盐铁表》云：“孝武为政，一厩马三十万匹，后宫数千人，外讨戎夷，内兴宫室，殚费之甚，实百当今。”第三联中的琅琊郡治地在东武，即今山东诸城。单于台，在今内蒙古呼和浩特市西。此句

说明了汉武帝时版图之大。此联出自《汉书·武帝纪》中“行幸东海……幸琅邪，礼日成山”“出长城，北登单于台……勒兵十八万骑，旌旗径千余里，威震匈奴”的事典。第四联“好仙”指汉武帝屡次东巡海上求仙之事。“宠战”一词出自《汉书·武帝纪》“有司奏请置武功赏官，以宠战士”。此句言生前那么爱好敬神求仙与武力征战的汉武帝，也不能挽救葬身之墓被火焚烧的惨象。此联前后对比强烈，增强了讽刺意味。显然，诗人对汉武帝穷兵黩武之略、求仙问道之痴并不赞同。另一首《北使长城》也表明了其反对战事和暴政的主张，此篇可视为《北使长城》的姊妹篇。

第四首为《驾幸长安奉使先往检察》，原文如下：

奉使至京邑，戒塗歷險夷。首旬發定鼎，再信過灞池。何（河）山壯關輔，金火遞雄雌。文物淪霸運，靈符啟聖期。宸扆闊臨御，巡幸順謳思。城闕生光彩，草樹含榮滋。緹綺（騎）紛沓襲，翠旗曳葳蕤。童幼問明主，耆老感盛儀。輪袂交隱隱，廛陌滿熙熙。微臣昧所識，觀俗書此詞。

【校补】“问”表慰问义，一般是上级对下级使用。《大唐开元礼》卷一百三十一《撰凶礼》云：“皇帝遣使劳问诸王疾苦……受劳问者再拜，赞礼者引受劳问者诣使者前受制书。”陈尚君先生将其校勘为“闻”。按：古代典籍中屡有“问”通“闻”的用例。此处之“问”应为“闻”的通假字，表示听闻、知晓的含义，属于用字性异文，不烦校勘。

【释析】此诗应为王无竞于监察御史任上所作，武则天时迁都于洛阳，称之为“神都”，仍称长安为“京师”[①]。故诗题中言武则天车驾要来长安，他奉命先来此地监察。第一联言奉命出发到京师长安，经过或平坦或崎岖的道路。第二联中的“定鼎”，指武则天新立的国都洛阳。此句中的“信”指连宿两夜。“再信”指接连住宿了四夜。此联提到了出发和到达的时间，说上旬从洛阳出发，在途中住宿了四夜方抵达长安城郊的灞陵池。明代王光美所撰《灵峰洞记》云：“虽仅再信宿，而风泉云壑已尽落吾指掌间。”其中的“再信”与之义同。第三联中的“关辅”，指关中及右扶风、左冯翊、京兆尹三辅地区。《汉书·百官公卿表》云：“武帝太初元年更名右扶风……与左冯翊、京兆尹是为三辅，皆有两丞。”“金火递雄雌”则是以“五德终始说”昭示武则天改朝换代、建立周朝、以雌代雄。第四联中的“文物”指之前的礼乐制度，“灵符”是指武承嗣伪造的书有“圣母临人，永昌帝业”的瑞石，武则天号其为“天授圣图”，事见《旧唐书·本纪·则天皇后》。此句意为原来的典章制度都因霸业而隐没，上天所授予的圣灵宝图开启了全新的武周时代。第五联中的“宸扆”指武则天登上帝位。此句意为则天皇帝君临四方、治理国政，巡游驾幸来回应臣民的讴歌思念。第六联指京城长安光彩焕发，草木生长繁茂。第七联言武皇的仪卫队纷至沓来，翠羽装饰的旌旗摇曳

① 事见《新唐书》卷四本纪第四：“四年正月甲子，增七庙，立高祖、太宗、高宗庙于神都……戊午，京师地震。八月戊戌，神都地震。”

不已、绚烂夺目。“葳蕤”在这里形容翠羽装饰华美盛多之貌。第八联运用互文手法，意思是老人和小孩都知道英明君主的驾临，感叹其仪式之隆重。第九联意为街道上熙熙攘攘，车轮与袂影相交叠，热闹非凡。“隐隐”在这里形容人山车海的壮观场面。《文选·潘岳〈闲居赋〉》云：“煌煌乎，隐隐乎，兹礼容之壮观，而王制之巨丽也。”第十联说我见识浅陋，就把所观察到的风俗写成这首诗。

第五首为《灭胡》，原文如下：

漢軍屢北喪，胡馬遂南駈。羽書夜驚急，邊柝亂傳呼。闘軍卻不進，關城勢已孤。黄雲塞沙落，白刃斷交衢。朔霧圍未解，鑿山泉尚枯。伏波塞後援，都尉失前途。亭障多堕毀，金鏃无金（全）軀。獨有山東客，上書圖滅胡。

【释析】第一联交待了汉军对北征战屡次败亡，胡人的军队就向南逼近。其中的“丧”为败亡义。第二联言军中文书连夜发出，报告紧急的军情、严峻的形势。更卒在忙乱中敲击木梆、奔走呼告。其中的“惊急”为危险紧急义。第三联言声称悍勇的军队退却不前，边关的城池形势孤危。第四联写塞上黄云漫天、飞沙纷落，大道交错之处满是残兵断刃，渲染出苍凉黯然的战争场面。第五联反用了《后汉书·耿恭传》中耿恭于城中穿井，整衣再拜后有水泉奔出的事典，分析出师不利的客观条件：既被朔方的大雾包围，又缺乏水源。第六联运用了李陵兵败的事典，言军队既无后援，又失前路，兵败以降。《汉

书·李广苏建传》云，汉武帝将李陵“拜为骑都尉”，李陵自诩“臣愿以少击众，步兵五千人涉单于庭”，汉武帝就下诏让强弩都尉路博德带领兵士与李陵会合，但“博德故伏波将军，亦羞为陵后距”，路博德曾被封为“伏波将军”，羞于充当李陵的后援军。而后李陵率步卒五千人孤军深入，至浚稽山，被单于的三万骑兵包围，李陵力战山谷间，“矢皆尽”“士卒多死”，兵败遂降。第七联言大战之后，边塞的堡垒大多被毁坏，箭镞损缺、无一完好。第八联中的“山东客”，当指主父偃。据《汉书·严朱吾丘主父徐严终王贾传》记载，主父偃曾向汉武帝奉上《谏伐匈奴书》，建议汉武帝以秦国为鉴，不要对匈奴大规模用兵，原因是战争久了会导致民生凋敝、社会动乱：“夫兵久则变生，事苦则虑易。使边境之民靡敝愁苦”。还提出灭胡的根本之策在于开发西北边郡，以稳定北方局势：“偃盛言朔方地肥饶，外阻河，蒙恬城以逐匈奴，内省转输戍漕，广中国，灭胡之本也。”王无竞亦是山东人，他十分赞同主父偃的观点，诗中的“独”字既赞赏主父偃目光之独到，又感叹主父偃之远见卓识只是孤声独响，其他人都不认同。《汉书·严朱吾丘主父徐严终王贾传》记载，主父偃提出通过开发朔方边郡来驱逐匈奴的策略后，遭到了一众朝臣的反对：“上览其说，下公卿议，皆言不便。”

第六首为《君子有所思行》，原文如下：

北上登渭原，南下望咸陽。秦帝昔所據，按劍朝侯王。踐山劃郊郭，濬流固墉隍。左右羅將相，甲館臨康莊。曲臺連閣道，錦幕接洞房。荊國徵艷色，邯鄲選名倡。一彈人（入）雲漢，再歌斷君腸。自矜青春日，玉顔恡容光。安知綠苔滿，羅袖坐霑霜。聲侈遽衰歇，盛愛且離傷。豈唯毒身世，朝國亦淪亡。物盈道先忌，履謙福允臧。獨有東陵子，種瓜青門旁。

【校补】“玉颜悋容光”句，徐俊和陈尚君先生皆辑录为“王”，继而校为“玉”。然而翻阅敦煌写本原卷发现，此处本为“玊”，其中的点在右下角，是“玉”字的俗字写法，不烦校改。“物盈道先忌”句，徐俊先生据《易・谦》和《谦赋》中的“恶盈”一词，将“物”校对为“恶”，实误。因此句后有“忌”字，“物盈道先忌”即“天道忌盈”义，如校改为“恶”字，反失本义。

【释析】第一联言作者登上渭水高原，向南遥望咸阳城。第二联言昔日秦始皇正是凭据咸阳建立都城，通过武力征伐使四方诸侯皆来朝见。《史记・秦始皇本纪》云：“二十有六年，初并天下，罔不宾服。”第三联言依照山势来设计咸阳外城，疏浚河流来加固城池。据《元和郡县图志》记载，咸阳具有山水俱阳的地理环境：“县在北山之南，渭水之北，故曰咸阳。”《史记・秦始皇本纪》云：“周驰为阁道，自殿下直抵南山。表南山之颠以为阙。”说明咸阳城门紧依南北的山口。又《三辅旧事》云：“始皇表河以为秦东门，表汧以为秦西门。”说明咸阳城的东西门皆处于河流的交汇口。第四联言满朝将相罗列，辅佐于皇帝左右；朝中的宫殿馆舍紧邻着直通四方的大道。这里的“康庄”当指秦始皇所修建的“驰道”，

即皇帝专用车道。《汉书·贾山传》曰："秦为驰道於天下，东穷燕齐，南极吴楚。"第五联言曲台与悬空通道相连，揭开层层锦制帐幕，方可通往深邃的内室。其中的"曲台"指秦始皇与群臣朝会、治理政务之地。"阁道"即复道，指楼阁间的悬空通道。《史记·秦始皇本纪》云："为复道，自阿房渡渭，属之咸阳，以象天极阁道绝汉抵营室也。"第六联紧承上联之"洞房"，言内室中的妃子宫女皆是从楚国、邯郸等盛产美女和歌姬之地征选而来。第七联言宫女们初次弹奏就如仙音缥缈入云，二次开唱即令君王销魂断肠，情迷不已。第八联言自恃年轻的宫女们，十分爱惜美丽的容颜，以期获得皇帝的宠幸。此中"惜"为"爱惜"义，"惜容光"出自鲍照《秋夜诗》："华心爱零落，非直惜容光。"第九联言这些宫女们哪里会料到，这么华美的宫殿会长满青苔，她们的轻软衣袖很快就要沾满繁霜。以青苔满宫、罗袖沾霜的荒凉冷落景象，暗示秦国衰亡。"坐"在这里是"旋即、将要"义，表现了秦亡之速。唐·魏征《暮秋言怀》："岁芳坐沦歇，感此式微歌。"其中的"坐"与此同义。第十联写歌舞宴乐、穷奢极侈的场面突然就衰落停歇了，曾经备受恩宠厚爱的嫔妃们只能忍受乱离之痛。"声侈"极言歌舞娱乐之盛。第十一联言难道仅仅祸害他自己身世不保吗，整个秦王朝都灭亡了。第十二联总结秦亡的教训，说天道忌讳持物盈满，履行谦让之德才可保全福运。《周易》云："天道亏盈而益谦，地道变盈而流谦，鬼神害盈而福谦，人道恶盈而好谦。"最后一联运用了《史记·萧相国世家》所载秦东陵侯召平于秦亡后归隐长安城东种瓜，不仅保全自身，还劝谏萧何辞掉封赏免于灾祸的事典，进一步论证了上一联中“履谦福允臧”的观点。东陵侯召平是有大智慧的人，他深知物极必反之理，曾曰：“畜极则泄，閟极则达，热极则风，雍极则通”[①]，故欲求无多、随遇而安，终保福运。

七、敦煌写本S.2717《珠英集》残卷所见马吉甫佚詩

敦煌写本S. 2717《珠英集》残卷可见马吉甫诗三首，均不见于传世刻本。

第一首为《秋晴过李三山池》，原文如下：

山遊□未狎，朝隱遂為群。地僻煙霞異，心閑出處分。褰開弄晴景，披拂喜朝聞。野興浮黃菊，林栖卧白雲。窺臨苔壁古，歌嘯竹亭曛。迴想幽巖路，知予復解紛。

【校补】以句意和词性推之，疑“山遊□未狎”句所脱漏之字为“初”或“纵”字。

【释析】第一联言同游山景彼此还未熟悉，但我们都是淡泊恬退的朝士，是志同道合的一群人。第二联似化用陶渊明《饮酒》诗中的“心远地自偏”句，言此地僻静，烟霞胜景自与别处不同。内心悠闲，方可从繁忙的事务中脱身出来。“处分”本为“处理、处置”义，在这里指繁忙的事务。第三联言

① 此语出自《郁离子·东陵侯问卜》。

揭开窗帷即可赏玩晴好的阳光，拨开帘幕即可听见清晨悦耳的鸟鸣声。“褰开”与“披拂”为互文同义，“褰开”一词，出自谢灵运《登池上楼》诗“衾枕昧节候，褰开暂窥临”。第四联言郊游的兴味如同陶渊明饮的菊花酒那样浓，在山林中栖息就好像睡卧在白云之中。这里暗用了《续晋阳秋》中陶渊明摘菊饮酒的典故，即：“陶潜九月九日无酒，于宅边东篱下菊丛中，摘盈把，坐其侧。未几望见一白衣人至，乃刺史王宏送酒也。”第五联言在古老的青苔石壁上登临眺望，在洒满落日余光的竹亭间歌吟长啸。“曛”在这里指落日的余光。最后一联写日落归家时回想起曾走过的幽深的岩石小径，便知自己心中的纷乱再次得到了排解。

第二首为《秋夜怀友》，原文如下：

故人在天末，空庭明月時。白雲勞悟（寤）寐，芳樹歇華滋。蟋蟀鳴秋草，蜘蛛弄曉絲。菊花應可汎，留興待□□。

【校补】“留兴待□□”句，以全诗所押“支”韵推之，句末夺漏之字应为“期”。根据句意推知，句末脱漏之词应为“相期”，即“相约”义。

【释析】第一联言诗人在空荡荡的亭子里独自观赏明月的时候，想起了远在天边的老友。第二联意为花木不再丰美繁茂，眼望天边的白云，更加促使他日夜劳苦思念。其中的“劳”字为使动用法，为“使……劳苦”义。元代陈基《送侄让还吴》有“南望白云劳我情”句，与此句意境相类。第三联中的“蟋蟀鸣秋草”运用了魏晋徐干《于清河见挽船士新婚与妻别诗》中的“凉风动秋草，蟋蟀鸣相随”的语典，以衰枯的秋草和蟋蟀的鸣叫，渲染出别情愁绪。“丝”为双关语，暗示着诗人对友人纷繁的思念。第四联写此时的菊花应该可以拿来泡酒了，等与你相约之时再尽兴而饮。《事类赋》载《齐民月令》所言：“重阳日必以糕酒登高眺迥以畅秋志，采茱萸甘菊泛酒”。

第三首为《同独孤九秋闺》，仅存“闺树红滋变，庭芜白□□”一联，亦是描写秋日的景色，因后联皆缺，兹不赘论。

八、敦煌写本P.3771《珠英集》残卷所见无名佚诗

敦煌写本P. 3771《珠英集》残卷开头有五首无名佚诗。因第四首、第五首于卷后重出，所以王重民先生推断前三首可能也是胡皓所作。但这五首诗的归属问题仍乏详考，兹列举如下。

第一首诗为《春悲行》，原文如下：

夜鵲南飛倦，鳴雞屢送晨。忽聞芳歲道（到），今日故園春。試上亭臺望，蕕蒀江樹新。的的韶陽萼，迢迢佳麗人。音容曠不接，景物徒相因。别怨如流水，移恩念積新（薪）。垂淚三危露，心斷二京塵。遠役鴻為伴，荒亭鬼作鄰。吾生殊卉木，憔悴此江濱。

【释析】第一联言鸡鸣声声不绝，送走一个个清晨。诗人像南飞的夜鹊般，旅途中已深感疲倦。第二联言忽然听说正月已至，今日故乡也已迎来春天了吧。这里的“芳岁”，当

指农历的首月——正月。第三联言思乡情切的诗人登上亭台向远方遥望，只见江树郁郁葱葱、焕发新绿。其中的“葐蒀”与“氛氲”为同源连绵词，皆形容盛多貌。第四联由眼前明媚阳光下娇花嫩蕊的鲜妍之姿，想起远方的秀丽佳人。第五联言自然界中的景物生生相续，诗人与佳人却远隔他方，音容一别，再难相见。第六联言离别的愁怨如流水不止，欲移恩情却念念不忘远方庖厨中的伊人。其中的“积薪”一词，本为“积聚木柴”之义，后引申为象征柴房、庖厨之所的星宿。《隋书·天文志》：“积薪一星，在积水东，供给庖厨之正也。”这里指身在庖厨中的主妇。第七联言想起遥远的三危山上那甘美的露水就不住流泪，望断故园的烟尘心碎不已。“三危露”指西部的三危山的露水，古书中云其十分甘美。《吕氏春秋·本味》云：“水之美者，三危之露，昆仑之井。” 梁简文帝《七励》：“洗以三危之露水，调以大夏之香盐。”第八联言到远方行役唯有鸿雁为伴，在荒远的亭子里只能和鬼做邻居。第九联再次以自己和草木作比，说自己的人生跟蓬勃的草木迥然不同，只能在江边憔悴零落。“憔悴西江滨”运用了《史记·屈原列传》中“屈原至于江滨，被发行吟泽畔，颜色憔悴，形容枯槁”的事典，由此推断，作者行役之地很可能就在先秦时期的楚国一带。

【发微】诗中提到“二京”为故园，而胡皓的故乡即为东都洛阳。此诗与胡皓的另一首《出峡》诗，都因南方的景物而牵动思乡之情，而这首诗所表达的情感更为哀伤凄苦。且此诗中所言“憔悴江滨”的事典发生地亦合于于胡皓《出峡》诗中所言之“楚塞”。

第二首诗为《渝州逢故人》，原文如下：

共是他鄉客，俱為失路人。自憐蓬髮改，不掩柳條春。

【释析】此诗第一联为互文手法，言自己与故人都是作客他乡的失路之人，已含故乡难回、壮志未酬的凄凉之意。这里的“失路”一词，既指失却了回乡之路，也喻指诗人仕途多舛、不得志。第二联以“蓬发”和“柳条”作对比，抒发了柳条常青、而人容发易改的物是人非之感。与刘禹锡的《酬乐天扬州初逢席上见赠》中的“病树前头万木春”句有异曲同工之妙。

第三首诗为《感春》，原文如下：

試登高臺春，伏檻弄陽旭。紆寂融密思，韶和洗紛矚。林暖花意紅，墀薰草情綠。感物深自負，萋萋楊[花]白。

【释析】第一联言春日登上高处的楼台，伏在栏杆上赏弄初升的旭日。第二联言此地环境幽曲寂静，适于诗人进行细密的思索；远望那草木纷纷、雅正谐合之景，让诗人顿觉神清气爽。第三联中的“暖”和“薰”为互文同义，意思是不管是幽深的森林还是台阶上的空地，都被太阳照得暖暖的，花儿格外红，草儿十分绿。第四联言看那萋萋然飞满天的白色的杨花，感到万物是多么地自负不凡啊！其中的“萋萋”一词言杨花之多，漫无边际。隋代有民歌云“杨柳青青着地垂，杨花漫漫搅

天飞”。其中的“漫漫”与“萋萋”义近。

第四首诗为《奉天田明府席饯别》，原文如下：

屬城富才雄，文園餞席同。此席何所餞，徭役五原中。疾沙亂飛雪，連車雜轉蓬。雁歸寒塞近，客散祖亭空。日夕不遑次，蕭條鳴朔風。

【释析】题中的“田明府”，释为姓田的县令。第一联言奉天县的杰出人才非常多，文人们同来此地参加饯别的宴席。第二联言这次宴席是为哪些人送行？为那些将要去五原边塞服徭役的人。第三联言那里的飞沙迅疾扑面，飘乱如雪；远行的马车被风沙围困，飘转的蓬草夹杂于其间。第四联言大雁南归，寒冷的边塞在靠近；客人散去，饯别的亭子空空如也。“祖”为鉴别送行义，“祖亭”在这里指饯行送别的亭子，《汉语大词典》失收这一义项。第五联言昼夜无暇歇宿。旅途奔忙，只有凛冽的北风在耳边呼啸，倍感寂寞冷落。

第五首诗为《答徐四箫（萧）关别醉后见投》，原文如下：

蕭關城南隴入雲，蕭關城北海生荒（尘）。咄嗟塞外同為客，滿酌杯中一送君。

【校补】“萧关城北海生荒”句中的“荒”字出韵，重出诗作“气”，亦出韵。[5]蒋礼鸿先生认为“尘”字的草书之形与“荒”相近，且其用韵与“君”相谐，故将此处的“荒”

校作“尘”，所言极是。这里的海，应该指传说中的溟海。据《列子·汤问》记载：“终北之北有溟海者，天池也，有鱼焉。其广数千里，其长称焉，其名为鲲。”《庄子·逍遥游》云：“穷发之北有溟海者，天池也。”然而传说中的溟海已变成了荒寂的不毛之地，故后人又对神话传说进行附会，以为是鲲鱼把海水吸尽、掀起海岸所致。宋黄庭坚《黄龙南禅师真赞》云：“乃有北溟之鲲，揭海生尘。”元黄溍《昆仑歌寄吾丘子行》云：“羲和走马不待人，鲸鱼吸海海生尘。” 所以这里的“海生尘”于句意亦通。

【释析】“萧关”，在唐代原州平高县东南三十里，从汉代到唐代都是关中通往塞北的交通要地，在今宁夏海原县境清水河西李旺乡附近。据《汉书·匈奴传》记载，萧关是匈奴进入关中必须攻克的关口：“孝文十四年，匈奴单于十四万骑入朝那、萧关，杀北地都尉印。”唐朝时，萧关仍是关中通往塞外的重要关口。《旧唐书·列传第一百二》云“而竟不能北逾白道，西出萧关，俾十九郡生民，竟沦左衽”。第一、二句写自己与朋友站在萧关城向南眺望，只见陇山高耸入云；站在萧关城向北遥望，传说中的溟海已经被无边无际的沙漠取代。第三、四句言诗人与朋友同在塞外、作客异乡，就把整杯酒一干而尽为朋友送别吧，以此来表达惺惺相惜之意。

九、敦煌写本P.3771《珠英集》残卷所见乔备佚诗

敦煌写本P. 3771《珠英集》残卷可见乔备诗四首，其中第

一首《杂诗》不见于传世刻本，原文如下：

蹔借金鎚秤，銜涕訴恩波。君情將妾怨，稱取謂誰多？秋吹淩紈索（素），空閨生網羅。不期流水引，翻作斷腸歌。

【校补】陈尚君先生将“秋吹淩紈索”中的“淩”校为“绫”，可能是因为之前的“吹”字为动词，所以把“淩”改为名词“绫”。然而在唐诗中，亦有“秋吹”这一短语后连用动词的用例。如唐刘宪《奉和七夕宴两仪殿应制》中的“秋吹过双阙，星仙动二灵”句。“淩”在这里表示侵犯、欺凌义，于句意亦通，不烦校改。

【释析】第一联言暂时借来挂有金锤的秤，含着泪来诉说帝王的恩泽。第二联言想拿这个秤称一称君王的情意和贱妾的哀怨，看看谁多谁少。第三联暗用了班婕妤遭弃的典故，言秋风侵凌、纨扇见弃，空寂的闺房里已经蒙网生尘。第四联中的“引”义为乐曲。“流水引”指美妙的乐曲。《吕氏春秋》云“伯牙鼓琴，锺子期听之，志在泰山。锺子期曰：善哉！巍巍乎若太山。须臾，志在流水，子期曰：汤汤乎若流水。子期死，伯牙破琴绝弦，终身不复鼓琴，以为世无赏音。”《珠英集》的编纂者崔融在《哭蒋詹事俨》诗中亦提到了这支曲子：“即今流水曲，何处俗人知。”此联暗用钟子期和俞伯牙的典故，说怎么会料到那么美妙的乐曲会化为悲痛凄美的绝响，言外之意是曾经的相知相赏之情已荡然无存，只剩彻骨的思念和哀痛。

十、敦煌写本P.3771《珠英集》残卷所见元希声佚诗

敦煌写本P. 3771《珠英集》残卷可见元希声诗二首，其中第二首《宴卢十四南园得园韵》不见于传世刻本，原文如下：

超遥乘遐景，洒散绝浮喧。写望峰云出，开襟夏木繁。野人怜狎鸟，游子爱芳荪。卧筱低臨席，惊流注满园。澹然林下意，琴酌坐忘言。

【释析】第一联的“超遥”一词，既指所处之地高远、视野开阔，又指诗人与友人之超然、轻快的心情。《宋书·隐逸列传》云“舟超遥以轻飏，风飘飘而吹衣”。由“洒散”一词，可知诗中所说的南园经雨水洒落，了无尘埃，将尘世的喧嚣嘈杂隔绝在外。令狐楚《省中直夜对雪寄李师素侍郎》诗中的“洒散千株叶，销凝九陌埃”亦是写大雪洒落枝叶，尘埃销尽的景象。第二联言敞开胸怀极目远望，只见山峰上的云飘了出来，夏日的草木长势繁密。第三联中的“野人怜狎鸟”暗用了《列子·黄帝》中“海上之人从鸥鸟游”的事典，表达了淡泊隐居、浑然忘机的情怀。“游子爱芳荪”则化用了南朝谢灵运《入彭蠡湖口》中“客游倦水宿”“浥露馥芳荪”的诗句，表达隐居之幽情。第四联言低卧在细竹林中，享用着酒席，眼前有满园激流倾泻。最后一联运用了“竹林七贤”的典故，说我和朋友不由萌生了恬淡隐退之意，一边弹琴一边饮酒，自然而然就得到了此中的真意，无须用言语表达。这里的“坐”是

自然而然的意思。东晋孙盛《魏氏春秋》云："与陈留阮籍，河内山涛，河内向秀，籍兄子咸，琅邪王戎，沛人刘伶相与友善，游于竹林，号为七贤。"

十一、敦煌写本P.3771《珠英集》残卷所见房元阳佚诗

敦煌写本P.3771《珠英集》残卷可见房元阳诗二首，均不见于传世刻本。

第一首为《送薛大入洛》，原文如下：

驚年嗟未極，別緒復相依。雁随（原卷字形）春北度，人共水東歸。夜月臨軒盡，殘燈入曉微。哀絲（思）一罷曲，幽桂徒芳菲。

【释析】第一联言诗人本就惊于年岁更换、岁月流逝，嗟叹不已，谁知又有离愁别绪相伴。由第二联可知，"薛大"将去之洛阳在送别地点的东北方向。此联大意为，大雁将随着暖春飞往北方，友人也将随水东去，回到洛阳。第三联提到了送别的时间，说窗户上空的月儿渐渐消失，将要燃尽的几点夜灯在晨光里显得十分微暗。第四联言曲终人散，徒劳哀怨，已无心去欣赏那幽香馥郁的桂花了。这里的"一"表现了与友人道别时间的短暂，与"徒" 为前后承接关系。

第二首为《秋夜弹棋鼓琴哥（歌）》，原文如下：

流月泛艷兮露色圓，拂孤□兮弄清絲。幽態窈窕兮斷復連，驚風中路兮迢流年。浮榮輕薄兮欲何賢，流商激楚兮不能宣。

【释析】第一联言月光流动闪耀，露色清圆。诗人拂弄着琴瑟，孤高而清雅。此联化自南朝梁江淹的《杂体诗·效体上人〈怨别〉》“露彩方泛艳，月华始徘徊”。第二联言乐声幽雅娴静时断时续，如同美丽的女子被强风阻在半路，岁月无声流逝，一切遥不可及。实是以美人来喻托诗人时运不济、怀才不遇。第三联进一步自嘲自叹，说虚名福利是多么浅薄，你还想成为哪个贤才呢？即使激昂凄切的音乐声，也无法宣泄心中的愤懑。“流商激楚”一词，运用了三国魏曹丕《善哉行》诗中“流郑激楚，度宫中商”的语典。

十二、敦煌写本P.3771《珠英集》残卷所见杨齐哲佚诗

敦煌写本P. 3771《珠英集》残卷可见杨齐哲诗二首，其中第一首《秋夜宴徐四山亭》不见于传世刻本，原文如下：

眷言北山岑，非謂靡遠尋。庭際有幽石，自然飫遐心。月下池涼（涼池）彩，風竹來清音。樽酒故人意，蒼蒼寒露深。

【释析】第一联言顾恋北山的岑寂，并非因为它无须远寻。其中的“靡”为否定副词，义为“无须”。《尔雅·释言》云：“靡，无也。”第二联、第三联具体描绘了此地的胜景，说出了顾恋北山的原因。大意为：庭院边上有幽静的石头，天然形成的景色能能够喂饱我这避世隐居之心。月光洒落在清凉的池水中，波光潋滟；微风吹过竹林，声音清越。第四联言诗人与友人举杯饮酒、畅叙幽情，不知不觉间夜色已深、

寒露深重。

十三、敦煌写本P.3771《珠英集》残卷所见胡皓佚诗

敦煌写本P.3771《珠英集》残卷可见胡皓诗三首，其中一首仅存诗题，均不见于传世刻本。

第一首为《奉使松府》，原文如下：

蜀山周地險，漢水接天平。波濤去東別，林嶂隱西傾。露白蓬根斷，風秋草葉鳴。孤舟忽不見，垂淚坐盈盈。

【释析】题目中的“松府”，指唐代设立的松州都督府，现址在四川省阿坝藏族羌族自治州东北部的松潘县，是唐代西南的边陲重镇。《元和郡县图志》卷第三十二云：“武德元年陇、蜀平定，改置松州，贞观三年置都督府，后但为州。”第一联言蜀山沿线地势险要，江水连天、水天一色。第二联言随着波涛向东道别，隐隐看到从林遮蔽的险山向西倾斜。说明诗人的行程可能是从东都洛阳出发，沿着汉江西下。第三联言露水凝结变白，秋风吹断了蓬草的根，在衰草枯叶间盘旋悲鸣。第四联言诗人乘着孤舟远行，忽然就看不见岸边送行的人了，眼里瞬间含满了泪水。其中“坐”与“忽”互文同义，为“顿时”“急遽”义。

第二首为《夜行黄花川》，原文如下：

的的夜綿綿，劍外歷高天。露浩空山月，風秋洞壑泉。飢鼯

啼遠樹，暗鳥宿長川。借問邛關道，遙遙復幾年?

【释析】此诗与《奉使松府》相承接，亦是描绘出使松府途中的景象。诗题中的“黄花川”指黄花水，位于泸州成都县以南。据《元和郡县志》记载：“黄花水，在县南八里。”第一联言长夜寂寂、夜色分明，行至剑阁以南，越过巍峨群山，高朗的天空仿佛触手可及。第二联言空寂无人的山中，但见露水浓重，映照着月光莹莹；秋风吹过，深谷幽泉中发出簌簌的响声。第三联言隐约听到饥饿的鼯鼠在远处的树上啼叫，有很多不知名的鸟儿在长河边上栖宿。“暗鸟”在这里指夜色中鸟儿的身影模糊不清。南朝陈陈叔宝《晚宴文思殿诗》云：“萤光息复起，暗鸟去翻归。”第四联的“邛关”指邛崃关，是蜀地西南的关塞重地。《读史方舆纪要》云：“十三年，路岩帅西川，亦扼大渡河，治故关邛崃关也。”此联言如果要去遥远的邛崃关，何年何月才能到达呢？从侧面衬托出蜀地地势之险峻、道路之难行。

第三首诗为《登灰坂》，仅存诗题，兹不赘论。

【参考文献】

[1]王素.敦煌本《珠英集·帝京篇》作者考实.[J].敦煌研究，2017(1):88-90.

[2]王晓曦.初唐定州崔氏兄弟诗歌研究.[D].河北大学，2007:2.

[3]余欣.敦煌本《珠英集》残卷所见刘知几佚诗三首笺证[J].敦煌学辑刊,1999(1):96.

[4]余欣.敦煌本《珠英集》残卷所见刘知几佚诗三首笺证[J].敦煌学辑刊,1999(1):97.

[5]徐俊.敦煌诗集残卷辑考[M].北京:中华书局,2000:579.

敦煌写本《瑶池新咏集》《唐女冠诗丛钞》异文的类型及价值

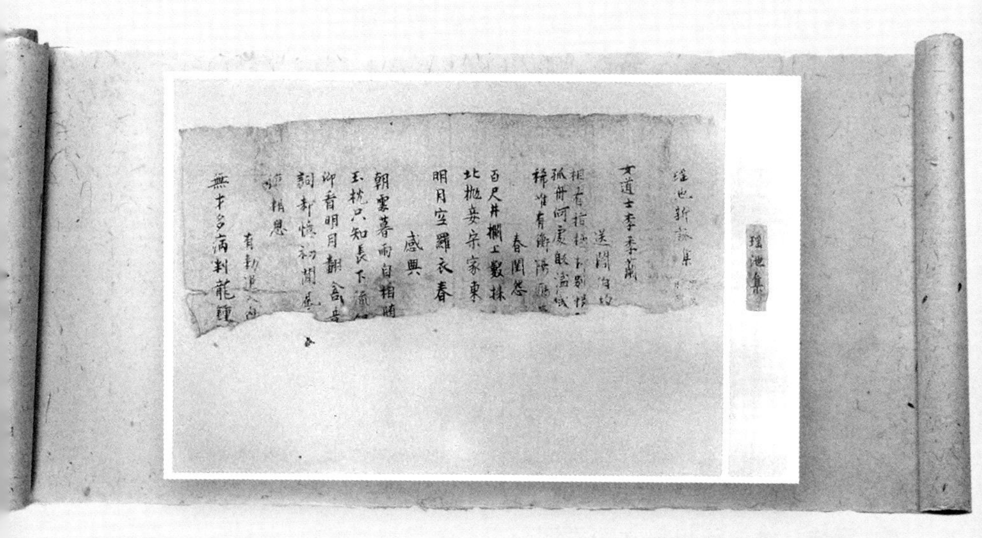

俄 Дх.06654　Дх.06722

敦煌写本《瑶池新咏集》《唐女冠诗丛钞》均收录了李季兰、元淳等女诗人的诗作，其中，《瑶池新咏集》见于俄藏Дx.3861、Дx.6654、Дx.3861、Дx.3872+3874、Дx.11050残卷，《唐女冠诗丛钞》见于法藏P.3216残卷。两种诗钞中的《秦中春望》《感兴》等诗仍存于《才调集》《全唐诗》等传世刻本中，但在诗题和字句方面有不少出入。本文将仔细勘别敦煌写本与传世刻本在诗题、字句方面的异同，并进一步论析敦煌写本《瑶池新咏集》《唐女冠诗丛钞》异文的价值。

一、敦煌写本《瑶池新咏集》《唐女冠诗丛钞》所见异文的类型

敦煌写本《瑶池新咏集》《唐女冠诗丛钞》所见异文，从词性上来说，主要分为实词异文和虚词异文。从表达效果上来说，则分为以下几类。

（一）诗题更贴合文意者

敦煌写本俄藏Дx.6654、Д3861（1）《瑶池新咏集》残卷所录的第一首诗为李季兰《送阎伯均》，《中兴间气集》《唐

诗纪事》《名媛诗归》《全唐诗》题作《送韩揆之江西》；《又玄集》题作《送韩三往江西》；《才调集》《吟窗杂录》题作《送阎伯均往江州》；《文苑英华》题作《送韩葵之江西》；《唐诗品汇》题作《送韩揆之西江》，并于诗题下标注"诗府作送阎伯均"。可见敦煌写本的诗题与明代的一本叫《诗府》的诗歌选集是相同的。《全唐诗》中有李嘉佑《秋晓招隐寺东峰茶宴送内弟阎伯均归江州》，皇甫冉《招隐寺送阎判官回江州》两首诗，可知阎伯均确实到过江州。而且通过李季兰写给阎伯均的其他诗作如《送阎二十六赴剡县》《得阎伯均书》，可知二人多有交集，所以聂艳莲认为此诗为阎伯均而作的可能性最大，[1]而韩揆这个人无从考证，故陈尚君先生亦认为此诗所送之人为阎伯均的可能性较大。[2]由此可见，敦煌写本所见诗题《送阎伯均》，与诗题的原貌较为接近。

敦煌写本俄藏Дx. 3872+3874（1）《瑶池新咏集》残卷所录的第二首诗为李季兰《寓兴》，《吟窗杂录》及《全唐诗》题作《偶居》，钟惺认为《偶居》这首诗的内容与诗题关联度不大。①敦煌所见《寓兴》一题指寄托怀抱或兴致，全诗的内容也是借由浮云来寄托某种兴味，所以"寓兴"的诗题更加贴合诗意。

敦煌写本俄藏Дx. 3872+3874（2）《瑶池新咏集》残卷所录的第三首诗为元淳《感兴》，《吟窗杂录》《全唐诗》皆题

① ［明］钟惺《名媛诗归》，中国人民大学图书馆藏明刻本。

为“寄洛中姊妹”，徐俊先生认为敦煌写本的诗题与诗意更加契合。[3]

（二）遣词用字佳于传世刻本者

敦煌写本《瑶池新咏集》中的有些异文，在营造意境、结构呼应、文辞畅达方面都要胜于传世刻本。

【西江—江西】

敦煌写本俄藏Дx.6654、3861（1）《瑶池新咏集》残卷所见《送阎伯均》诗中的第三句“万里西江水”，《又玄集》《才调集》《文苑英华》《吟窗杂录》《唐诗品汇》《名媛诗归》作“万里西江水”，与此同。《中兴间气集》《唐诗纪事》《全唐诗》均作“万里江西水”。唐代安史之乱后，“江西”主要指现在的江西全省。如果说李季兰诗中的万里浑茫之水仅仅指江南西道这个地方的长江水，未免窄化了这句诗的意境。陈文华先生选择了“万里西江水”这个版本，并注释“西江”为长江，[4]扩大了所指江水的范围。然而，李季兰这里的“西江水”，可能并没有具体的实指。在她生活的年代，江西一带恰有“一口吸尽西江水”的禅案；[5]与李季兰交往密切的陆羽也有“千羡万羡西江水”（《六羡歌》）的诗句。据此可知，诗中的“西江水”应释为“自西而来的浑茫无尽的大江之水”。显然，“西江水”的版本更贴合全诗的意境。

【凤城—凤楼】

敦煌写本法藏P.3216《唐女冠诗丛钞》残卷所见元淳《秦中春望》中的“凤城春望好”，《才调集》《全唐诗》作“凤

楼春望好”。“凤城”是长安城的美称。[6]“凤楼”则指宫中的楼阁，[7]与对句中的“宫阙”词义重复。而诗题中的“秦中”一词，既可泛指关中地区，[8]又可专指长安城。由白居易《秦中吟》（并序）的内容可知，其中的“秦中”即指长安城。①敦煌写本之“凤城春望”与“秦中春望”相呼应，起到了开篇点题的作用，以一“好”字来总述长安城所见之春景。故以敦煌本为佳。

【云中—雨中】【雪后—霁后】

敦煌写本法藏P.3216《唐女冠诗丛钞》残卷所见元淳《秦中春望》第二联，在敦煌写本俄藏Дx.3872+3874（2）《瑶池新咏集》中残缺不全，法藏P.3216作“上苑云中树，终南雪后峰”，《才调集》《全唐诗》作“上苑雨中树，终南霁后峰”。此联格律为“仄仄平平仄，平平仄仄平”，“云”为平声，“雨”为上声，“云”显然更符合平仄的格律。从文意上看，“上苑云中树”写雨后的皇宫园林烟云笼罩，如仙境一般。敦煌本以“云”与“雪”相对，传世刻本以“雨”与“霁”相对。“霁”，《说文解字》释作“雨止也”，“雨”与“霁”，在义素上有重复之处。以此观之，敦煌写本之对仗显得更有层次，于工整中而有变化。再者，“上苑云中树，终南雪后峰”所描绘的是皇宫园林云烟笼罩、雪后诸峰晶莹耀眼的景象，以颈联之“落花”可知，此时当为暮春时

① ［唐］白居易《秦中吟》（并序）：“贞元、元和之际，予在长安，闻见之间，有足悲者。因直歌其事，命为《秦中吟》。”

节，而终南山海拔较高、气候寒冷，故极可能出现长安城中下雨、终南山上下雪的情况。关于终南山春日落雪，唐李子卿有《望终南春雪》之诗，唐张乔也写过终南山“带雪复衔春”的奇景。“上苑雨中树，终南霁后峰”则描绘了雨中浸润的园林、雨后放晴的山间景色。敦煌写本所绘之景较之更为奇丽。

【雁足—雁翅】

敦煌写本俄藏Дх.3872、3874（2）《瑶池新咏集》残卷所见元淳《寄洛中姊妹》中的“题书凭雁足”句，《又玄集》作“题书凭雁翅”，《才调集》《吟窗杂录》《唐诗品汇》《全唐诗》均作“题书凭雁翼”。“雁足”一词在古诗中常喻指书信或信使，来源于《汉书》中“雁足传书”①的典故，如南朝梁王僧孺《咏捣衣》中亦有“寸心凭雁足”的诗句，与此句用法相似。而“雁翅”“雁翼”两个词，或指雁翅般排开之形，与“鱼贯”“鱼鳞”等对举，如：

石关鱼贯上，山梁雁翅行。——北朝·周庾信《伏闻游猎》

雁翼金桥转，鱼鳞石道回。——唐·王绩《游山寺》

此外，“雁翅”“雁翼”还可代指如雁翅般横形展开的阵营，[9]如：

战马铁衣铺雁翅，金河东岸阵云开。——唐·张文彻《龙

① 《汉书·苏武传》：“常惠……教使者谓单于，言天子射上林中，得雁，足有系帛书，言武等在某泽中。”

泉神剑歌》

鱼丽阵接塞云平，雁翼营通海月明。——唐·贺朝《从军行》

这两种用法，都与书信无关。故以敦煌本“雁足”为佳。

【武陵—茂陵】

敦煌写本俄藏Дх.3872、3874（2）《瑶池新咏集》残卷所见元淳《闲居寄杨女冠》“闻道武陵山水好，碧溪东去有桃源”，《吟窗杂录》《全唐诗》作“闻道茂陵山水好，碧溪流水有桃源”。由此联句意推知，应是运用了与武陵相关的桃花源的典故，表达对友人所居之地的赞美与向往之情。而“茂陵”则指汉武帝刘彻的陵墓，显然与句意不符，之所以讹误至此，盖“茂陵”即汉武帝陵，而“武帝陵”与“武陵”只差一字，抄写者误将二者混同，而作“茂陵”。

【鸾凤—麟凤】

敦煌写本俄藏Дх.3872、3874（3）《瑶池新咏集》残卷所见元淳《送霍师妹游天台》“鸾凤隔云攀不及”句，《又玄集》《吟窗杂录》作“麟凤隔云攀不及”。此联化用了黄帝乘龙升天这一出自神话传说的典故。此事首见于《史记·封禅书》，写黄帝在荆山铸鼎成功后，就骑着龙飞升了，臣子和妃子们得以追随黄帝爬上龙身的仅有七十余人。[1]李白《飞龙引》再次对这一场面进行渲染，臆想飞龙身后还驾驶着鸾

---

①《史记·封禅书》：“黄帝采首山铜，铸鼎于荆山下。鼎既成，有龙垂胡髯，下迎黄帝。黄帝上骑，群臣后宫从者七十余人，龙乃上去。”

车，宫女们乘坐于其间，侍奉黄帝遨游太虚。①元淳诗中的“鸾凤”，当指黄帝升仙时乘坐的鸾车凤辇。“鸾凤隔云攀不及”，大意是隔着渺渺云烟，黄帝和宫女们已经驾驶着鸾车凤辇远去，是很多人所攀附不及的。晚唐时人、道教八仙之一蓝采和亦有“朝骑鸾凤到碧落，暮见桑田生白波”[10]的诗句，其中的“鸾凤”亦指升仙的座驾；而“麒凤”一词，或指麒麟和凤凰，为“四灵”之中的二灵，亦指才智出众者，并没有表示“君王”或“君王座驾”的义项与用例。故以敦煌写本“鸾凤”为佳。

（三）敦煌写本在结构上更为对称者

【至长至短—至近至远】【至远至近—至高至明】【明月—日月】

敦煌写本法藏P.3216《唐女冠诗丛钞》残卷第二首为《八至》，诗中第一句“至长至短东西”，《才调集》《名媛诗归》《全唐诗》均为“至近至远东西”；第三句“至远至近明月”，《才调集》《名媛诗归》《全唐诗》作“至高至明日月”。权衡上下文，每一句包含的两个“至”都是相反相成对立统一的关系。而传世刻本所载第三句中“至高”与“至明”所构成的相反关系稍显牵强。敦煌写本中的“至远至近明月”，写明月忽近忽远，亦未尝不可。再从八个“至”所修饰

① ［唐］李白《飞龙引》其一：“黄帝铸鼎于荆山，炼丹砂。丹砂成黄金，骑龙飞上太清家。云愁海思令人嗟，宫中彩女颜如花。飘然挥手凌紫霞，从风纵体登鸾车。登鸾车，侍轩辕，遨游青天中，其乐不可言。”

的名词来看，敦煌写本中第一句与第四句中的“东西”与“夫妻”都是并列复合词，中间两句的“清溪”与“明月”都是偏正复合词，整体结构上更为对称。

（四）敦煌写本所见异文表意更为浅显者

【与—远】

敦煌写本俄藏Дx.3872+3874（1）《瑶池新咏集》残卷所见李季兰《寓兴》诗第一句，只余“心与浮云”，P.3216亦收录此诗，脱“不”字，徐俊先生据《吟窗杂录》补作“心与浮云去不还”[11]，《吟窗杂录》《名媛诗归》作“心远浮云去不还”，《全唐诗》作“心远浮云知不还”。钟惺评此句云：“浮云去不还上，何处着‘心远’二字？有此二字，便觉语意有神。”①他认为，“心远”二字与“浮云去不还”的搭配十分传神。陶渊明写过“心远地自偏”（《饮酒》），王昌龄亦有诗云“心远洞庭水”（《巴陵别刘处士》），“心远”二字常有“隐居避世”的含义，因而使这句诗有了“想远离尘世，像浮云那样一去不回”的含义。而敦煌写本中“心与浮云去不还”，是指心随着浮云一去不返，亦通，语意相对浅显明了。

（五）异文的双方无分高下者

【自—镇】

敦煌写本俄藏Дx.6654、3861（1）《瑶池新咏集》残卷所见李季兰《感兴》诗中的第一句“朝云暮雨自相随，雁去人

① ［明］钟惺《名媛诗归》，中国人民大学图书馆藏明刻本。

行有返期”，《才调集》《全唐诗》作“朝云暮雨镇相随，去雁来人有返期”，“自”与“镇”在词义上有细微差别，“雁去人行”与“去雁来人”则为语序之别，然用在此联语意皆通，与李季兰交往密切的文人朱放《送温台》亦有“眇眇天涯君去时，浮云流水自相随”一联，与敦煌写本之“自相随”用法相似。

【故夫—故人】【判—分】

敦煌写本俄藏Дx.6654v、3861（2）《瑶池新咏集》残卷所见李季兰《有敕追入内留别广陵故夫》，《才调集》《全唐诗》题作《恩命追入留别广陵故人》，《吟窗杂录》《名媛诗归》作《留别广陵故人》。徐俊先生据传世刻本，将“夫”校作“人”。[12]然而，Дx.3872、3874（1）亦有李季兰《陷贼后寄故夫》一诗，说明“故夫”确有其人，不烦校改。且“故夫”为“前夫”义，“故人”亦有“前夫或旧日情人”的义项，[13]于文意皆通。

此诗第一句“无才多病判龙钟”，各传世刻本作“无才多病分龙钟”，其中，“判”为“判定”义，“分”读为去声，为“意料”义，都指“料定自己已走到潦倒衰老之年”。

【睹—念】

敦煌写本俄藏Дx.6654v、3861（2）《瑶池新咏集》残卷所见李季兰《溪中卧病寄□校书兄》诗中的“已看云聚散，更睹木枯荣”，《吟窗杂录》《全唐诗》作“已看云聚散，更念木枯荣”。其中，“睹”与“看”为近义词，“睹”强调看

的结果，“看”强调看的动作，为互文同义。“念”，《说文解字》释作“常思也”。“看”为外在的动作，“念”为内在的心理活动，一“看”一“念”，对仗更有层次感。

二、敦煌写本《瑶池新咏集》《唐女冠诗丛钞》异文的文献价值

敦煌写本《瑶池新咏集》《唐女冠诗丛钞》异文的文献价值，主要表现在与传世刻本相互校勘、互为训释上。

（一）据传世刻本校敦煌写本

1.据传世刻本推知敦煌写本产生讹误的原因

【流—泪】

敦煌写本俄藏Дx.6654、3861（1）《瑶池新咏集》残卷所见李季兰《感兴》诗中的第三句“玉枕只知长下流”，《才调集》《全唐诗》作“玉枕只知长下泪”。敦煌变文中有“既是下流根本劣”（《长兴四年中兴殿应圣节讲经文》），“下流”是“下等”的含义，用在这里与诗意不符。“流”与“泪”经常连用，且同属来母、形符相同，因此抄写者或误将“泪”误写为“流”。故敦煌写本应据之校作“玉枕只知长下泪”。

2.据传世刻本之语义关系调整敦煌写本的语序

【理—拂】【对—理】

敦煌写本俄藏Дx.6654v、3861（2）《瑶池新咏集》残卷所见李季兰《有敕追入内留别广陵故夫》第四句“当惭理镜对衰容”，《才调集》《吟窗杂录》等传世刻本均作“多惭拂

镜理衰容”。敦煌写本和传世刻本都为连谓句，两个动词的语义搭配关系分别为“理镜对容”和“对镜理容”。而在唐代及之前的典籍中，找不到“理”与“镜”搭配组成述宾短语的用例。倒是有不少“对（清）镜理容”的连谓短语。如“清晨对镜理容色”（施肩吾《襄阳曲》）、“清镜理容发”（韦应物《拟古诗十二首》），语意与之相似。在其他唐诗写本中，也出现过隔字倒误的例子。如敦煌写本白居易“至今阴雨风寒夜”（《折臂翁》），《四部丛刊》《白氏长庆集》作“至今风雨阴寒夜”，从字义上理解，敦煌写本显然为倒误。据传世刻本之词义搭配及敦煌写本以往倒误的用例，可知此句亦存在“倒误”，即“理”和“对”的顺序颠倒，应校对为“当惭对镜理衰容”。

（二）据敦煌写本训释传世刻本

敦煌写本中出现的与传世文献中相异的诗题，有助于更好地理解和阐释传世文献中的诗题。

【寓兴—偶居】

敦煌写本俄藏Дх.3872+3874（1）《瑶池新咏集》残卷所见李季兰《寓兴》，《吟窗杂录》及《全唐诗》题作《偶居》。明代钟惺《名媛诗归》评《偶居》云：“妙在全不似题。一欲着题，便入庸流一路去矣。”[1]要读懂钟惺的评语，必须弄清楚“偶居”一词的含义。在唐代，“偶居”有“一起居

① ［明］钟惺《名媛诗归》，中国人民大学图书馆藏明刻本。

住”的意思。例如：

偶居无猜，义深于奉上。——唐·李旦《赠裴炎益州大都督制》）

秋风益高，暑气益衰，可偶居卒谈。——唐·柳宗元《报袁君陈秀才避师名书》

此外，“偶居”一词还有“偶然位于”“偶然居住”的含义，进而引申出“别墅、别业”的义项。例如：

长安城中有横亘六冈，如乾象，度宅偶居第五冈。（偶居：偶然位于）——宋·司马光《资治通鉴》

颇习田野事，偶居朝市间。（偶居：偶然居住）——宋·刘敞《宋门城下新居》

留酌其家，且以湖艇携榼送予至偶居。（偶居：别业、庄园）——明·祁彪佳、王思任《甲乙日历》

如果李季兰诗题中的“偶居”为“与某人一起居住”的含义，确实如钟惺所说，言及男女之情，诗意会庸俗不堪；但若以敦煌所见《寓兴》诗题去补充训释“偶居”，则会产生与之相异的理解。因“寓兴”为“寄托兴致与怀抱”之义，故“偶居”亦应解释为偶然居于某地寄托感怀的含义。唐诗中常有居住于某地寄托感怀的诗题，如王建的《闲居即事》、王昌龄的《灞上闲居》、齐己的《村居寄怀》、司空图的《寓居有感》等。有的诗人则省去后面的“感怀”“寄怀”等，直

接以“X居”为题，如白居易的《闲居》《村居》等。可见，“偶居”即省略之例。

三、小结

敦煌写本《瑶池新咏集》残卷抄写字迹娟秀工整、讹误极少，且诗题及作者均单列一行，形制甚为考究。《唐女冠诗丛钞》抄写较为随意。二者作为刻本流传之前的写本形态之一，具有不同于刻本文献的自身特点。由于写本形态与刻本形态产生讹误的概率相当，[14]故不能盲目地否定某种形态，而应以两种形态相互校勘训释。

【参考文献】

[1]聂艳莲.李冶研究[D].扬州大学,2010:19.

[2]陈尚君.青青子衿系列 行走大唐[M].桂林:广西师范大学出版社,2018:105.

[3]徐俊.敦煌诗集残卷辑考[M].北京:中华书局,2001:683.

[4]陈文华.唐女诗人集三种[M].上海:上海古籍出版社,1984:6.

[5]李浩.马驹:道一传灯录[M].北京:生活·读书·新知三联书店,2017:181.

[6]罗竹风.汉语大词典[M].上海:汉语大词典出版社,2001:17859.

[7]罗竹风.汉语大词典[M].上海:汉语大词典出版社,

2001:17867.

[8]罗竹风.汉语大词典[M].上海:汉语大词典出版社,2001:11215.

[9]罗竹风.汉语大词典[M].上海:汉语大词典出版社,2001:16167.

[10]和兴文化编.太平广记[M].西安:陕西人民美术出版社,2014:15.

[11]徐俊.敦煌诗集残卷辑考[M].北京:中华书局,2000:682.

[12]徐俊.敦煌诗集残卷辑考[M].北京:中华书局,2000:681.

[13]罗竹风.汉语大词典[M].上海:汉语大词典出版社,2001:6884.

[14]窦怀永.写本视角的版本思维观察——以敦煌写本为中心[J].敦煌写本研究年报,2019(13):181.

敦煌写本《瑶池新咏集》所见佚诗、佚句的价值

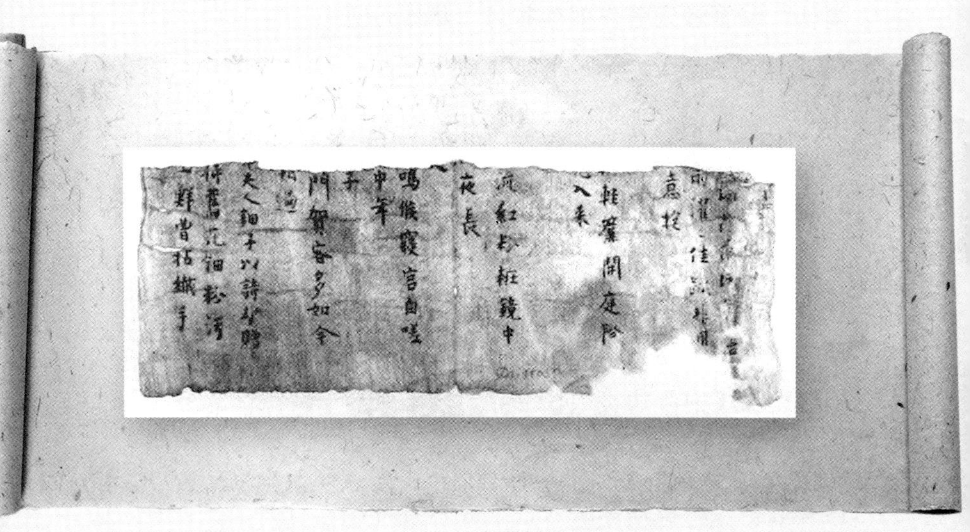

俄Дх.11050

《俄藏敦煌文献》第十三、十五册出版后，徐俊、荣新江先生先后对其进行了系统地整理校勘，发现了《瑶池集》的题签，题署所编内容为大唐女才子所著篇什，编纂者为著作郎蔡省风。集中可见“女道士李季兰”“女道士元淳”等四位女才子题名下共计二十三首诗作，[1]四位女才子的排列次序与《又玄集》《吟窗杂录》相同，且行款讲究、字迹娟秀，讹错极少。其中，元淳《感春》、张夫人的两首阙题诗均不见于传世刻本。李季兰《春闺怨》《溪中卧病寄□校书兄》《陷贼后寄故夫》三首诗、元淳《感兴》《闲居寄杨女冠》《送霍师妹游天台》等六首诗，传世刻本仅存残句，敦煌写本存全篇。这些佚诗、佚句对于研究唐代女诗人的诗歌选题、诗歌风格及生平经历具有十分重要的作用。

一、对诗歌题材的开拓

敦煌写本《瑶池新咏集》所见女诗人佚诗三首，皆残缺不全，却让我们看到了女诗人在诗歌选材上的更多可能。如元淳

的诗作多为修道炼丹、女冠交往、思乡怀亲之作，《感春》这首佚诗却似是借春景来表达青春易逝、芳心难付的怨情，披露了更加私密的感情世界，与元淳的其他诗作题材迥异。张夫人的两首阙题诗皆为五言绝句，其中一首反映了庭际帘间平静的闺阁生活，另一首阙题诗，残有“鸣候寝宫”“自嗟”“年中”等词。“寝宫”一词，在《通典》《唐会要》《新唐书》《旧唐书》等唐宋历史典籍中，皆指帝王陵寝。① 由此可知，张夫人诗中所写的等候于寝宫的女子，极有可能与白居易《陵园妾》中的女子相类，是幽闭于帝王陵园中的侍妾，所以才引发了后两句年光虚掷的嗟叹。张夫人为吉中孚妻，吉中孚初为道士，历任校书郎、翰林学士、户部侍郎等职。[2]张夫人作为士大夫女眷，应该对宫廷女子的生活有所耳闻，这首阙题诗即为陵园侍妾的代言。传世写本所载的张夫人诗中，不仅有抒发自身情愫的题材，更有对同阶层女性的关注，如《拾得韦氏花钿以诗寄赠》。这首阙题诗则转向了对宫廷女子境遇的关注，这表明张夫人在创作过程中已经具有为女性代言的意识。

二、对诗歌艺术手法及风格的探究

敦煌写本《瑶池新咏集》所见女诗人佚诗、佚句，有利于更加全面地把握唐代女诗人多姿多彩的诗歌风格。

---

① 参见《汉语大词典》第三卷，5012页。

（一）李季兰诗中的“汉魏余风”

陈文华曾评李季兰诗“抒情直率深切、往复难尽，犹有汉魏余风”[3]。敦煌所见李季兰佚诗、佚句中的“汉魏余风”，主要表现在对汉魏古诗的化用及结构的借鉴上。

其诗不仅化用汉魏五言诗于无痕，如《春闺怨》中的“罗衣春夜暖，愿作西南风”，即化用了曹植的“愿为西南风，长逝入君怀”（《七哀诗》），而且能将汉魏五言诗化出新意。如《陷贼后寄故夫》的前四句“日日青山上，何曾见故夫。古诗浑漫语，教妾采蘼芜”，由乐府古诗起兴，说古诗中所言“上山采蘼芜，下山逢故夫”看来全是空话，反用其典，表达其不见故夫的失望之情。

李季兰诗中的“汉魏遗风”还表现在对汉魏古诗“迭加结构”[4]的运用上。

《春闺怨》首联以景起兴，颔联由景及事，追忆过往、已含怨意。颈联极言相思之苦，以过去、现在，白天、夜晚的片段层层迭加，尾联“罗衣春夜暖，愿作西南风”终见款款深情，与古诗《行行重行行》的结构布局相类。这一联说春天真的来了，长夜里披着单薄的罗衣也不觉寒冷，多想化作西南风，将这春日的暖意传递给远方的你啊！明代笔记小说《情史》中有小水人所作壁上诗，其中的“日月坐成夜”“一夜月空明”“月色照罗衣”等句显然是从李季兰《春闺怨》的后四句诗化用而来。

《陷贼后寄故夫》首联以反问句对《上山采蘼芜》中的事

典进行否定，颔联并不对仗，继续以“浑漫”一词对其叠加否定，说自己每天在青山上遥望，哪里有故夫的影子呢？古诗里所说“上山采蘼芜，下山逢故夫”看来全是空话。表达了难忘“故夫”的深情。“鼙鼓喧城下，旌旗拂座隅”描绘了城下军鼓喧嚣、座旁旌旗密布的兵变场面。尾联进一步述说陷于贼庭身不由己的处境，说自己身躯微贱，本不足惜。只是命运任人摆布，连选择一死的机会都没有。在回环往复的叙说中，藏着无尽的深情与无奈。

《溪中卧病寄□校书兄》则从眼前的境遇说起，颔联颈联亦是从不同角度对其心境的叠加述说，却以“已”“更”“未”“多”等虚字勾勒出变化之迹，表现了诗人渴望得到朋友安慰的迫切心情。第一联“卧病无人事，闲门向水清”，写病中与人鲜有往来，门庭清闲冷落，唯余一池清水相对。第二联“已看云聚散，更睹木枯荣”运用了正对，以“云”和“木”比兴，承接上一联，抒发了“聚散无常、枯荣有数、青春易逝”的感叹。第三联“未恐溪边老，多为世上轻”，语意一转，说年岁蹉跎，其实自己并不害怕在溪边就此老去，但却常常为人世间的情谊之轻而耿耿于怀。第四联与另外一首《寄校书七兄》①结尾笔法相似，亦运用了《诗经》中“脊令在原，兄弟急难”的典故，以反问的语气，迫切希望这位校书兄顾念病中落寞的自己，表现出不求表意深远，却具典雅之音[5]的艺术特色。

---

① 此题据《中兴间气集》卷下所录。

（二）元淳诗的多义性

传世刻本中所见元淳诗《寓言》，由于作者运用典故、以景语结尾、表情含蓄，遂使诗作呈现出多义性的特征。一些学者认为其诗写的是诗人身为女道士，对炼丹宫女身处皇宫、追随君王的羡慕之情，以及岁月流逝、愿不能遂的惆怅与落寞；[6]但亦有学者认为，此诗表达的是对宫女炼丹无果、玄宗求仙无成的嘲讽。[7]敦煌写本所见《闲居寄杨女冠》全篇，亦表现出了这一特征。因其所寄对象与诗人的女冠身份相同，故首联中的“仙府”一词既可以指诗人所居之道观，叙说自己所居之处迟迟未传来友人的音讯；亦可指友人所居住的道观，叙说友人那边迟迟未有音讯传来。同样，颔联与颈联中的内容，既可视为诗人乐于静思道家玄理、不被尘世喧嚣所打扰，但也渴望与同道之人交流；又可视为运用“从对面着笔”的手法，揣想友人的修道生活及心境。尾联“闻道武陵山水好，碧溪东去有桃源”运用“桃花源”的典故，以景结情，为杨女冠所居之处蒙上神秘的色彩，使整首诗的意蕴更加丰富。

此外，敦煌所见《送霍师妹游天台》的佚句“日暮曲江相望处，翠屏遥指白云隈”与《寓言》的尾联笔法相似，皆运用了以景传情的手法，其中的“翠屏”一语双关，既指屋内翠绿的屏风，亦指天台山的“翠屏岩”，达到了含蓄不尽、寄意深远的艺术效果。此外，《感兴》诗中的末句“松柏问何人”亦可作双重解读，既可将“问”的主语视为“松柏”，运用拟人的修辞手法，说弟兄们墓前新长出的松柏早已不认得她，似乎

在问她，你是谁啊？间接抒发世事变迁、岁月无情之叹；又可将“问”的主语视为诗人自己，说她再回家乡，目之所及唯余弟兄们墓前的青青松柏，从今而后再也没有可以慰问之人，抒发手足零落的孤寂之情。

（三）张夫人善于“从平淡处见新颖”

张夫人擅长写乐府诗，她的《拜新月》受到后人极高的评价，胡应麟称其可与张籍、王建之乐府诗并论。①钟惺评其七古乐府《古意》中的“涓涓吹溜若时雨，濯濯嘉蔬非用天”曰“不特‘非用天’三字奇，即‘濯濯嘉蔬’四字亦奇。此奇在上四字用得生，下三字用得文”②。“非用天”三字主要奇在用意之新，指“人力胜天工”的新颖见解。而“濯濯嘉蔬”的“濯濯”则指蔬菜被浇灌之后肥泽的样貌。以“濯濯”表“肥泽貌”，在唐以前的诗词中都只用来形容鸟兽。[8]钟惺评其“用得生”即用语新颖之意。敦煌写本所见《柳絮》之佚句“欲知的的真如花”，此中“的的”一词表明艳貌，在唐以前的文献中皆用来形容山水，[9]张夫人此句中以“的的”来形容柳絮如花般明艳，亦体现了“用得生”的特色。

此外，张夫人的五言律诗、五言绝句亦形成了自己独特的风格。钟惺评其五言律诗《拾得韦氏花钿以诗寄赠》云：“只用平平铺叙，然亦有雅致，而无杂沓之态”，肯定了其擅

① ［明］周珽《唐诗选脉会通评林》：“胡应麟曰：此可参张籍、王建间。”
② ［明］钟惺《名媛诗归》，中国人民大学图书馆藏明刻本。

长用简洁的语言来铺叙故事的笔法。张夫人的五言绝句《谢喜鹊》，亦是让人耳目一新之作。相对于金昌绪《春怨》中埋怨枝上的黄莺无事相扰、沉迷于鸳鸯旧梦不愿醒来的抒情女主人公，张夫人的《谢喜鹊》更多地反映了女性对自身情感的审视与体悟。其中的“如今无此事，好去莫相过”，以讥诮的语气清醒地道出旧梦已成过往的真相，提醒女子们不要因为喜鹊的叫声而迷失在过去的幻梦里，表面上是让喜鹊“好走莫过”，实际上是让女主人公好好地跟过去告别，宽待自己。钟惺评此诗曰：“意气语反从琐细处发出，提醒愚人安顿自己念头”，说其擅长从琐细的生活场景或片段出发，得出催人警醒的语句。敦煌写本残存的五言绝句《咏泪》中的佚句“□流红粉妆”，亦是由眼泪把妆容打湿这一平常的生活细节，抒发容颜易老、夜长难寐的忧伤孤独；《寄远》中的“□朝不在家”，则是由丈夫终日不在家的琐事说起，继而叙述女子在家中的境况：“临风重回首，掩泪向庭花。”句中以“临风”“回首”“掩泪”“向花”等一连串动作特写，使得在庭院中独自徘徊、暗自神伤的女子形象跃然纸上。短短十个字，熔叙事、抒情、写景于一炉，使读者对女子顿生怜惜之意。

三、对诗人生平经历的提示作用

通过敦煌写本《瑶池新咏集》的一些佚诗、佚句，可以窥见诗人生平经历的某些信息。

（一）李季兰献逆诗另有隐情

除去《瑶池新咏集》所存李季兰诗之外，敦煌写本俄藏Дx.3865还保留了李季兰的一首阙题佚诗："故朝何事谢承朝，木德□天火□消。九有徒□归夏禹，八方神气助唐尧。紫云捧入团霄汉，赤雀衔书渡雁桥。闻道乾坤再含育，生灵何处不逍遥。"此诗的第一联称旧朝已经命衰运谢，无法承接下去。而新朝为顺应天命的木德，不仅将唐朝克尽，连生出土德的隋朝火德也一并消尽。第二联进一步将新朝的统治者比作"夏禹""唐尧"，使得万民归心、神明相助。第三联描述了帝王顺天受命后出现的祥瑞之兆。第四联再次赞美新朝建立之后乾坤因之重新收容化育，世间万物逍遥其中的景象。因朱泚绰号为"热熟尧舜"，此诗显然在歌颂朱泚称帝后建立的"大秦"新朝，而"木德□天火□消"句中的"□天"一词，疑即为朱泚所改的年号"应天"①。故徐俊先生亦认为此诗当为《奉天录》中记载的李季兰献给朱泚、并因此而被唐德宗扑杀的悖逆之诗。[10]

《瑶池新咏集》所见《陷贼后寄故夫》与此逆诗应为同一时期的作品，诗题中所提到的"故夫"是谁已无从考证，但就全诗的内容看，前两联委婉地表达了兵乱之后她与"故夫"相隔两地、不得相见之怨，颈联描绘了乱兵入城的喧嚣场面，尾联"苍黄未得死，不是惜微躯"则说自己在仓皇逃窜中未能一

① 朱泚称帝改年号事，见《五礼通考》："冬十月，泾原兵乱，帝幸奉天，朱泚应天元僭称秦帝。"

死了之，并不是因为爱惜微贱的身躯，而是迫不得已，或许也与惦记着这位“故夫”有关。以李季兰重情①之性格，为求得日后与情人的相见，而书写逆诗以求苟活，是极有可能的。

（二）元淳与洛阳出土墓志[11]中所述的元淳一为同一人

关于元淳，《又玄集》《唐诗纪事》中仅称其为“女道士”，对其生平经历未作详述。付俊琏、李青青等据法藏P.3216所见元淳《秦中春望》《寄洛阳姊妹》《感怀》三首诗，从身份、籍贯、所处时代、经历等方面论证了二者的相仿之处，并据其中所见“元淳懿”的题名，推测“元淳”与“元淳一”应为同一人[12]。贾晋华亦认为元淳诗篇中所显现的家庭背景及生平经历与墓志中的记述相合，且依据同时代的道士卢鸿又名为“卢鸿一”，墓志中恰有“元尊师法名淳一”的记载，推测“淳一”可能就是元淳的法名或字号[13]。兹根据敦煌所见元淳诗与墓志中的内容，对元淳的生平作进一步说明。

在家庭背景与社会地位方面，墓志中所述“系□后魏，郁为令族。惟□虲祖，奕世□萦□茂□怀州河内县丞”，大意是：元淳为后魏元氏后人，是历史上的名门望族，受祖上的恩荫，其家族世世代代都比较兴旺，其祖父或父亲曾任怀州河内县丞一职。而据《通典》记载，唐天宝七年（748年），唐玄宗诏封北魏孝文帝的第十代孙元伯明为韩国公，以延续魏室宗脉，②说

① ［明］钟惺《名媛诗归》卷11页1：“凡妇人情重者，稍多宛转。”

② 此事见《通典》卷七四礼典三四宾礼一“三恪二王后”。第2册，第2029页。

明后魏元氏家族在唐玄宗时期受到了恩遇。墓志中所述元淳一被度为道士并出任至德观观主亦是在天宝初年。至德观与皇家关系密切，初为隋文帝为女冠孟静素所建，亦是唐朝皇帝经常造访之地。由此可推知元淳一补缺奉职为至德观观主是唐玄宗对魏室女眷的恩赐。而元淳之应制诗《秦中春望》正似受恩遇出任至德观观主时所作。

在志趣性情方面，墓志中所述元淳一在幼年时即负文藻之才，与元淳之诗才相称。且元淳一在三教之中唯独钟情于道教，她对道家思想有较深的领悟。元淳《秦中春望》的“喜见休明代，霓裳蹑道宗”表达了对道教的喜爱与推崇，其中的“霓裳”一词与元淳一墓志中之“霓裳”相呼应，皆表达入道之决心。敦煌所见《闲居寄杨女冠》诗中的佚句“只将沉静思真理，且喜人间事不喧”，亦表达了潜心修道的满足与喜悦。《送霍师妹游天台》诗中的佚句“日暮曲江相望处，翠屏遥指白云隈”，不仅流露出对师妹的思念，更表达了对道教名山的仰慕之情，这都与墓志中所述元淳一的志趣相谐。

在生活经历方面，墓志中有述“大历中，竭来河洛，载抱沉痼。粤以□□年七月三日返真于东都开元观”，可知元淳一在安史之乱后又返回了故乡洛阳，当时已是重病缠身。而敦煌所见《感兴》诗中的佚句“废业无遗迹，仙都寄此身”，恰表现了返回家乡寻亲不得，只能在道观中托寄余生的凄凉之意，亦与元淳一墓志中所述的晚年凄凉之境相呼应。

如若墓志中所载元淳一即为女诗人元淳，其生活年代应为唐天宝初年至大历年间，落葬于唐德宗建中年间。而据赵元一《奉天录》中所载，李季兰于唐德宗兴元元年被扑杀，可知李季兰的卒年稍晚于元淳一。《瑶池新咏集》所收录的第三位女诗人是张夫人，因其丈夫有在大历、兴元年间生活的经历，她亦应生活在这一时期，和排于其前的两位女诗人生活年代相当，由此可对《瑶池新咏集》的编次顺序探知一二。

【参考文献】

[1]荣新江,徐俊.唐蔡省风编瑶池新咏重研[J].唐研究,2001(7):125−144.

[2]邓诗萍.唐诗鉴赏大典 第2卷[M].长春:吉林大学出版社,2009:317.

[3]陈文华.唐女诗人集三种[M].上海:上海古籍出版社,1984:4.

[4]蔡宗齐.六朝五言诗句法、结构、诗境新论——“圆美流转”境界的追求[J].上海师范大学学报(哲学社会科学版),2018(5):119−220.

[5][清]沈德潜.唐诗别裁集[M].上海:上海古籍出版社,2013:412.

[6]胡晓明.历代女性诗词鉴赏辞典[M].上海:上海辞书出版社,2016:86−87.

[7]贾晋华.《瑶池新咏集》与三位唐代女道士诗人:中国古代女性诗歌发展的新阶段[J].华文文学,2014(4):31.

[8]罗竹风.汉语大词典[M].上海:汉语大词典出版社,2001:8181.

[9]罗竹风.汉语大词典[M].上海:汉语大词典出版社,2001:11408.

[10]徐俊.敦煌诗集残卷辑考[M].北京:中华书局,2001:25.

[11]周绍良,赵超.唐代墓志汇编续集[M].上海:上海古籍出版社,2001:729.

[12]伏俊琏,徐正英.古代文学特色文献研究 第3辑[M].上海:上海古籍出版社,2018:305-306.

[13]贾晋华.《瑶池新咏集》与三位唐代女道士诗人:中国古代女性诗歌发展的新阶段[J].华文文学,2014(4):31.

敦煌写本P.2492+Дx.3865《唐诗文丛钞》异文的特征与价值

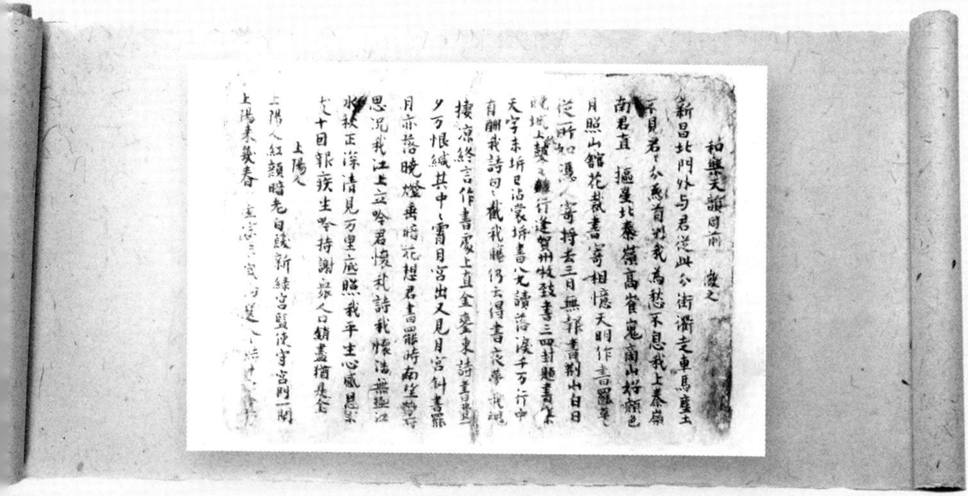

和樂天韻同前　微之
新昌北門外与君從此分街衢走車馬塵土
不見君々々分為背我為愁不息我上秦嶺
南君直　樞星北秦嶺高崔嵬南山好顏色
月照山館花裁書寄相憶天明作書罷
從所知憑人寄將去三月無報書判山白日
晚城上鼓々々行逢賀州牧致書三四封題書未
天字未拆日沾裳拆書八九讀落淚千万行中
有酬我詩句々截我腸仍云得書夜夢我魂
捿涼終宮作書處上直金鑾東詩書望
夕万恨緘其中々宵月宮出又見月宮斜書罷
月亦落曉燈垂暗花想君書罷時南望勞所
思況我江上立吟君懷我詩我懷浩無極江
水秋正深清見万里底照我平生心感君
丈十回報疾生吟持謝彝人口銷盡猶是舍
上陽人
上陽人紅顏暗老白髮新綠宮監使守宮門一閉
上陽來幾春　玄宗末歲初選入入時十六今

法 Pel.chin.2492　白香山诗集（10–2）

敦煌写本法藏P. 2492与俄藏Дx. 3865《唐诗文丛钞》残卷（以下简称P. 2492+Дx. 3865），原为同一诗册。[1]此诗册共抄录诗作二十二首。其中十九首为白居易诗，亦见于日本神田、上野等古抄本，《才调集》《文苑英华》《白氏长庆集》《白氏文集》《白氏讽谏》《白香山诗集》《全唐诗》等传世刻本；元稹诗一首，亦见于《元氏长庆集》《全唐诗》等传世刻本；李季兰诗一首，阙题，不见于传世刻本；岑参辞赋一首，仅存开头三句，亦见于《文苑英华》《唐文粹》《全唐文》等传世刻本。此卷诗册所见异文属于“异本异文”，即敦煌写本与传世刻本间有出入的字词句。仔细辨析这些异本异文的特征，不仅可以间接了解白居易诗在民间的传抄途径和传播特征，还可进一步明确此卷诗册的性质。

一、敦煌写本P.2492+Дx.3865《唐诗文丛钞》异文的特征

由于白居易诗在民间流传甚广，

早在白居易手定本之前，民间文人在传抄过程中就对其进行选择编定，出现了一些社会流传版本。白居易本人也曾多次修订诗文集，出现了多个作者手定本。[2]故敦煌写本异文数量较多，来源纷杂，呈现出以下特点。

（一）敦煌写本P.2492+Дх.3865《唐诗文丛钞》所见校勘性异文间接反映了题壁传抄与口耳相传的传抄系统

张利亚认为，敦煌所见P. 2492+Д x . 3865诗册底本的下限大致在元和十三年（818年）左右，其流传与蓝武关商山驿道的题壁诗有关。[3]此卷诗册形成于刻本流行之前的写本时代，必然会产生原文误抄的现象。相较于敦煌写本保留诗集名称的《瑶池集》《珠英集》等，此卷诗册的校勘性异文数量较多，包括讹误、脱误、倒误等情况，表明其形成的过程中传抄次数多，包括书面传抄和口耳相传两种传播方式。其中，书面传抄与题壁传抄相关联，口耳传抄亦是题壁传抄过程中所伴随的一种传抄方式。

1.敦煌写本讹误、倒误用例所反映的传抄系统

敦煌所见P. 2492+Д x . 3865诗册讹误的情况包括字形相近导致的讹误和字音相近导致的讹误两种。其中，因字形相近而导致的形误字反映了此卷诗册历经书面传抄的传播方式。如将“市作矮奴年进送”中的“矮”写成“娞”，“暂借泉中买身祸”中的“暂”作“堑”，“吞并平人几家地”中的“吞”写成“各”等，显然于文意不通。再如敦煌写本《昆明春》中的“愿植此惠及天下”句，传世刻本作“愿推此惠及天

下”，抄写者因“植”的俗字“[illegible]”与“推”字形相近，将其误认误写为“植”。因字音相近而致的讹误字则反映了此卷诗册在传播过程中伴随着口耳传抄的方式。从《切韵》系统来看，敦煌写本中的一些音误字与正确字完全同音。如将篇什的“什”误写作“十”，将洛阳的“洛”误写为“落”，将指发式的“鬟”写作“圜”，将表承接的连词“以”误写为“已”（《招北客词》）。有些音误字与正确字的声母与韵母相同，但声调不同，如写本中将征税的“征”（章母清韵平声）误写作“証”（章母劲韵去声），将表示两军相持不下的“官兵贼兵相守老（来母皓韵上声）”写成“官兵贼兵相守劳（来母豪韵平声）”，将表示动物的“动（定母董韵上声）植飞沉皆遂性”写成“洞（定母东韵平声）植幽沉性皆遂”等。有些音误字反映出此卷诗册在口耳传抄过程中受到了唐五代西北方音的影响。如在《司天台》中，将句末语气词“为”（云母支韵平声）误抄为“围”（云母微韵平声），以微韵代支韵，反映了唐五代西北方音中止摄各韵不分的情况。在《折臂翁》中，将“致”（知母至韵）误抄为“置”（章母置韵），反映了唐五代西北方音中知、章两组声母合并的现象。[4]将“孤”（见母模韵）误抄为“归”（见母微韵），可以补充说明遇摄和止摄相混的现象。[5]

除去讹误用例外，敦煌所见P. 2492+Дx. 3865诗册还出现了很多倒误的情况，这种情况在书面传抄与口头传抄过程中均有可能出现。有些倒误用例可以根据文意判断，如敦煌写本

P.2492所见“别母子”诗题，诗题显然于文意不通，“母”与“别”二字次序颠倒；有的倒误用例可以根据上下文语境判断，P.2492所见《华原磬》中的“今人不听古人听”“舍之用之由乐工”句。其他传世刻本均作“古人不听今人听”“用之舍之由乐工”。此诗序曰：“天宝中，始废泗滨磬，用华原石代之。”可知“华原磬”为今人所听、所用的乐器。写本中的“今人”和“古人”、“舍之”和“用之”，次序颠倒。再如P.2492所见《草茫茫》中的“奢者狼藉俭者安，一吉一凶在眼前”，以上下文意推知，其中的“凶”与“吉”二字次序颠倒。有些倒误的用例可通过句法语义关系来综合判断，如P.2492所见“至今阴雨风寒夜”句，《白氏讽谏》作“至今风雨凄寒夜”，其他传世刻本作“至今风雨阴寒夜”，传世刻本中所见的“凄”或“阴”都在陈述折臂翁在寒夜中的感受，如同样的位置上用“风”字，则此句明显缺少谓语。故敦煌写本之“阴”与“风”字顺序颠倒。一些“倒误”的用例则可通过词语在古籍和其他敦煌写卷中出现的频率来判断。如Дx.3865所见《盐商妇》中的“少入家官多入私”句，其他传世刻本均作“少入官家多入私”。“家官”一词，在传世典籍和其他敦煌写本中鲜有用例，故可判断敦煌写本中“家”“官”二字互倒。另有一些倒误用例，往往与脱误有关。如Дx.3865所见《盐商妇》中的“脍红橙香稻饭”，传世刻本均作“红脍黄橙香稻饭”，因此句脱漏了“黄”字，而使“红”字的次序改易。

2.以敦煌写本勘校传世刻本

虽然此卷敦煌写本异文讹错之处甚多，但仍然保存了少数正确的用例，可以纠正传世刻本中的讹误。如《时世妆》中的“圆圜无鬟椎髻样”“髻椎面赭非华风”句，其中的“椎”字，除《白氏讽谏》与敦煌本同外，其他传世刻本皆作“堆”，而“椎”的俗字写法为“[illegible]”，与“堆”字形体相似。陈寅恪先生认为元和末年流行的是一种仿效胡人的妆式，“椎髻赭面”正是这种胡人妆式的典型特征。[6]故以敦煌本“椎髻”为确。如P. 2492所见《百炼镜》中的“日辰处所灵且奇”句，《白氏长庆集》作“日辰处所灵且祇”，《白香山诗集》作“日辰置处灵且奇”，“祇”同“祇”，与“奇”为同音字。据下文文意，此句意在强调炼制铜镜所选的时间地点的灵异和神奇，“祇”字并无“奇异”的义项，故此处应以“奇”为确。

（二）敦煌写本P.2492+Дx .3865《唐诗文丛钞》大量使用异体字，总体趋简，反映出书写风格的一致性和唐代写本的避讳特征

敦煌写本P. 2492+Дx . 3865诗册与传世刻本间因异体字关系而形成的用字类异文数量较多。其中，又以写本使用俗字，刻本使用正字而构成的异文关系比重最大，去除重复用例达一百零七个，整体趋于简化。写本中所使用的俗字显然受到了隶书、行书、草书多种书体的影响，显现出较为鲜明的文字书写风格和避讳特征。

1.此卷写本表现出的书写风格及避讳特征

此卷写本中的一些俗字受到隶书书体的影响，如“飛”写作“飛”，此字写法与“王基断碑”中的隶书字体极为相似；“参”写作“叅”，亦受到了隶书书体的影响。一些俗字是行书楷化引起的，如“走”作“走”，“從”作“従”，“縱”作“縦”，“起”作“起”，“定”作“㝎”，“收”作“収”，“忘”作“忘”，“旅”作“旅”；也有草书楷化引起的，如“四”作“四”。此卷诗册同一个字的俗字写法一致，如“淚”字在此卷诗册中出现三次，写法均为“涙”；不同的字所包含的相同部件写法亦一致，如包含“亡”部件的“忘”和“芒”分别写作“忘”“芒”；以“堯”为部件的“燒”和“曉”分别写作“焼”“暁”等。由此可判断此卷诗册应为同一人所抄。此人抄写时喜欢在末笔处增加一点或一撇作为饰笔，如“淚”作“涙”，“紙”作“紙”，“昏”作“昬”，“休”作“休”，“土”作“圡”，“煙”作“煙”。

此卷写本避讳严格，在“天子”“君王”“太宗”“玄宗”“敕”“诏”等与君王有关的称谓和动词前皆有意留空格以示敬意。在用字方面，有的俗字运用了改形避讳法，如“牒”作“牒”；有的则运用了缺半笔的非典型避讳法。如为避唐太宗之名讳，“民”作“民”，“眠”作“眠”，“民”中横画右半部分皆缺。此外，写本《昆明春》中的“王人”，《折臂翁》中的“圣代”、《百炼镜》中的“理化”等词，宋本、那波本《白氏文集》分别作“王民”“世代”“治乱”。

这种类型的异文，也似是改字避讳所致。盖因此卷写本为唐代写本，宋代刻本已无须避唐代皇帝之名讳，遂改回本字所致。

2.抄写者为求方便所作的简省

此卷诗册中所使用的规范异体字和不规范异体字，总体上表现出趋简的特征。如传世刻本中的“與”“號”“圓”“靈”“粧”“瞋”“璽”“摅”“霑”“棄”，敦煌写本分别作笔画较少的规范异体字“与”“号”“圎”“霊”“妝”“嗔”“藺” “攄”“沾”“弃”等。写本中所使用的不规范的异体字即俗字，也以改换或简省笔画、部件所致的简化俗字比重最大。有的简化俗字省略起笔或中间一笔，如将“鬼”作“鬼”，“魂”作“魂”，“富”作“富”，“婢”作“婢”，“肥”作“肥”，“啄”作“啄”等；有的简化俗字简省了字中数笔，如“曉”作“暁”，“燒”作“焼”，“承”作“承”，“寬”作“寛”；有的简化俗字省去了部件，如“厭”作“猒”，“歸”作“歸”，“蠶”作“蠶”，“鑒”作“鑒”，“撥”作“撥”；有的简化俗字是因为改换部件引起的，如“因”作“囙”，“恩”作“恩”，“畫”作“畫”，“説”作“說”，“望”作“望”，“錢”作“銭”，“鹽”作“塩”，“歲”作“歳”，“對”作“對”，“悉”作“悉”，“焉”作“焉”，“能”作“能”，“憑”作“憑”，“最”作“最”，“哭”作“哭”，“儒”作“儒”，“網”作“網”，“綱”作“綱”，“處”作“處”，“簇”作“簇”；有的简化俗字是因改变结构后又简省笔画引起的，如“髮”作“髮”，

“髫”作“[illegible]”。

（三）敦煌写本P.2492+Дх.3865《唐诗文丛钞》的修辞性异文形成原因复杂，易与校勘性异文混淆

谢思炜认为，敦煌写本P. 2492+Дx. 3865残卷所见白居易诗来源于作者手定本之前的社会流传本（单行本），日本古抄本、《白氏长庆集》、《白香山长庆集》等来源于作者手定本之大集传本，《白氏讽谏》则介于社会流传本与作者手定本（大集传本）之间。[7]敦煌写本所见的修辞性异文，出现了虽然与《白氏长庆集》相异，但与其他古抄本、刻本相合的用例，如表1所示。敦煌写本与《白氏讽谏》的相同与相似之处表明其与社会流传本的关联，与日本古抄本、《文苑英华》等的相合之处又可证明其来源于较早的祖本。这类修辞性异文，有的可以判定是传抄过程中所产生的臆改，有的则出现了“两通”甚至“三通”的现象，不仅难分优劣，而且难以判别异文的产生原因，可能是保留了白居易本人编集修订前的早期文本面貌，也可能是社会流传过程中所产生的歧异。

表1　敦煌写本与其他古抄本、刻本相合之处例举

篇目	敦煌写本P. 2492+Дx. 3865	周必大本《文苑英华》	日本古抄本	曾大有本《白氏讽谏》	汪立名本《白香山诗集》	马元调本《白氏长庆集》	南宋本、那波本《白氏文集》
《上阳人》	来几	—	多少	来几	多少	多少	多少
《上阳人》	不敢	—	不敢（高野、猿投、真福寺本）	不敢	不教	不教	不教
《上阳人》	破莲	—	芙蓉	红莲	芙蓉	芙蓉	芙蓉

续表一

篇目	敦煌写本 P. 2492+ Дx. 3865	周必大本《文苑英华》	日本古抄本	曾大有本《白氏讽谏》	汪立名本《白香山诗集》	马元调本《白氏长庆集》	南宋本、那波本《白氏文集》
《上阳人》	空床	—	空床（神田、高野本）	空房	空房（旧本皆作床）	空房	空房
《上阳人》	无睡	—	无睡（神田、高野本）	无寐	无寐	无寐	无寐
《上阳人》	洒窗	—	打窗	洒窗	打窗	打窗	打窗
《上阳人》	天家	—	天家（神田本）	大家	大家	大家	大家
《上阳人》	画眉	—	画眉（神田本）	画眉	点眉	点眉	点眉
《上阳人》	年中	—	年中（神田、高野本）	年中	末年	末年	末年
《百炼镜》	处所	置处	处所	处所	置处	处所	处所
《百炼镜》	不敢	不敢	不敢（神田本）	不合	不合	不合	不合
《百炼镜》	照掌内	居掌内	照掌内（神田、上野本）	居掌内	居掌内	居掌内	居掌内
《百炼镜》	理化	理乱	理乱（神田、上野本）	理乱	治乱	治乱	治乱
《两珠阁》	相并起	相对起	相并起（神田、上野本）	相对起	相对起	相对起	相对起
《两珠阁》	齐人	齐人	齐人（神田、上野本）	齐民	齐人	疲人	疲人
《两珠阁》	何处	无（一作何）处	无处	何处	无处	无处	无处
《两珠阁》	人家	人家	人家	人家	人家	人间	人间
《华原磬》	两音	两音	两声	两音	两音	两声	两声
《道州民》	少者	—	幼者	少者	幼者	幼者	幼者
《道州民》	岁进	—	岁进（神田本）	岁贡	岁贡	岁贡	岁贡
《别母子》	二儿	—	二儿（东洋文库本）	二儿	两儿	两儿	两儿
《别母子》	以尔	—	以汝	以尔	以汝	以汝	以汝
《别母子》	林下	—	林下（神田本）	林中	林中	林中	林中

续表二

篇目	敦煌写本P. 2492+Д x. 3865	周必大本《文苑英华》	日本古抄本	曾大有本《白氏讽谏》	汪立名本《白香山诗集》	马元调本《白氏长庆集》	南宋本、那波本《白氏文集》
《时世妆》	膏唇恰似泥	—	膏唇唇如泥（神田本）	乌膏吮如泥	注唇唇似泥	注唇唇似泥	注唇唇似泥
《时世妆》	画为	—	画为（神田本）	画作	画作	画作	画作
《胡旋女》	末年	末年	季年	末年	季年	季年	季年
《胡旋女》	从此	从兹	从兹	从此	从兹	从兹	从兹
《胡旋女》	故唱	数唱	数唱	故唱	数唱	数唱	数唱
《昆明春》	曳泥	—	曳涂	曳泥	曳涂	曳涂	曳涂
《昆明春》	抽心长	—	抽心长（神田、猿投、时贤本）	抽心长	抽心短	抽心短	抽心短
《昆明春》	税银	—	封银	税银	税银	封银	封银
《昆明春》	尽蒙利	—	无禁利	尽蒙利	无禁利	无禁利	无禁利
《缭绫歌》	轻绡	—	罗绡	轻绡	罗绡	罗绡	罗绡
《缭绫歌》	汉宫妃	—	汉宫姬	汉宫妃	汉宫姬	汉宫姬	汉宫姬
《缭绫歌》	池中	—	江南	池中	江南	江南	江南
《缭绫歌》	织时	—	织时（神田本）	织时	织成	织成	织成
《卖炭翁》	尘埃	—	尘埃（上野本）	尘灰	尘灰	尘灰	尘灰
《卖炭翁》	系在	—	系在（醍醐寺本）	系向	系向	系向	系向
《折臂翁》	须眉	须眉	须眉（神田本）	眉须	眉须	眉须	眉须
《折臂翁》	传道	传道	传道（时贤本）	闻道	闻道	闻道	闻道
《折臂翁》	未战	未过	未战（神田本）	未过	未过	未过	未过
《折臂翁》	自把	自把	自把（神田本）	遂把	偷将	偷将	偷将

续表三

篇目	敦煌写本 P. 2492+Дx.3865	周必大本《文苑英华》	日本古抄本	曾大有本《白氏讽谏》	汪立名本《白香山诗集》	马元调本《白氏长庆集》	南宋本、那波本《白氏文集》
《折臂翁》	从此始免	从兹始免	从此始免（神田本）	从此始免	从兹始免	从兹始免	从兹始免
《折臂翁》	捶折臂	捶折臂	捶折臂（神田本）	捶折臂	锤折臂	锤折臂	锤折臂
《折臂翁》	犹到	犹到	犹到（神田本）	直到	直到	直到	直到
《折臂翁》	所喜	所喜	所喜（神田本）	且喜	且喜	且喜	且喜
《折臂翁》	犹在	独在	犹在（神田本）	独在	独在	独在	独在
《折臂翁》	当昔	当时	当昔（神田本）	当时	当时	当时	当时
《盐商妇》	私家富	—	私家富（神田本）	私家厚	私家厚	私家厚	私家厚
《盐商妇》	好饮食	—	美饮食（神田本）	美饮食	美饭食	美饭食	美饭食
《红线毯》	十夫	—	十夫（神田本）	百夫	百夫	百夫	百夫

1.此卷写本所见整句异文及句式异文

敦煌写本P. 2492+Дx.3865《唐诗文丛钞》出现了与宋本、那波本全然不同，但与其他古抄本、刻本相同或相近的整句异文。如《百炼镜》中的“钿函珠匣锁几重”，汪本、宋本、那波本均作“扬州长史手自封”，日本古抄神田、上野本与敦煌本同，《白氏讽谏》作“钿函金匣锁几重”。写本“钿函珠匣锁几重”运用侧面烘托的手法，从镜盒的形制精美来突出铜镜的珍贵以及献镜人的殷勤谨慎；“扬州长史手自封”句

则直述献镜人的殷勤之态，表达更为浅白。再如《胡旋女》中的“弦催鼓促曲已毕”，《白氏讽谏》作“弦催鼓促曲欲变”，其他传世刻本均作“人间物类无可比”。写本所见“弦催鼓促曲已毕”侧重与上文的衔接，“人间物类无可比”则是对下句的总结，异文表达的角度不同，但于文意皆通。

在句式异文方面，传世刻本多见白居易频繁使用的“三三七”句式，起到加深喟叹的作用。如敦煌写本P. 2492所见《上阳人》《华原磬》的首句均为“三七”句式，除《乐府诗集》与敦煌所见《上阳人》首句相同外，其他传世刻本中“上阳人”“华原磬”等三字均重复出现，为“三三七”句式。敦煌写本P. 2492所见《胡旋女》篇中的“胡旋女，外国来此居，途劳东方万里余”句，为三五七句式，《白氏长庆集》作“胡旋女，出康居，徒劳东来万里余”，《白氏讽谏》作“胡旋女，外国居，徒劳东来万里余”，均为三三七句式。此外，写本中也有使用不同句式来加强语气的用例。如P. 2492所见《擦绫歌》中的“昭阳人，不见织时应不惜”，为前置否定假设复句，日本古抄本与此相近；传世刻本均作“昭阳殿里歌舞人，若见织时应也（一作合）惜”，为一致假设复句。使用不同的句式而导致语气强弱的不同，很难判定是作者的后期润饰还是读者根据表达习惯所作的更改。

2.此卷写本中的一些修辞性异文更符合白诗的用语习惯

此卷写本中出现的一些更符合白诗用语习惯的修辞性异文，或可以为敦煌写本保留早期文本的原貌提供力证。如敦煌写本P. 2492所见《上阳人》中的“一闭上阳来几春”句，除《白氏讽谏》与此相同外，其他传世刻本均作“一闭上阳多少春”。在白居易诗中，“来几”与“时”“日”等时间词相搭配的用例较多，共计十二次。而“多少”一词与时间词相搭配的用例较少。再如P. 2492所见《卖炭翁》中的“满面尘埃烟火色”句，与日本古抄本同，而传世刻本均作“满面尘灰烟火色”，“尘埃”一词在白居易诗集中出现了十五次，而“尘灰”一词仅一见。写本中还有一些修辞性异文，更符合对语运用的规律。如敦煌写本P. 2492所见《撩绫歌》中的“染作池中春水色”句，《白氏讽谏》与之同，《白氏长庆集》作“染作江南春水色”，敦煌写本中的“池中”与出句的“云外”更为对仗，且“池中”一词在白居易诗文集中出现十一次，为白居易习用语词。再如P. 2492所见《两珠阁》中的“渐恐人家尽为寺”句，《文苑英华》《白氏讽谏》及日本古抄本均与此同，《白氏长庆集》《白香山诗集》均作“渐恐人间尽为寺”。写本中所出现的“人家”一词，不仅与上文中的“平人”相呼应，亦是以“人家”和“寺”做对比。白居易《百花亭》中的“佛寺乘船入，人家枕水居”句，也是以“佛寺”与“人家”相对。在历代律诗中，以“佛（野、山、湖）寺”等作为“人家”对语的用例达四十例。显然，“人家”更符合对语运用的规律。

3.此卷写本所见修辞性异文较易与校勘性异文相混淆

此卷诗册中的一些异文，很难判定其属性。如P. 2492所

见《寄元九微之》诗中的“云作此书夜，夜宿商山东”一联，《才调集》《白氏长庆集》《全唐诗》均作“云作此书夜，夜宿商州东”，现有的敦煌写本诗集中，皆默认其为修辞性异文。但通过对地名的考证可知，阳城山馆处于商州之东，而下文也点明了作者夜宿的地点是“阳城山馆”。敦煌写本中出现的“商山”，亦位于商州之东，应是涉上文“已到商山北”而造成的讹误，“商山”与“商州”应为校勘性异文。再如P.2492所见《上阳人》诗中的“绿宫监使守宫门”句，《白氏长庆集》《全唐诗》均作“绿衣监使守宫门”，黄永武据白居易于诗题自注“六宫有美色者，辄置别所，上阳宫是其一也”，认为其中的“绿”为“六”之音同误字，“绿衣”可能为后人所改。[8]然而，白居易于诗题的自注是其对整首诗的解释，而非“绿宫监使守宫门”这句诗的单独注解。此句叙述是以上阳人的视角，其中的“宫门”也可特指上阳宫的宫门。且此卷写本中有较多因上下文而抄误的用例，如《折臂翁》中的“张旗簇旗”即是“张弓簇旗”之误。“绿宫”也可能是涉后面的“宫”字而产生的讹误。而“绿衣”，指“非正色的下等服色”[9]，是以看守宫门的宦官服色，来暗示上阳宫人受到冷落。所以尚难断定“绿衣”与“绿宫”到底是修辞性异文还是校勘性异文。

二、敦煌写本P.2492+Дx.3865《唐诗文丛钞》异文的价值

通过白居易《与元九书》、元稹《白氏长庆集序》、元白

二人的往来诗作《蓝桥驿见元九诗》《见乐天诗》《答微之》以及新旧唐书中的相关记载，均可窥见白居易诗在民间风行的盛况。敦煌遗书中一些伪托白侍郎之名而作的诗文，也从侧面反映了白居易在民间的诗名、声望之高。由于白居易诗传播范围广、受众多，民间读者在对白居易诗进行传抄的过程中，已不仅仅停留在抄写层面，而是根据自己的理解能力和审美水平对其进行创造性地改编。敦煌写本P. 2492+Дx. 3865《唐诗文丛钞》异文就展现了民间读者对白居易诗进行创造性改编的痕迹，反映出民间的文化政治审美取向。

（一）因民间抄手知识不够所进行的改编

在敦煌写本向民间流传的过程中，由于民间抄手缺乏历史典故等相关知识，不懂得特定语词的含义，遂对其进行改动。

【天家—大家】

敦煌写本P. 2492所见《上阳人》中的“天家遥赐尚书号”句，传世刻本均作“大家遥赐尚书号”。《独断》云：“亲近侍从官称曰大家；百官小吏，称曰天家”。“大家”与“天家”虽然都是对皇帝的称呼，但在使用上还是有差别的。宫中的侍从官和后妃等称皇帝为“大家”，朝中的百官小吏等称皇帝为“天家”。如《大唐新语》中，被废为庶人、囚至别院的王皇后仍称唐高宗为“大家”[10]。五代时期，侍奉于帝侧的张氏亦称梁太祖朱温为“大家”。以此推之，以上阳宫人的身份，也应称皇帝为“大家”。但民间传抄者并不了解宫闱等级

之森严，故将“天家”与“大家”混同。

【阳城—杨诚】

敦煌写本P. 2492所见《道州民》中的“一自杨诚来守郡”句，传世刻本均作“一自阳城来守郡”，据《旧唐书》卷一百九十二和《唐书》卷一百九十四记载，阳城是一位官员的名字，此人在唐德宗时期曾被任命为谏议大夫、国子司业、道州刺史等职。阳城担任道州刺史期间，因怜悯百姓，严禁把“矮奴”当作贱民，“乃抗疏论而免之，自是乃停其贡”[11]，与白居易《道州民》中所述相符。且白居易另有《赠樊著作》诗云：“阳城为谏议，以正事其君”，与《道州民》中所称赞的“阳城”为同一人。民间传抄者不知阳城确有其人，故将其臆改为更像人名的“杨诚”。

【宫商—宫悬—玄宗】

敦煌写本P. 2492所见《华原磬》中的“宫商一听华原磬”，《白氏长庆集》《白香山诗集》作“宫悬一听华原石”，盖“宫悬”特指帝王用乐，“宫商”则泛指音乐，《白氏讽谏》作“玄宗一听华原磬”，亦证明此处意在强调帝王用乐。民间传抄者不了解“宫悬”乃帝王用乐之形制，故妄改为与之义近的“宫商”。

（二）民间抄手受当地习用语汇影响而进行的改编

颜廷亮认为，P. 2492+Дx. 3865《唐诗文丛钞》传抄于敦煌地区被吐蕃统治时期，[12]当时的吐蕃统治者重视佛教文化，故在此卷诗作的传抄过程中，传抄者不免受到佛教用语的影响。

【忙忙—悠悠】

敦煌写本P. 2492所见《寄元九微之》诗中的“忙忙蓝田路，一去无消息”，传世刻本并作“悠悠蓝田路，自去无消息。”在白居易诗集中，“悠悠”一词共出现十四次，“忙忙”一词不见于白居易的其他诗作中。且“忙忙”以“奔波忙碌、茫然无定”的义项来形容客观事物，在《全唐诗》中仅一见。对比同时期的敦煌写本文献，发现“忙忙”一词以“奔波忙碌、茫然无定”义来形容客观事物，在敦煌文献中出现的频率较高，如《押座文》中的“火宅忙忙何日休，五欲终朝生死苦”，《破魔变文》中的“一世似风灯虚没没，百年如春梦苦忙忙”等。此外，“忙忙”一词在佛经中的出现频率亦较高。故这里的“忙忙”一词极可能是传抄者受当地习用语汇影响所作的改动。

【地轮—地轴】

敦煌写本P. 2492所见《胡旋女》诗中的“从此地轮天维转”句，传世刻本均作“从兹地轴天维转”。按：作“地轴”是，“地轴”是与“天维”相对的语词概念，魏征《大明舞》诗：“上纽天维，下安地轴。”“地轴”亦是唐人习用语词，在《全唐诗》中共出现二十二次。而“地轮”是佛教常见语词，为“地水火风空”五轮之一。[13]

（三）民间抄手对文意的理解不同而进行的改编

由于古诗词中常省略主语，同一篇诗作中的叙述视角频繁转换时，读者往往会对诗句中所指向的叙述对象产生歧见。敦煌写本P.2492中的《寄元九微之》和《和乐天韵同前》诗就涉及两个以上叙述对象之间的转换，出现了因对主语的理解不同而产生的异文。

【寄—送】

敦煌写本P.2492所见《寄元九微之》诗中的“云是商州使，寄君书一封”一联，传世刻本均作“言是商州使，送君书一封”。应作“送”，是因句中的“商州使”是下句“送书”的施事主语，即动作发出者。而敦煌写本“寄书”释为“托人传达或送交书信”，其动作的发出者应为元稹，如果补齐主语，此句应为“君寄君书一封”，显然不通。此句的叙述对象已转移至“商州使”，而传抄者未能及时转换视角，并且涉上文“无人可寄书”句影响，改动字词而产生异文。

【月宫—宫中】【月宫—宫月】

敦煌写本P.2492所见《和乐天韵同前》诗中的“中宵月宫出，又见月宫斜”，传世刻本均作“中宵宫中出，复见宫月斜”。由后文可知，作者在“想君书罢时”才将叙述视角移至“我”，之前的“仍云得诗夜”至“晓灯垂暗花”都是以“君”，即白居易为叙述对象。以此推断，“中宵宫中出，复见宫月斜”的主语也应为白居易。这首诗是白居易《寄元九微之》的酬答诗，二者都写于元和五年（810年）。白居易曾在

《和答诗十首并序》中提及诗作的背景："诏下日，会予下内直归，而微之已即路，邂逅相遇于街衢中。"其中所提到的"内直"即指在宫内值守，且"内直"的时间很可能在夜晚。《唐会要》"当直"条中就有尚书省官员"宿直"的制度，杜甫的《春宿左省》一诗即是担任左拾遗在宫中值夜班时写下的。而白居易彼时亦担任左拾遗一职，"中宵宫中出，复见宫月斜"即指白居易在夜晚值守时走出来，看见皇宫上空的月儿西斜。而敦煌写本之"中宵月宫出，又见月宫斜"句中连续出现两个"月宫"，词义重复累赘，应是抄写者不辨此诗写作背景与此句叙述对象，导致理解上有一定困难，遂改动的异文。

三、结语

王重民先生仅看到P.2492写卷，认为其文字与严震所刊刻的《白氏讽谏》较为接近，是元和年间白氏别集的通行本。[14]荣新江和徐俊先生对敦煌写本P.2492+Дx.3865勘对缀合后，学界对此卷诗册的性质进行了重新界定。徐俊认为，此卷诗册是"多人作品的诗文丛钞"[15]，即民间杂抄本。张利亚系统论述了此卷诗册的结集意图与传播途径，推断出其与蓝武关商山驿道的密切联系，更倾向于此卷诗册是白居易诗集定本之外的社会流传本的说法。[16]伏俊琏系统分析了此卷诗册所选诗歌内容之间的联系，从写本严格的行款、选集者的编集意识

等角度，认为此卷诗册是具有写本时代特色的白居易诗“别集”[17]。

通过辨析此卷诗册与其他古抄本、刻本间的异文现象，或可以对此卷诗集性质的认定提供新的角度。其中的校勘性异文反映出此卷诗册的底本传抄频次较高；在用字性异文中，抄手使用了大量的敦煌俗字，兼具个人独特的书写风格。其中的修辞性异文，虽然与《白氏讽谏》相合或相似之处最多，但在一些篇目中也出现了与日本古抄本相合较多的情况，如《折臂翁》。还有个别篇目异文现象突出，但与日本古抄本、传世刻本均无相合之处，如《司天台》。由此推测此卷诗册中各个篇目的底本来源不一。总体而言，此卷诗册讹俗满纸、来源不一，抄写者还进行了创造性地改编，主要目的是为了方便个人抄写和阅读所作，抄写过程中有较大的随意性。因此，此卷诗册也可能是民间文人根据个人的喜好而进行的有选择地传写，写本所保留的只能是白居易诗在社会流传过程中的流动形态之一，并不能简单地将其认定为符合传统集部概念的诗歌总集或别集。

【参考文献】

[1]徐俊.敦煌诗集残卷辑考[M].北京:中华书局,2000:22.

[2]谢思炜.《新乐府》版本及序文考证[J].北京师范大学学报(社会科学版),1996(3):69.

[3]张利亚.敦煌写本P.2492+Дx.3865《唐诗文丛钞》考辨[J].兰州大学学报(社会科学版),2015(4):81.

[4]邵荣芬.邵荣芬音韵学论集[M].北京:首都师范大学出版社,1997:300.

[5]邵荣芬.邵荣芬音韵学论集[M].北京:首都师范大学出版社,1997:306.

[6]陈寅恪.元白诗笺证稿[M].北京:商务印书馆,2017:267.

[7]谢思炜.《新乐府》版本及序文考证[J].北京师范大学学报(社会科学版),1996(3):69.

[8]黄永武.敦煌文献与文学丛考[M].杭州:浙江大学出版社,2017:267.

[9]罗竹风.汉语大词典 缩印本 下[M].上海:汉语大词典出版社,1997:5690.

[10]范之麟.全宋词典故辞典[M].武汉:湖北辞书出版社,2001:180.

[11]陈寅恪.元白诗笺证稿[M].北京:商务印书馆,2017:199.

[12]颜廷亮.陇上学人文存 颜廷亮卷[M].兰州:甘肃人民出版社,2011:91.

[13]宽忍.佛学辞典[M].北京:中国国际广播出版社,香港华文国际出版公司,1993:433.

[14]王重民.敦煌古籍叙录[M].北京:商务印书馆,1958:295.

[15]徐俊.敦煌诗集残卷辑考[M].北京:中华书局,2000:24.

[16]张利亚.敦煌写本P.2492+Д x .3865《唐诗文丛钞》考辨[J].兰州大学学报(社会科学版),2015(4):81.

[17]伏俊琏.P.2492+Д x .3865,别集还是总集[J].古典文学知识,2021(1):122.

敦煌写本P.2567+P.2552《唐诗丛钞》异文的类型与特征

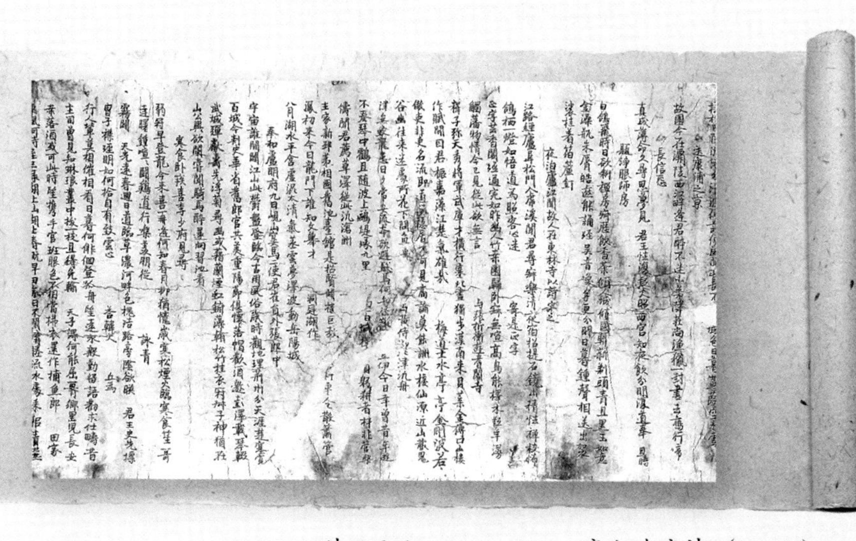

法 Pel.chin.2552 2567 唐人选唐诗（14-2）

敦煌写本所见法藏P.2567与法藏P.2552《唐诗丛钞》残卷，原为同一写卷的前段和后段。[1]此卷篇幅较长、书写工整、绝少讹误，被徐俊先生称为敦煌诗卷中最精致的抄本。[2]此卷共收录十位诗人一百零八题共一百一十九首诗作。其中的一百零六首诗，亦见于《河岳英灵集》《又玄集》《文苑英华》《全唐诗》等传世刻本，但在诗题、字句方面存在不少异文，从这些异文出现的原因出发，可分为因字形、字音、字义、语境关系所致的异文[3]四类。

一、因字形关系所致的异文

因字形关系所致的异文，是指因抄写者使用异体字或形讹字而导致的异文，这类异文在P.2567+P.2552《唐诗丛钞》中所占比重最大。包括俗字与正字、古字与今字、简体字与繁体字、正确字与讹误字、避讳字与本字等类型。

（一）俗字、正字

P.2567+P.2552《唐诗丛钞》整体上为楷书写法，抄写者使用了很多当时流行的较为浅近的俗字。其中，为了方便书写

而使用的简化俗字占大多数，增笔俗字数量极少。有些简化俗字在正字的基础上省略开头或中间一点、一横、一撇或一竖，如将“翻”作“翻”，“孤”作“孤”，“槐”作“槐”，“隻”作“隻”，“宿”作“宿”，“源”作“源”，“色”作“色”，“寬”作“寬”，“曹”作“曺”。有的简化俗字省略开头或中间数笔，如“嬌”作“嬌”，“曉”作“暁”，“邊”作“邉”。有的俗字则省略了部件，如“嘗”作“甞”。有些俗字在正字的基础上改换或省略了部件，从而简省了笔画。如“能”作“能”，“翠”作“翆”，“斷”作“断”，“桑”作“桒”，“灞”作“灞”，“節”作“莭”，“鬱”作“欝”，“驄”作“騘”，“辭”作“辞”，“望”作“望”，“攜”作“携”，“隨”作“随”，“與”作“与”。有的俗字与正字相比，笔画数量并未增减，但在笔顺、结体上有一定的改变，书写起来更为顺手、省力。如“骨”作“骨”，一撇一捺的左右结构显然比转折的笔画书写起来顺畅；再如“冠”作“冦”，“滄”作“滄”，“苑”作“苑”，都是为了书写省力。此卷写本虽然整体上为楷书，但在书写过程中显然受到了行书笔法的影响，出现了很多行书楷化而形成的简化俗字。如“招”作“招”，“遊”作“遊”，“邸”作“邸”，“或”作“或”，“戰”作“戦”，“留”作“畄”。受行书的影响，“扌”“牜”常与“木”字旁混用，如将“揚”作“楊”（P.2567卷中出现九次），“標”作“摽”（P.2567《咏青》，P.2552《东平寓奉赠薛太守》），“檄”作“撽”

（P. 2567《送程刘二侍御及独孤判官赴安西》），“枚乘”的“枚”作“牧”（P. 2567《梁园醉哥》）；“帷幔”的“帷”作“惟”（P. 2567《行行游猎篇》），亦是因为其行书写法相似。此卷写本中出现的一些行书楷化俗字，类似现代汉语中的简体字写法，如将“禪”化“口”为点，写作“禅”；运用行书连笔手法，将“絲”下面几点化作一横，写作“丝”等。也有受到隶书影响的简化俗字，如“將”写作“将”。

偶尔有敦煌写本为正字，传世刻本使用俗字者。如此卷写本中出现的“涌”字，传世刻本皆作“湧”。“湧”为“涌”的俗字，二者并存于汉代。《正字通》：“湧，俗涌字。”再如此卷写本中的“挂”字，传世刻本均作“掛”。《广韵》中释“掛”为俗字。

此外，此卷写本是唐代写本，相比后世的宋刻本而言年代较早，其中的俗字不免留有汉魏时期隶古定的印迹，并不能因此而否定抄写者为求方便而书写的特征，如“京”字中的“口”多出一横，“明”的日字旁多出一横，作“眀”。“辛”字下面多出一横，如“避”作“避”，“闢”作“闢”，“騂”作“騂”将，攵字旁皆作“殳”，如“散”作“散”，“霰”作“霰”，将“廾”头写成“业”，如“舊”作“舊”。虫字皆多出一撇，如“蠕”作“蠕”，“蝀”作“蝀”，“虹”作“虹”。

（二）繁体字、简体字

此卷写本的抄写者为求便捷省力，书写过程中还使用了笔画简单的规范异体字，写本与刻本中的异体字在汉代就已并

存，并无正俗之分，如“万—萬”“岳—嶽”等。

当令匈奴百万众，明年归入蒲桃宫。（P.2567《送族弟琯赴安西作》）

此卷写本中所见“万”字十例，“萬”字三例，传世刻本皆作“萬”。此卷写本使用“万”字来表示数目，“萬”则与“乘”组成复音词，表示天子、国君。“万”“萬”在汉代就已并存，[4]在此卷写本中亦是并行使用，故无正俗之分。

三台冀入梦，四岳尚分忧。（P.2552《宋中即事赠李太守》）

此卷写本中“岳”共出现三次，与传世刻本所见之“嶽”构成异体字关系。《玉篇》：“岳，同嶽。”二者共存的现象可追溯到南北朝时期。

（三）古字、今字

“古字、今字”是指此卷写本的字与传世刻本构成了古今字的关系。今字是与古字相对而言的后起字。此卷写本中的异文，有敦煌写本使用古字、传世刻本使用今字者。如：

烟火临寒食，笙哥达曙钟。（P.2567《寒食卧疾喜李少府见寻》）

此卷写本中，“哥”字共出现二十一次，传世刻本皆作“歌”。“哥”为古字，“歌”为今字。《说文•可部》：“哥，

古人以为歌字。”段玉裁注：“《汉书》多用哥为歌。”而在唐代民间书写中，喜用笔画简单的古字“哥”。

往来迷处所，花下问鱼舟。（P.2567《梅道士水亭》）

此句中的“鱼”，传世刻本皆作“渔”。“鱼”字本就有“打渔”的意思，是“渔”的古字。《周易·系辞下》：“作结绳而为网罟，以佃以渔。”陆德明《经典释文》言：“渔，音鱼。本亦作鱼。马云：取兽曰佃，取鱼曰渔。”

直道常兼济，微才独弃捐。（P.2567《信安王出塞》）

高适诗《信安王出塞》和《行路难》中出现的“弃捐”一词，传世刻本皆作“棄捐”。《正字通》：“弃，古文棄，旧本作弃。”“弃”最早出现于甲骨文中，“棄”是在金文中字形繁化后形成的。“弃”为“棄”的古字，也是现代汉语中“棄”的简化写法。

元戎号令严，人马亦轻肥。（P.2552《蓟门五首》）

高适诗《蓟门五首》中的“号令”，传世刻本皆作“號令”。而P.2567卷所见李白《江上之山藏秋作》中的“山蝉號枯桑，始复知天秋”句中，“號”则作“[illegible]”。盖因两句中“号”的读音分别为去声和平声，字义亦不同，故抄写者以不同的字形来区分。《说文解字》：“号，痛声也。从口，在丂上。”段玉裁注：“凡嘑號字古作号，今字则號行而号廢

矣。”“号”“號”为古今字的关系。

也有敦煌写本使用今字，传世刻本使用古字者，如：

自顾躬耕者，材非管乐俦。（P.2567《与黄侍御北津汎舟》）

此句中的“材”，传世刻本皆作“才”。《说文解字注笺•才部》：“才，材古今字。”“才”的本义为“草木之初也”，后来主要用来表示“才能”义，故又在其左侧加木来表达“木材、木料”义，在此基础上又引申出了“才能、才干”义。此句中的“材”即指“才能、才干”。

（四）讹误字、正确字

相比于敦煌诗集中的其他写本，此卷写本的讹误较少，这可能与抄写者的身份是下级官员有关。有些被视为讹误的字，也许只是异体写法。如常建《吊王将军》诗中的第一句，敦煌写本作“漂姚北伐时”，其他传世刻本皆作“嫖姚北伐时”，黄永武先生引用庾信和王维诗中的“霍嫖姚”，证实敦煌写本之误。然而《汉书•霍去病传》中有“大将军受诏予壮士，为票姚校尉”句，说明霍去病所担任的“票姚”校尉，存在异体写法。“漂姚”一词亦见于贞元年间的唐代墓志，如《御史中丞张君墓志铭》中有“是以南仲靖周室，漂姚宁汉家”。故不能草率定其为讹误。

1.敦煌写本为讹误字，传世刻本为正确字

此卷写本中的讹误字大多是形讹字，即因字形相近而导致的讹误。有的是因俗字字形相似而引起的讹误，如写本中“倚伏”作“倚仗”，由于“仗”的俗字为“[illegible]”，与“伏”的俗字写法相似，故错认为“仗”；“畫角”的“畫”误作“書”（P.2567《出自蓟北门行》）。也有因避讳而导致的讹传，如P.2567卷中孟浩然《寄是正字》中的“幽人竹桑园”句，《文苑英华》和《全唐诗》均作“幽人竹素园”，四部丛刊影明本《孟浩然集》作“幽人竹叶园”。此诗为五言律诗，“桑”字为平声，于声韵不谐，敦煌写本中书其为“桒”。唐人为避李世民讳，“葉”中的“世”字常作缺笔，如欧阳询将“葉”写作“[illegible]”[1]。故“桑”与“葉”的唐代俗字写法十分相似。此中的“桑”可能为“葉”之误书。

值得注意的是，自P.2555卷高适诗起，讹误字骤然增多。抄写者显然忽视了句意的贯通，出现了很多显而易见的错误。如将萧何的“何”写作“河”（P.2552《上李右相》），将名声的“名”写作“各”（P.2552《宋中即事赠李太守》），将衙署的“署”写作“暑”（P.2552《东平寓奉赠薛太守》），将表示缓慢的“迟”误写为“途”（P.2552《饯宋判官之岭外》），将自己的“自”误写为“白”（P.2552《遇冲和先生》）等。

2.敦煌写本为正确字，传世刻本为讹误字

此卷写本中出现了敦煌写本为正确字，传世刻本为讹误字的用例。有一些讹误是因避讳而导致的。如：

摇枻巴陵洲渚分，清波传语便风闻。（P.2567《巴陵别李

① 参见陈振濂主编：《中国楷书大字典》，浙江古籍出版社，2008，329页。

十二》）

此句中的“摇枻巴陵洲渚分”，明刻本《王昌龄集》作“摇拽巴陵洲渚分”，四部丛刊本《全唐诗》则在此基础上讹误为“摇曳巴陵洲渚分”。为避唐太宗之名讳，写本中的“枻”字缺笔作“𣏾”。“摇枻”在这里指摇动短桨。而“栧”为“枻”之异体字，据《康熙字典》注解，枻“音曳，《史记》作枻，《文选》作栧，古字通”。因行书中木字旁和提手旁写法相似，故明刊本《王昌龄集》将“栧”误刻为“拽”，四部丛刊本《全唐诗》则进一步讹误为“曳”。

传世刻本中的一些讹误是因为传刻者知识不够而作的妄改，如：

孟浩然《寄是正字》（P. 2567）

此篇诗题，宋本《文苑英华》作《寄正字》，四部丛刊影明刊本《孟浩然集》和《全唐诗》均作《寄赵正字》。据徐俊先生考证，“是正字”确有其人，即“是光乂”，他曾于开元年间担任正字一职。[5]由于“是”姓少见，宋代刻本删改“是”字，明清刻本则以“是”“赵”行书字形相似，将“是”臆改为“赵”。

大夫拔东蕃，声冠霍嫖姚。（P. 2567《睢阳酬畅判官》）

此句中的“大夫拔东蕃”，《高常侍集》和《全唐诗》均作“丈夫拔东蕃”。孙钦善认为，此中的大夫应指名将张守

珪，因《资治通鉴》中胡三省注云：“唐中世以前，率呼将帅为大夫。”而后世的传刻者不明唐时的称谓，遂将“大夫”改为“丈夫”。

3.正误难辨

有时候很难判定此卷写本与传世刻本中的异文，孰为正确字，孰为讹误字。如：

长安白日照春空，绿杨结烟乘袅风。（P. 2567《阳春哥》）

此句中的“绿杨结烟乘袅风”句，《文苑英华》作“绿杨结烟垂袅风”，《乐府诗集》作“绿杨结烟桑袅风”。在敦煌写本中，“乘”作“乗”，“垂”作“埀”，“桑”作“桒”，三者的俗字字形十分相似，可见这一组异文产生的原因是字形相似而引起的讹变。然而“袅风”一词既可解释为“微风、轻风”，又可解释为“在风中摇曳”。温庭筠《杨柳枝》诗中有“宜春苑外最长条，闲袅春风伴舞腰”。故“乘”“垂”“桑”与“袅风”皆可搭配，语意皆通，很难判断哪个是正确字。敦煌写本之“绿杨结烟乘袅风”句，言绿柳如烟，乘着袅袅风烟轻轻起舞。《文苑英华》之“绿杨结烟垂袅风”言绿柳如烟，低垂着在风中摇曳。《乐府诗集》中的“绿杨结烟桑袅风”则运用互文的修辞手法，言柳条桑枝皆被轻烟笼罩，在风中摇曳。

屯云车，载玉女。（P. 2567《飞龙引》）

此句《文苑英华》作“长（一作迎）云河车载玉女”，其他传世刻本亦作“长云河车载玉女”。王琦注本作“屯（萧本作长）云河车载玉女”，并注释“屯云河车言车之多若屯云也”。敦煌写本将“屯”写作“乇”，似是为避唐宪宗李纯的名讳。而“长”字怀素草书写作“𠃑”，与“屯”字的俗字写法十分相似。疑“长”“屯”二字因字形相近而误。虽然“屯云”言车马之多，较“长云”更合于句意，但亦不可贸然断定孰正孰误。

上有横河断海之浮云，下有衔波逆折之回川。（P.2567《古蜀道难》）

此句中的“下有衔波逆折之回川”，《文苑英华》作“下有逆折冲波之流川”，其他传世刻本作“下有冲波逆折之回川”。另有P.2552卷《信安王出塞》中的“夜壁衔高斗”句，传世刻本亦作“夜壁冲高斗”。“冲”的草书写法与“衔”相近，又因此卷写本受到行书的影响，二者极有可能是因字形相近而导致的讹变。“冲波”一词表现出激浪排空之势，与诗中所表现出的惊险气势较合。“衔波”则表示波浪吞空，于句意亦通。

龙风虎云昼交回，太白入月敌可摧。（P.2567《胡无人》）

此句中的“龙风虎云昼交回”句，传世刻本均作“龙风虎云尽交回”。“尽交回”谓两军交战激烈，经历了无数回合。

“昼交回”则指两军白日交接的景象，与下句“太白入月”的夜晚之景形成了时间上的对比。而“昼”与“尽”繁体字形相似，较难判断是字形相似引起的讹误还是修辞性的异文。

（五）避讳字、本字

唐代写本常在尊者姓名、职位之上有意留空示敬，如P.2492+Дx.3865《唐诗文丛钞》、P.3862《高适诗集》等。与之相比，此卷写本所敬空的对象更加广泛，不仅在“君王”“天子”“明君”“帝”“圣皇”“明主”“太后”“万乘”等表示尊者的词前有意留空以示敬意，在与尊者有关的地名、物品、动词前亦敬空，如“紫宫”“紫微”“丹墀”“廷”“金殿”“未央殿”“天苑”“鸾辇”“诏”“恩”“奉”等词前。甚至只要有“天”“乾”等具有暗示意义的字眼出现时，前面都须留空示敬。

张利亚据敦煌写本P.2567背面有贞元九年（793年）寺院的账表，推测此卷写本抄写年代不晚于贞元九年。[6]此卷写本中，将“虎”写作“乕”，为俗写字形，不避唐太祖李虎之正讳；将“秉”写作“秉”，亦为俗写字形，不避唐世祖李昺之嫌名；“機”写作“檨”，为俗写字形，不避李隆基之嫌名，这可能与当时避玄宗嫌讳比较松弛有关；[7]为避唐太宗李世民的正讳，或使用缺笔避讳法，将“世”写作“丗”，“枻”写作“枻”，或使用改形避讳法，将“葉”写作“𦯉”，“蹀”写作“𨂝”；为避唐睿宗李旦之正讳，将“但”缺笔写作“伹”。而此卷写本中出现了两次“诵”字，皆不避唐德

宗之后的皇帝唐顺宗李诵之名讳，间接反映了此卷写本的抄写年代。

（六）异文的一方为合文

此卷写本中出现了两个字合写在一个字形中的现象。如传世刻本中的“二十”“三十”“四十”，此卷写本分别作“廿”“卅”“卌”。这种合文现象在敦煌写本中较为常见。

二、因字音关系而形成的异文

此卷写本中，因字音关系而形成的异文相对较少，主要分为通假字、音误字和联绵字三类。

（一）通假字

通假字是指用读音相同或相近的字代替本字。如：

经明如何拾，自有致云心。（P.2567《咏青》）

此句中的“经明如何拾”，传世刻本均作“经明如可拾”。“何”为通假字，“可”为本字。王念孙《读书杂志·晏子春秋二》“天之变”：“‘可’读曰‘何’，‘何’‘可’古字通。”

火照西宫知夜饮，分明復道奉恩时。（P.2567《长信怨》）

此句中的“分明復道奉恩时”，《全唐诗》作“分明複道奉恩时”。“復”为通假字，“複”为本字。“復道”在这里指双重通道。裴骃的《史记集解》引如淳曰：“復音複。上下有道，故谓之復道。”

（二）音误字

音误字是指在传抄过程中因字形相同或相近而导致的讹误。如：

谁谓纵横策，翻为权势看。（P.2552《东平留赠狄司户》）

“翻为权势看”句，传世刻本均作“翻为权势干”，这里的“干”是干扰、阻挠的意思。“看”则不符合句意，应为讹误。“看”为溪母寒韵，“干”为见母寒韵，二者读音相近。

（三）记音词

外来词、象声词、联绵词常有一词多形的现象出现，在不同的写本与刻本中即形成异文。不可将其视为校勘性异文。如：

当令匈奴百万众，明年归入蒲桃宫。（P. 2567《送族弟琯赴安西作》）

此句中的“明年归入蒲桃宫”，传世刻本作“明年应（一作驱）入蒲萄宫”。“桃”“萄”音同。“蒲桃”是音译外来词，起初只记音、不表义，但因传世刻本传抄时间较晚，出现了形旁趋同的现象。

鲁酒若虎魄，汶鱼紫锦鳞。（P. 2567《鲁中都有小吏逢七朗以斗酒双鱼赠余于逆旅因鲙鱼饮酒留诗而去》）

此句中之“鲁酒若虎魄”，《河岳英灵集》作“鲁酒琥

珀色”，四部丛刊本《李太白集》作“鲁酒琥珀（一作虎珀）色”，《文苑英华》作“鲁酒若琥珀”，《全唐诗》作“鲁酒若琥珀（一作琥珀色）”。“虎魄”是对突厥语或波斯语的外来音译词，“虎魄”与“琥珀”之异形现象常见于古代典籍。

双鳃呀呷鬐鬣张，跋刺银盘欲飞去。（P.2567《鲁中都有小吏逢七朗以斗酒双鱼赠余于逆旅因鲙鱼饮酒留诗而去》）

此句中的“跋刺银盘欲飞去”，《河岳英灵集》作“泼刺银盘欲飞去”，“跋刺”在此形容银盘飞去的声音，“跋”“泼”古音同。

汉家战士三十万，将军谁者霍漂姚。（P.2567《胡无人》）

此句中的“将军谁者霍漂姚”，四部丛刊本《李太白集》作“将军兼领霍票姚”，《全唐诗》作“将军兼领（一作谁者）霍嫖姚”。“票姚”是连绵词，后来指代霍去病。《汉书•卫青霍去病传》：“大将军受诏，予壮士，为票姚校尉。”“漂”“票”“嫖”在《广韵》中读音相同，均为滂母宵韵。由“漂”“票”到“嫖”的变化，反映了联绵词在后代流传过程中形旁趋同的现象。

三、因字义关系形成的异文

此卷写本中，有一些异文与字形、字音关系都不大，主要是由于同义近义或义各有适的词语或句子的替换而引起的。分为诗题异文、诗句异文和字词异文三类。

（一）诗题异文

敦煌写本P. 2567+P. 2555共收录了一百一十九首诗，其中五十九首诗的诗题与传世刻本有出入。相比之下，敦煌写本中的一些诗题更为具体，如表1第六题点明了要送的人是“单十三”和“晁五”，第十九篇则点明了朋友来造访的时间、原因与作者当时的心情，第一百零三篇则点明了董大的具体名字为“董令望”；写本中的一些诗题与传世刻本中所涉及的人物的名姓有一些差异，如第八题之“康浦”与传世刻本之“李浦”，第十八题之“马二使君”与传世刻本之“袁使君”；且通过写本中的一些诗题异文，可以判断敦煌写本之祖本年代较早。如第十七题《洞庭湖作》，第三十八题《宫中三章》，第六十二题《独不见》，往往收录诗歌中的某一段或某一节，不仅说明诗人创作的先后次序，更体现出后代传刻过程中的重新编纂与整理。

表1　敦煌写本P.2567+P.2552《唐诗丛钞》诗题异文

卷号	抄写诗名	作者	传世刻本题目
P. 2567	4.《邯郸少年行》	王昌龄	《城傍曲》（《河岳英灵集》《全唐诗》）

续表一

卷号	抄写诗名	作者	传世刻本题目
P. 2567	6.《送单十三晁五归□□》	王昌龄	《送人归江夏》
P. 2567	7.《巴陵别李十二》	王昌龄	《巴陵送李十二》
P. 2567	8.《送康浦之京》	王昌龄	《别李浦之京》
P. 2567	9.《长信怨》	王昌龄	《长信秋词五首》其四
P. 2567	11.《夜泊庐江闻故人在东林寺以诗寄之》	孟浩然	宋本《孟浩然诗集》与敦煌写本同。《全唐诗》作《夜泊庐江闻故人在东寺以诗寄之》
P. 2567	12.《寄是正字》	孟浩然	《文苑英华》作《寄正字》，《全唐诗》作《寄赵正字》
P. 2567	17.《洞庭湖作》	孟浩然	《文苑英华》《全唐诗》作《望洞庭湖上张丞相》，《四部丛刊》影明本作《临洞庭》
P. 2567	18.《奉和卢明府九日岘山宴马二使君崔员外张郎中》	孟浩然	《四部丛刊》影明本《孟浩然集》作《卢明府九日岘山宴袁使君张郎中崔员外》，《全唐诗》作《卢明府九日岘山宴袁（一作马）使君张郎中崔员外》
P. 2567	19.《寒食卧疾喜李少府见寻》	孟浩然	《四部丛刊》影明本《孟浩然集》作《李少府与王九再来》，《全唐诗》作《李少府与杨（一作王）九再来》
P. 2567	20.《咏青》	荆冬倩	《国秀集》《全唐诗》作《奉试咏青》
P. 2567	22.《田家》	丘为	《国秀集》作《题农庐舍》，《全唐诗》作《题农夫庐舍》
P. 2567	27.《古意》	陶翰	《河岳英灵集》《又玄集》《才调集》《全唐诗》等作《古塞下曲》，《文苑英华》《唐诗纪事》《乐府诗集》等作《塞下曲》
P. 2567	28.《吊王将军》	常建	《吊王将军墓》
P. 2567	29.《古意》	李白	《效古二首》之一
P. 2567	30.《赠赵四》	李白	《赠友人三首》之二

续表二

卷号	抄写诗名	作者	传世刻本题目
P. 2567	31.《江上之山藏秋作》	李白	《江上秋怀》
P. 2567	32.《送族弟琯赴安西作》	李白	《李太白文集》作《送族弟绾（一作琯）从军安西》，《全唐诗》作《送族弟绾从军安西》
P. 2567	33.《鲁中都有小吏逢七朗以斗酒双鱼赠余于逆旅因鲙鱼饮酒留诗而去》	李白	《河岳英灵集》作《酬东都小吏携斗酒双鱼见赠》，《文苑英华》《全唐诗》作《酬中都小吏携斗酒双鱼于逆旅见赠》
P. 2567	34.《梁园醉哥》	李白	《文苑英华》作《梁园醉歌（集作梁园吟）》，王琦注本作《梁园吟（一作梁苑醉酒歌）》
P. 2567	35.《送程刘二侍御及独孤判官赴安西》	李白	《文苑英华》、王琦本《李太白全集》作《送程刘二侍御兼独孤判官赴安西幕府》，四部丛刊本《李太白全集》、四库全书本《全唐诗》作《送程刘二侍郎兼独孤判官赴安西幕府》
P. 2567	37.《瀑布水》	李白	《文苑英华》作《翫庐山瀑布》，四部丛刊《李太白集》《全唐诗》作《望庐山瀑布水二首》，王琦本作《望庐山瀑布二首》
P. 2567	38.《宫中三章》	李白	《才调集》作《宫中行乐》，《唐诗纪事》《乐府诗集》均作《宫中行乐词》
P. 2567	39.《山中答俗人问》	李白	《河岳英灵集》作《答俗人问》，王琦见缪本作《山中答俗人》，《全唐诗》作《山中问答》
P. 2567	40.《阴盘驿送贺监归越》	李白	《送贺宾客归越》
P. 2567	41.《黄鹤楼送孟浩然下惟扬》	李白	传世刻本作《黄鹤楼送孟浩然之广陵》
P. 2567	42.《初下荆门》	李白	《秋下荆门》
P. 2567	44.《月下对影独酌》	李白	《文苑英华》作《对酒》，《全唐诗》作《月下独酌四首》
P. 2567	48.《行行游猎篇》	李白	四部丛刊本《李太白集》作《行行且游猎篇》，《乐府诗集》《全唐诗》均作《行行游且猎篇》

续表三

卷号	抄写诗名	作者	传世刻本题目
P. 2552	52.《古有所思》	李白	四部丛刊本《李太白集》作《古有所思行》，《乐府诗集》《全唐诗》作《有所思》，王琦注本作《古有所思》
P. 2552	53.《胡无人》	李白	《文苑英华》《乐府诗集》作《胡无人行》，四部丛刊本《李太白集》《全唐诗》作《胡无人》
P. 2567	55.《白纻词》	李白	《文苑英华》作《白纻歌》，《乐府诗集》、四部丛刊本《李太白集》《全唐诗》作《白纻辞》
P. 2567	57.《前有樽酒行二首》	李白	《文苑英华》作《前有罇酒行二首》，《乐府诗集》《全唐诗》作《前有一罇酒行二首》
P. 2567	58.《古蜀道难》	李白	《蜀道难》
P. 2567	62.《独不见》	李白	《塞下曲》六首其四
P. 2567	64.《惜罇空》	李白	《文苑英华》作《将进酒（一作惜空酒）》，其他传世刻本并作《将进酒》
P. 2567	65.《从驾温泉宫醉后赠杨山人》	李白	《驾去温泉后赠杨山人》
P. 2567	66.《信安王出塞》	高适	《信安王幕府诗并序》
P. 2567	67.《上陈左相》	高适	《古乐府飞龙曲留上陈左相》
P. 2552	68.《上李右相》	高适	《文苑英华》作《奉赠集作/留上李右相林甫》，《高常侍集》《全唐诗》均作《留上李右相》
P. 2552	69.《奉酬李太守丈夏日平阴亭见赠》	高适	《奉酬北海李太守丈人夏日平阴亭》
P. 2552	70.《宋中即事赠李太守》	高适	《奉酬睢阳李太守》
P. 2552	71.《东平寓奉赠薛太守》	高适	《东平旅游奉赠薛太守二十四韵》
P. 2552	73.《同吕员外范司直贺大夫再破黄河九曲之作》	高适	《同李员外贺哥舒大夫破九曲之作》

续表四

卷号	抄写诗名	作者	传世刻本题目
P. 2552	74.《饯宋判官之岭外》	高适	《文苑英华》作《饯宋八充彭中丞判官之岭南》，《高常侍集》作《饯宋八充彭中丞判官之岭外》，《全唐诗》作《饯宋八充彭中丞判官之岭南（一作外）》
P. 2552	75.《睢阳酬畅判官》	高适	《睢阳酬别畅大判官》
P. 2552	76.《东平留赠狄司户》	高适	《东平留赠狄司马》
P. 2552	77.《同朱五题卢太守义井》	高适	《同朱五题卢使君义井》
P. 2552	78.《塞上听吹笛》	高适	《河岳英灵集》作《塞上闻笛》，《国秀集》作《和王七度玉门关上吹笛》，《文苑英华》《高常侍集》作《塞上听吹笛》
P. 2552	80.《送兵还作》	高适	《文苑英华》作《送兵还作》，《高常侍集》《全唐诗》作《蓟中作》
P. 2552	81.《送韦参军》	高适	《河岳英灵集》作“送韦参军”，《文苑英华》作“赠别韦条军”，《高常侍集》《全唐诗》均作《别韦参军》
P. 2552	87.《酬李别驾》	高适	《题李别驾壁》
P. 2552	88.《别李四少府》	高适	《文苑英华》《全唐诗》作《东平别前卫县李寀少府》，《高常侍集》卷八作《送前卫李寀少府》
P. 2552	92.《送冯判官》	高适	《文苑英华》作《送冯判官》，《高常侍集》《全唐诗》作《别冯判官》
P. 2552	95.《使清夷军》	高适	《使青夷军入居庸三首》
P. 2552	103.《别董令望》	高适	《别董大二首》
P. 2552	104.《蓟门五首》	高适	《乐府诗集》《全唐诗》作《蓟门行五首》，《高常侍集》作《蓟门五首》
P. 2552	105.《赠别晋处士》	高适	《赠别晋三处士》
P. 2552	106.《送刘评事充朔方判官得征马嘶》	高适	《送刘评事充朔方判官赋得征马嘶》

（二）诗句异文

敦煌写本P. 2567+P. 2552《唐诗丛钞》所收录的一百一十九首诗中，还出现了与传世刻本完全相异的整句异文，主要分为以下几类。

1.敦煌写本中的诗句异文与传世刻本叙述角度不同

敦煌写本P. 2567所见王昌龄《邯郸少年行》中的“走马穿围射腾虎”句，《才调集》等传世刻本作“射杀空营两腾虎”。此句运用了《史记·李将军列传》中“及居右北平射虎，虎腾伤广，广亦竟射杀之”的典故，敦煌写本中的“走马穿围射腾虎”句连用三个动词，突出其动作之迅捷。传世刻本中的“射杀空营两腾虎”句，则交代了射杀腾虎的地点和数量。其中的“空营”指空无人的营寨。

2.敦煌写本中的诗句异文与传世刻本内容层次不同

敦煌写本P. 2567所见李白《赠赵四》诗中出现了七句与传世刻本全然不同的异文，且在用韵与行文次序上与传世刻本有异。敦煌写本“真”“寒”“先”三韵相转时，在换韵那一联的出句先转，传世刻本则无此特征。清汪师韩《诗学纂闻》：“转韵之首句，古无不用韵者。”故敦煌写本更符合古诗转韵的规律。考李白《赠友人三首》中的其他两首古诗，第一首在仄声皓韵转入平声支韵时，出句句末先转韵。第三首在仄声昔韵转入平声文韵时，于出句句末先转韵。第三首诗在不同的仄声韵之间转换时，皆未出现出句句末先转的现象。故敦煌写本可能保留了此诗的古貌。从结构层次方面，敦煌写本中

“我”“尔”“斯人”之间的关系更加明确，且运用了一反一正的对比法；传世刻本则先从匕首的来历说起，再说相赠之事，且“为我扬波澜”句中的“我”指向不明，有可能指作者自己，也有可能是泛指我辈之人。敦煌写本比传世刻本更为明了易懂。

3.敦煌写本中的诗句异文与传世刻本句式结构不同

敦煌写本P.2567所见李白《送族弟琯赴安西作》诗中的“当令匈奴百万众，明年归入蒲桃宫”句，传世刻本作“匈奴系颈数应尽，明年应（一作驱）入蒲萄宫。”敦煌写本中的两句诗为使令兼语结构，主语为此句之前的“君王”；传世刻本的两句诗之间则为承接关系，主语为“匈奴”。

敦煌写本P.2567所见李白《惜罇空》中的“钟鼓玉帛岂足贵”句，《河岳英灵集》作“钟鼎玉帛不足贵”，《文苑英华》作“钟鼎玉帛岂足贵（一作钟鼓馔玉不足贵）”，其他传世刻本均作“钟鼓馔玉不足贵”，“钟鼓玉帛岂足贵”是反问句式，“钟鼓馔玉不足贵”是否定句式。

4.敦煌写本中的诗句异文与下文衔接更加紧密

敦煌写本P.2567所见李白《梁园醉哥》中的“持盐把酒但饮之，世上悠悠不堪说”句，《文苑英华》作“持盐把酒但饮之，勿作（莫学）夷齐事高洁”，《全唐诗》作“持盐把酒但饮之，莫学夷齐事高洁”，王琦本《李太白全集》作“持盐把酒但饮之，莫学夷齐事高洁”，后注“一作何用孤高比云月，一作咄咄书空字还灭”。可见此句存在多种异文。敦煌写本之

"世上悠悠不堪说"句与下文衔接紧密，下文即叙述了享有盛名的信陵君与梁王宾客皆湮没于历史尘埃中的悠悠往事。而传世刻本之"莫学夷齐事高洁""何用孤高比云月"则与此诗末尾"东山高卧还起来，欲济苍生不应晚"相呼应，间接表达了不甘隐居、济世立业的人生理想和政治抱负。"咄咄书空字还灭"则表达了失志的愤懑，与此诗末尾的"欲济苍生不应晚"句中昂扬进取的入世之志反差鲜明。

5.敦煌写本中的诗句异文用语更为通俗浅白，在音节安排上更为讲究

敦煌写本P. 2567所见李白《瀑布水》中的"舟人莫敢窥，羽客遥相指。指看气转雄……爱此肠欲断，不能归人间"等诗句，传世刻本作"初惊河汉落（一作银河落），半洒云天里。仰观势转雄……且谐宿所好，永愿辞人间"。此诗前八句押止摄，由止摄转为东韵时，敦煌写本为使音节过渡流畅，使用"指"字顶针。传世刻本则无此用法。从内容上看，敦煌写本的"莫敢""爱此"等词，抒情方式较为直白，与下文衔接紧密。传世刻本则运用了暗喻的修辞手法，用语相对典雅蕴藉。

敦煌写本P. 2567所见李白《惜罇空》中的"天生吾徒有俊才"句，传世刻本均作"天生我材必有用"，《文苑英华》又有异文作"天生我身必有材"，王琦注本见异文作"天生吾徒有俊才"。敦煌写本在上联"莫使金樽空对月"所押的入声月韵转入下联平声咍韵时，亦是在下联的出句先转，传世刻本则无此用法。黄永武认为，写本所使用的"逗韵"技巧在音律上

高乎一等。[8]

6.敦煌写本与传世刻本中的诗句异文对君王的褒贬不同

敦煌写本P. 2567所见李白《宫中三章》中的“君王多乐事，何必向回中”句，《才调集》作“君王多乐事，还与万方同。”《唐诗纪事》作“君王多乐事，何必向（一作在）回中（一作还与万方同）”。《乐府诗集》和《全唐诗》与敦煌本同。“何必向回中”句，对君王喜好边功持否定态度，“还与万方同”句则是对君王与民同乐的颂扬。

7.敦煌写本与传世刻本中的诗句异文写就的先后顺序不同

敦煌写本P. 2567所见李白《千里思》中的“相思天上山，愁见雪如花”句，四部丛刊本《李太白集》作“迢迢五原关，朔雪乱边花”，《乐府诗集》和《全唐诗》作“迢迢五原关，朔雪乱边花（一作愁见雪如花）”。传世刻本除此四句外，还有“一去隔绝域，思归但长嗟。鸿雁向西北，飞（一作因）书报天涯”四句，敦煌写本中的“相思”一词，已概括了这四句中的“思归”之意。可见敦煌写本这四句先写成，作者或编者为了再增添四句，对“相思”一词进一步阐发，为避免重复，删掉了前四句中的“相思”。

8.敦煌写本与传世刻本句式长短不同

敦煌写本P. 2567所见李白《行行游猎篇》中的“边城儿闲不读一字书，游猎夸轻趫”句，分别为九言与五言句，与这首诗整篇的七言句式不相谐。传世刻本均作“边城儿，生年不读一字书，但知游猎夸轻趫”，为三七七句式。

敦煌写本P. 2567所见李白《飞龙引》中的一些三三句式，如“鼎湖水，清且闲”和“屯云车，载玉女”句，传世刻本均作七言，分别是“鼎湖流水清且闲”或“长（屯）云河车载玉女”。

敦煌写本P. 2567所见李白《古蜀道难》中的“又闻子规啼月愁空山”句，为九言句。传世刻本作“又闻子规啼夜月，愁空山”或“又闻子规啼月落，愁空山”，为七三句式。

（三）字词异文

此卷写本中的一些字词异文，出现了与一些传世刻本相异，但与其他传世刻本相合的情况。如敦煌写本孟浩然《夜泊庐江闻故人在东林寺以诗寄之》中的“禅枝怖鸽栖”句，明刊本《孟浩然诗集》作“禅林怖鸽栖”，《全唐诗》与敦煌写本同。如表2中所列举的李白诗字词异文为例，此卷写本与宋本《文苑英华》及王琦所见旧本相合之处较多。

表2 敦煌写本P.2567+P.2552《唐诗丛钞》所见李白诗字词异文

篇目	敦煌写本P. 2567+P. 2552	宋本《文苑英华》	《乐府诗集》	四部丛刊本《李太白集》	四库全书本《全唐诗》	王琦注本	其他传世刻本
《鲁中都有小吏……留诗而去》	红肌	红肌（集作腮）	—	红肥	红肌	红肌	红腮（《河岳英灵集》）
《鲁中都有小吏……留诗而去》	金鞭	金鞍（集作金鞭）	—	金鞍	金鞍	金鞍	金鞍（《河岳英灵集》）
《梁园醉哥》	黄河	黄河	—	黄云	黄河	黄河（一作云）	—

续表一

篇目	敦煌写本 P. 2567+P. 2552	宋本《文苑英华》	《乐府诗集》	四部丛刊本《李太白集》	四库全书本《全唐诗》	王琦注本	其他传世刻本
《梁园醉哥》	京关	京阙	—	京阙	京阙	京阙（缪本作关）	—
《梁园醉哥》	岂假愁	岂暇愁	—	岂暇愁	岂暇愁	岂暇（缪本作假）愁	—
《梁园醉哥》	素盘	素（集作玉）盘	—	玉盘	玉盘	玉（一作素）盘	—
《梁园醉哥》	青梅	杨梅	—	杨梅	杨梅	杨（一作青）梅	—
《梁园醉哥》	宾客	宾客（集作宫阙）	—	宫阙	宫阙		
	宫阙（一作宾客）	—					
《梁园醉哥》	驰晖	驰晖	—	池辉	驰辉	驰辉	—
《梁园醉哥》	还起来	还（一作时又作忽）起来	—	时起来	时起来	时（一作还一作忽）起来	—
《元丹丘哥》	颍水	颍川（集作水）	—	頴川	颍川	颍川（一作水）	—
《元丹丘哥》	矫海	矫（集作跨）海	—	跨海	跨海	跨海	—
《瀑布水》	飞电	飞练	—	飞电	飞电	飞电（一作练）	—
《瀑布水》	游名山	乐名山	—	乐名山	乐名山	乐（缪本作游）名山	—
《黄鹤楼送孟浩然下惟扬》	远映	—	—	远影	远影	远影（陆放翁《入蜀记》引李诗作“远映”）	—
《战城南》	备胡	备胡	备胡	避胡	备胡	避胡	避胡（《河岳英灵集》）
《战城南》	怒马	败（一作驽）马	败马	败马	败马	败马	败马（《河岳英灵集》）
《战城南》	圣君	圣君	圣人	圣人	圣人	圣人（一作君）	圣人（《河岳英灵集》）
《战城南》	枯树枝	枯树枝	枯树枝（一作上枯枝）	枯树枝	枯树枝（一作上枯枝）	枯树枝（一作上枯枝）	枯桑枝（《河岳英灵集》）

续表二

篇目	敦煌写本P. 2567+P. 2552	宋本《文苑英华》	《乐府诗集》	四部丛刊本《李太白集》	四库全书本《全唐诗》	王琦注本	其他传世刻本
《行行游猎篇》	垂惟（帷）	—	下帷	下帷	下帷	缪本作“垂帷”	—
《临江王节士哥》	感秋	—	感秋	悲秋	悲秋（一作感）	悲秋	—
《临江王节士哥》	燕鴈	—	鷩鸿	燕鸿	燕鸿	缪本作“燕鴈”	—
《临江王节士哥》	壮气	—	壮士	壮士	壮士	壮士（一作气）	—
《乌栖曲》	犹衔	犹衔	—	欲嘀	犹（集作欲）衔	缪本作“犹衔”	欲衔（《河岳英灵集》）
《乌栖曲》	堕江波	堕江波	—	坠江波	坠江波	坠江波	坠江波（《河岳英灵集》）
《乌栖曲》	奈乐何	奈尔何	奈乐何	柰乐何	奈乐（一作尔何）	奈乐何（一作尔何）	奈尔何（《河岳英灵集》）
《长相思》	梦行	梦行（一作魂）	梦魂	梦䰟	梦魂	梦魂	—
《古有所思》	佳人	—	仙（一作佳）人	仙人	仙（一作佳）人	仙（一作佳）人	—
《胡无人》	谁者	谁是	兼领（一作谁者）	兼领	兼领（一作谁者）	兼领（一作谁者）	—
《白紵词》	剪绮	剪绮（集作丝）	翦彩（一作绮）	翦彩（一作绮）	翦彩（一作绮）	剪彩（一作绮）	—
《白紵词》	绿云	青（一作绿）云	青云	青云	青云	青云	—
《飞龙引》	飞去太上	飞去太清（一作上）	飞上太清	飞上太清	飞上太清	缪本作“飞去太上”	—
《飞龙引》	鸾车	鸾车	銮车	銮车	銮车	鸾车	—
《古蜀道难》	攀牵	攀缘	攀缘	攀援	攀缘	攀缘（一本作牵）	攀缘（《河岳英灵集》）攀缘（一作牵）（《唐诗纪事》）
《古蜀道难》	抚心	抚心（一作膺）	抚膺	抚膺	抚膺	抚膺	拊膺（《河岳英灵集》）

续表三

篇目	敦煌写本 P. 2567+ P. 2552	宋本《文苑英华》	《乐府诗集》	四部丛刊本《李太白集》	四库全书本《全唐诗》	王琦注本	其他传世刻本
《古蜀道难》	令人嗟	长咨（一作令人）嗟	长咨嗟（一作令人嗟）	长咨嗟	长咨（一作令人）嗟	长咨嗟（一作令人嗟）	长咨嗟（《河岳英灵集》）
《出自蓟北门》	绝漠	绝漠	绝漠	绝幕	绝幕	绝幕	—
《出自蓟北门行》	旌旃	旌旃（一作旗/一作旆）	旌旗	旌旗	旌旗	旌旗	—
《出自蓟北门行》	哥舞	歌舞	行歌（一作歌舞）	行歌	行歌（一作歌舞）	行歌（一作歌舞）	—
《陌上桑》	如飞花	如花飞	如飞龙（一作飞如花）	如飞龙	如飞龙（一作飞如花）	如飞花（一作龙）	—
《紫骝马》	骄且嘶	—	行且嘶	行且嘶	行且嘶	行（一作骄）且嘶	—
《紫骝马》	閞城	—	关山（一作城）	閞山	关山一作/城	关山（一作城）	关山（《才调集》）
《怨哥行》	香风	—	春（一作香）风	春风	春（一作香）风	春（一作香）风	—
《怨哥行》	雕笼	—	雕笼	雕龙	雕龙（一作笼）	雕龙	—
《惜罇空》	青云	青云（一作丝）	青丝	青丝	青丝	青丝	青丝（《河岳英灵集》）
《惜罇空》	青云	青云（一作丝）	青丝	青丝	青丝	青丝	青丝（《河岳英灵集》）
《紫骝马》	骄且嘶	—	行且嘶	行且嘶	行且嘶	行（一作骄）且嘶	—
《紫骝马》	閞城	—	关山（一作城）	閞山	关山一作/城	关山（一作城）	关山（《才调集》）
《怨哥行》	香风	—	春（一作香）风	春风	春（一作香）风	春（一作香）风	—
《怨哥行》	雕笼	—	雕笼	雕龙	雕龙（一作笼）	雕龙	—

续表四

篇目	敦煌写本P. 2567+P. 2552	宋本《文苑英华》	《乐府诗集》	四部丛刊本《李太白集》	四库全书本《全唐诗》	王琦注本	其他传世刻本
《惜罇空》	青云	青云（一作丝）	青丝	青丝	青丝	青丝	青丝（《河岳英灵集》）
《怨哥行》	香风	—	春（一作香）风	春风	春（一作香）风	春（一作香）风	—
《怨哥行》	雕笼	—	雕笼	雕龙	雕龙（一作笼）	雕龙	—
《惜罇空》	青云	青云（一作丝）	青丝	青丝	青丝	青丝	青丝（《河岳英灵集》）

此卷写本中还有一些字词异文，不见于其他传世刻本。分为同义、近义异文，义各有适的异文两类。其中，以同义、近义异文数量最多。

1.同义、近义异文

一些同义、近义异文虽然拥有相同或相近的义项，但在使用范围、使用频率、语体色彩、表义效果等方面有一些差异。

（1）独见于此卷写本中的一些字词异文义项相对较少、使用范围较窄。

【钟磬—钟鼓】

敦煌写本P. 2567所见《戚夫人楚舞歌》中的“珠帘夕殿闻钟磬”句，《才调集》作“珠帘夕殿闻钟鼓”。“钟磬”与“钟鼓”均为古代礼乐器。“钟鼓”一词的使用范围更广，在《全唐诗》中，“钟鼓”既指上祀郊庙朝贺等皇家重大活动中所奏的礼乐，如李适《中春麟德殿会百僚观新乐诗》云：“前

庭列钟鼓，广殿延群臣”。“钟鼓”还指报时乐声，权德舆《酬穆七侍郎早登使院西楼感怀》诗云：“晨风响钟鼓，曙色映山川”；“钟鼓”亦指权贵人家的音乐。如李白《将进酒》云“钟鼓馔玉不足贵”。“钟磬”一词，除了在唐代郊庙歌辞中出现三次外，在其他的唐人诗作中均表示寺院钟声。如杨巨源《春日题龙门香山寺》诗云：“众香天上梵王宫，钟磬寥寥半碧空。”

【骞腾—崩腾】

敦煌写本P. 2552所见高适《送蔡山人》中的“看尔骞腾更若为”句，《高常侍集》《全唐诗》作“看尔崩腾何若为”。“骞腾”指鸟儿飞腾之态，“崩腾”则指骏马奔腾之姿，二者皆可引申指积极仕进、追求官位。除此之外，“崩腾”还有“奔波”“动荡”“纷飞”等义项，在《全唐诗》中用例较多。“骞腾”则无其他义项。

【逸翮—逸翰】

敦煌写本P. 2552所见高适《睢阳酬畅判官》中的“逸翮凌青霄”句，传世刻本均作“逸翰怀青霄”。两者都指疾飞的鸟。但“逸翰”除此义项外，还指高超的书法。

（2）独见于此卷写本的一些字词异文，使用频率与传世刻本不同。有的字词使用频率比传世刻本稍低。

【容发—容鬓】

敦煌写本P. 2567所见《戚夫人楚舞歌》中的“不奈君王容发衰”句，《才调集》作“不奈君王容鬓衰”。“容发”在《全

唐诗》中凡八见，“容鬓”一词在《全唐诗》中凡二十见。

【翻身—回身】

敦煌写本P.2567所见王昌龄《邯郸少年行》中的“翻身却月佩弓弰”句，《河岳英灵集》《全唐诗》均作“回身却月佩弓弰”。“翻身”指反转身体，在《全唐诗》中凡十五见，“回身”指回转身体，在《全唐诗》中凡二十见。

【明君—明主】

敦煌写本P.2567所见李白《送程刘二侍御及独孤判官赴安西》诗中的“朝辞明君出紫宫”句，传世刻本均作“朝辞明主出紫宫”。“明君”“明主”在这里皆指贤明的君主，但“明君”除此义项外，还代指王昭君或与王昭君有关的古曲，如王偃的《相和歌辞•明妃曲》有“北望单于日半斜，明君马上泣胡沙”的诗句；李商隐的《戏题枢言草阁三十二韵》有“又弹明君怨，一去怨不回”。“明君”表示圣明君主，在李白的其他诗作中共出现两次，“明主”在李白的其他诗作中共出现六次。

【凋残—摧残】

敦煌写本P.2567所见李白《赠赵四》中的“壮士多凋残”句，传世刻本作“壮士多摧残”。“凋残”指自身的残败与减损，“摧残”则是外力使然。二者于句意皆通。除此句外，“摧残”一词在李白诗中出现了三次，如《秋日炼药院镊白发，赠元六兄林宗》云“卷舒固在我，何事空摧残”。“凋残”一词不见于李白的其他诗作中。

写本中也有一些字词异文使用频率比传世刻本要高，如：

【沾衣—满衣】

敦煌写本P. 2567所见李白《梁园醉哥》中的“沈吟此事泪沾衣”句，传世刻本均作“沉吟此事泪满衣”。“沾衣”在李白的其他诗作中共出现四次，“满衣”不见于李白的其他诗作中。

【为乐—行乐】

敦煌写本P. 2567所见李白《月下对影独酌》中的“为乐须及春”句，传世刻本均作“行乐须及春”。“为乐”和“行乐”义近，既有“取乐”的义项，又有“奏乐”的义项。“为乐”一词在《全唐诗》共出现七次；“行乐”一词，在李白其他诗作中出现三次。

（3）独见于此卷写本的一些字词异文，表意更为浅近、具体。

【离居—离忧】

“离居”指“离开居处、流离失所”，“离忧”一词除了“离开居处”的意思，又隐含着被贬谪的忧愁。《楚辞章句》中，王逸为“思公子兮徒离忧”句作注解曰：“言己怨子椒不见达故，遂去而忧愁也。”“离忧”与“迁远”都表示被放逐，义近。而“离居”义则较浅近。

【清波—清江】

敦煌写本P. 2567所见王昌龄《巴陵别李十二》中的“清波

传语便风闻”句，其他传世刻本作“清江传语便风闻”。“清波”指船上李白与人交谈的声音沿着清澈的水波随风传来。“清江”则是远景，指隔着水色清澄的长江，依稀可以听到风中传来的船上的语声。敦煌写本所见之“清波”，更易使人感受江边伫立时清波荡漾之动感，表意更为具体。

【动—撼】

敦煌写本P. 2567所见孟浩然《洞庭湖作》中的“波动岳阳城”，宋本《文苑英华》亦引作“波动岳阳城”，《孟浩然集》《全唐诗》等传世刻本作“波撼岳阳城”。“动”“撼”皆为动摇、震动义。但“撼”的书面语色彩更浓，“动”更为明白易懂。

【绿山—碧山—碧空】

敦煌写本P. 2567所见李白《黄鹤楼送孟浩然下惟扬》中的“孤帆远映绿山尽”句，四部丛刊影明本《李太白集》作“孤帆远影碧空尽”，四库全书本《全唐诗》和王琦注本均作“孤帆远影碧山尽”。“碧山”“碧空”皆为古诗词中常见的意象，“绿山”一词的口头语体色彩较浓，不见于《全唐诗》中。

【簟上—簟色】

敦煌写本P. 2552所见李白《长相思》中的“微霜凄凄簟上寒”句，传世刻本均作“微霜凄凄簟色寒”。传世刻本运用了通感的修辞手法，由竹席的颜色感觉到触觉上的寒意。敦煌写本则无此用法，表达比较浅白。

【到蓬壶—倒蓬壶】

敦煌写本P. 2552所见李白《古有相思》诗中的"白波连山到蓬壶"句，传世刻本均作"白波连山倒蓬壶"。"白波连山到蓬壶"，指风吹白波接天连山，直到蓬莱仙岛。传世刻本之"白波连山倒蓬壶"则运用了夸张的修辞手法，指风吹白波接天连山，使得蓬莱仙岛也为之倾倒，极言水波滔天、茫茫无涯之境。

（4）一些字词异文虽然独见于敦煌写本，但与传世刻本所形成的异文现象常见于古籍中。

【神犹在—神如在】【兴欲阑—兴未阑】

敦煌写本P. 2567所见孟浩然《奉和卢明府九日岘山宴马二使君崔员外张郎中》诗中的"叔子神犹在，山公兴欲阑"句，四部丛刊影明本《孟浩然集》《御定全唐诗》等传世刻本均作"叔子神如在，山公兴未阑"。"犹"和"如"在"如"同这一义项上构成同义词，"欲"和"未"则在"将要"这一义项上构成同义词。敦煌写本荆冬倩《咏青》诗中的"欲暎君王史"句，传世刻本亦作"未映君王史"。其他诗人作品中亦出现过"犹—如""欲—未"的异文现象。如《文苑英华》所录唐李翺《舒州新堂铭》中的"谨终犹初"句，"犹"下注曰"一作如"；再如《御定全唐诗》所录许浑《赠裴处士》中的"暖酒雪初下，读书山欲明"句，"欲"字下亦注"一作未"。

【何知—何如】

敦煌写本P. 2567所见孟浩然《与黄侍御北津汎舟》中的

“何知住鹢舟”句，《全唐诗》作“何如同鹢舟”。因为字形相似，“知—如”二字之异文屡见于古代典籍，在四库全书本《御定全唐诗》中，“知”字下注“一作如”的异文达十四例。敦煌写本P. 2567所见孟浩然《寒食卧疾喜李少府见寻》诗中的“何知春月柳”句，四库全书本《孟浩然集》作“何如春月柳”，《御定全唐诗》作“如何春月柳”。“何知”是反问语气，意为“如何料到”，强调了幸得李少府这么春天柳树般的人来访时的惊喜意外；“何如”意为“怎么、何故”，是以疑问语气表达意外之意，意为你这个春天柳树般的人，怎么还会想起我这棵寒冷季节中的松树呢？“何知”“何如”虽然在词义上有细微差别，但在此句中表达效果相同。只是“何知”所表达的意外之情更强烈一些。

【雾辟—路辟】【日道—月道】

敦煌写本P. 2567所见荆冬倩《咏青》诗中的“雾辟天光远，春回日道临”句，其他传世刻本均作“路辟天光远，春还月道临”。“雾辟”指云开雾散，“路辟”指道路开阔，虽然主语不同，但都形容天色开豁、明朗。“雾—路”之异文，亦见于其他的唐人诗作。如四库全书本《御定全唐诗》孟浩然《早春润州送从弟还乡》中的“青阳一觏止，云路豁然开”句，四部丛刊影明本《孟浩然集》作“青阳一觏止，云雾豁然开”。荆冬倩此句诗似乎即化自孟浩然的“青阳一觏止，云路豁然开”，“青阳一觏止”和“春回日道临”句，都指春天到来。立春、春分之时，日、月皆行青道。据《开元占经》所载："月行九道：春行东方青道二，夏行南方赤道二，秋行西方白道二，冬行北方黑道二"，"故郑玄注《月令》，立春、春分，日行青道，月为之佐。"故此处"日道""月道"皆合于文意。盖"日—月"之异文频见于传世刻本，在四库全书本《御定全唐诗》中，"日"字下注"一作月"的异文达二十例。

【路旁—路边】

敦煌写本P. 2567所见荆冬倩《咏青》诗中的"槐结路旁阴"句，传世刻本均作"槐结路边阴"。"旁—边"为同义词，"旁—边"之异文亦见于传世刻本。如四库全书本《御定全唐诗》所收录施肩吾《折柳枝》中的"伤见路边杨柳春"，"边"字后注"一作傍"，而"傍"与"旁"为异体字关系。《广韵•唐韵》："傍，亦作旁。"

【空床—孤房】

敦煌写本P. 2567所见李白《乌夜啼》中的"独宿空床泪如雨"句，其他传世刻本作"独宿孤房泪如雨（一作欲说辽西泪如雨）"。"空床"用语直白具体，"孤房"用语较为典雅。敦煌写本P. 2492亦出现过"床—房"之异文现象，白居易《上阳人》诗中的"一生遂向空床宿"句，传世刻本作"一生遂向空房宿"。

【落拓—落魄】

敦煌写本P. 2567所见李白《驾去温泉后赠杨山人》中的

“少年落拓楚汉间”句，传世刻本均作“少年落魄楚汉间”。“落拓”与“落魄”均有“放荡不羁”义，二者之异文常见于传世刻本。四库全书本《御定全唐诗》所录来鹄的《鄂渚除夜书怀》诗有“自嗟落魄（一作拓）无成事，明日春风又一年”。其中的“落魄”一词，又作“落拓”。白居易亦有诗《效陶潜诗》云：“问君何落拓（一作魄），云仆生草莱。”

【曳裙—曳裾】

敦煌写本P.2567所见高适《信安王出塞》中的“曳裙诚已矣，投笔尚凄然”句，《高常侍集》《全唐诗》均作“曳裾诚已矣，投笔尚凄然”。“裙”“裾”之异文现象多见于传世典籍。如四库全书本《御定全唐诗》所录罗隐《姑苏真娘墓》中的“皎镜山泉冷，轻裾（一作裙）海雾秋”。

【落日—落景】

敦煌写本P.2552所见高适《上李右相》中的“壮心瞻落日”句，《高常侍集》《全唐诗》均作“壮心瞻落景”。“落日”“落景”均指夕阳。“日—景”之异文现象常见于传世典籍，如《古诗纪》中所载卢思道的《上巳禊饮诗》：“山泉好风日（一作景），城市厌嚣尘。”

【青霄—青云】

敦煌写本P.2552所见高适《东平寓奉赠薛太守》中的“青霄本自负”句，《高常侍集》《全唐诗》作“青云本自负”。《文苑英华》所载高适的《奉酬睢阳路太守见赠之作》中亦见

“霄—云”之异文现象：“他日青霄(一作云)里，犹应访所知。”

【疑阻—嶷险】

敦煌写本P.2552所见高适《饯宋判官之岭外》中的“勿惮九疑阻”句，传世刻本均作“勿惮九嶷险”。“阻—险”之异文现象常见于传世古籍，如四库全书本《御定全唐诗》所载许棠《银州北书事》：“碛路虽多险（一作阻），江人不废吟。”

【沙塞—沙漠】

敦煌写本P.2552所见高适《睢阳酬畅判官》中的“言及沙塞事”，传世刻本均作“言及沙漠事”。“塞—漠”之异文现象亦出现于其他古代典籍。如四库全书本《李义山文集笺注》所载李商隐《为濮阳公泾原谢冬衣状》中的“绝漠（一作塞）猎回，幸无警息”句。

（5）敦煌写本中的一些字词异文更契合文意。

【主家—主人】

敦煌写本P.2567所见孟浩然《姚开府山池》中的“主家新邸第”，传世刻本均作“主人新邸第”。“主家”在这里指公主之家。唐人所写的很多与公主有关的奉和应制诗中，都出现了“主家”一词。如李峤《奉和初春幸太平公主南庄应制》诗中就有“主家山第接云开”的诗句。这里的姚开府指姚崇，据元代编纂的《河南志》记载，姚崇去世后，山池院为金仙公主所得：“唐有郭广敬宅，后为姚崇山池院。崇薨，为金仙公主所市。”敦煌写本中的“主家”一词，与第二句中的“相国”

相对仗，分别对应宅邸的新旧主人。传世刻本之“主人”则是相对宾客而言，并无确指，与“相国”的对比不够鲜明。

【中和—中兴】

敦煌写本P. 2552所见《宋中即事赠李太守》中的“俗见中和理，人逢至道休”句，传世刻本皆作“俗见中兴理，人逢至道休”。“中和”，是儒家中庸之道的主要内涵，与对句中的“至道”相对，指治道中正平和。而“中兴”则指中途振兴，与文意不符。《礼•中庸》：“喜怒哀乐之未发谓之中，发而皆中节谓之和。”

【闷见—阅见】

敦煌写本P. 2552高适《送蔡山人》中的“识来闷见一生事”句，传世刻本均作“识者阅见一生事”。“闷”指不觉貌。老子《道德经》：“俗人昭昭，我独若昏。俗人察察，我独闷闷。”敦煌写本此处“识来闷见一生事”指“闷闷不觉之中，就见到了一生之事”，用语佳于传世刻本。

【换衣—授衣】

敦煌写本P. 2552高适《别崔少府》中的“寒食仍留火，春风未换衣”句，《高常侍集》《全唐诗》作“寒食仍留火，春风未授衣。”春季并非授衣的时节。《诗・豳风・七月》：“七月流火，九月授衣。”孟浩然《题长安主人壁》：“授衣当九月，无褐竟谁怜。”诗中言“春风寒食节”，可见“授衣”与此时令不符。

【一言—一书】

敦煌写本P. 2552所见李白《古有相思》诗中的“愿寄一言谢麻姑”，传世刻本均作“愿寄一书谢麻姑”。“一言”更能体现出山水迢迢、悬隔两地互通音讯之难。王维《寄荆州张丞相》诗中有“目尽南飞雁，何由寄一言”句，亦表达了音书难达的惆怅。

（6）敦煌写本中的一些字词异文所营造的诗歌意境胜于传世刻本。

【往来—再来】

敦煌写本P. 2567所见孟浩然《梅道士水亭》中的“往来迷处所”句，传世刻本均作“再来迷处所”。《孟浩然集》中有三首关于梅道士的诗，另外两首为《寻梅道士》《清明日宴梅道士房》，可见孟浩然曾多次拜访梅道士，传世刻本之“再来”，即是与之前的拜访相对比，通过二次拜访之迷路，反衬此地之难寻。敦煌写本之“往来”，则表现出当时当地迷路徘徊、进退犹疑之态，以此来反衬云山路杳、幽深僻静的环境。

【绿竹—绿水】

敦煌写本P. 2567所见王昌龄《送单十三晁五归□□》中的“寒江绿竹楚云深”句，《全唐诗》作“寒江（一作天）绿水楚云深”。既云“楚云深”，其下的江水应是迷蒙之态，“绿水”似与寒江之景不谐。敦煌写本之“绿竹”则以岸边岁

寒之竹与寒江、楚云相互映衬，更有层次感，与周围的景色更加协调。

【青芜—平芜】

敦煌写本P.2567所见丘为《田家》诗中的“耒耜青芜间”句，《国秀集》《唐诗纪》《全唐诗》均作“耒耜平芜间”。“青芜”形容原野之绿意。“平芜”则形容原野之平旷。在唐人诗作中，“平芜”这一意象常用来表现边塞苍凉的秋景，如李端的《送卫雄下第归同州》中“边地行人少，平芜尽日闲”。杨巨源《关山月》诗中有“万里平芜静，孤城落叶闲”句。“青芜”这一意象显然与《田家》诗中所言“湖上春早”“沟壑耒耜”等春日的景象更为协调。

【千里—十里】

敦煌写本P.2552所见高适《别董令望》中的“千里黄云白日曛”句，《高常侍集》和《全唐诗》均作“十里黄云白日曛”，唯《御定渊鉴类函》中所录与敦煌写本同。“千里”更能展现全诗苍凉开阔的意境。

（7）此卷写本与传世刻本中的异文构成语境近义词。这些词语之间本没有近义的关系，但在特定语境中表意相近。

【无—止】

敦煌写本P.2552所见高适《自蓟北归》中的“前军无半回”，传世刻本皆作“前军止半回”。“前军无半回”谓兵士伤亡惨烈，伤亡数超过一半。“前军止半回”与此表意相近，谓前线作战的兵士仅余一半。

【先将军—李将军】

敦煌写本P. 2552所见高适《塞上》中的“惟昔先将军”句，传世刻本均作“惟昔李将军”。“先将军”和“李将军”在这里均指使匈奴闻风丧胆的汉代名将李广。

（8）此卷写本中的一些字词异文，导致了句子主语指向的差异。

【住—同】

敦煌写本孟浩然《与黄侍御北津汎舟》中的“何知住鹢舟”句，传世刻本作“何知同鹢舟”。其中的“住”为“留住”义，“同”为“会合、聚集”义。“住”与“同”用语之不同，导致了此句主语理解上的差异。“住鹢舟”的主语为黄侍御，意思是我怎么知道黄侍御竟留住于鹢舟中呢。“同鹢舟”的主语则为诗人和黄侍御两个人，意思是怎能料到我和黄侍御可以在舟中相遇、会合呢？此诗在《孟浩然集》中虽被归为五言古诗，但其律诗形制比较鲜明。如按律诗形制，此诗第三句第三字应为平声，但用了仄声字“避”，故第四句的第三字应以平声字来补救，传世刻本所见之“同”字更符合律体的平仄格式。

（9）此卷写本中的一些字词异文，与传世刻本在语体色彩上存在差异。

【扬蛾—扬目—扬眉】

敦煌写本P. 2567所见李白《白纻词》中的“扬蛾转袖若雪

飞”句，《文苑英华》作“扬目转袖若云飞”，《乐府诗集》作“扬眉转袖若雪飞”。“扬蛾”一词，出自汉王粲《神女赋》：“扬娥微眄，悬藐流离。”李白诗亦有《杂曲歌辞·邯郸才人嫁为厮养卒妇》：“妾本丛台女，扬蛾入丹阙。”“扬蛾转袖若雪飞，倾城独立世所稀”诗应化用南朝梁钟嵘《〈诗品〉序》：“女有扬蛾入宠，再盼倾国。”以“扬蛾”来形容女子扬起蛾眉、倾国倾城之娇态，用语较典雅。“扬目”“扬眉”，用语较为通俗。

【栖遑—栖迟】

敦煌写本P. 2567所见高适《上李右相》中的“栖遑醉复醒”句，传世刻本皆作“栖迟（一作升沉）醉复醒”。敦煌写本P. 2552所见高适《使清夷军》中的“栖遑媿宝刀”句，传世刻本均作“栖迟愧宝刀”。“栖遑”常用来表示奔忙不定、失意彷徨之态，是西北方言语词，带有口语的地域色彩。“栖迟”亦指漂泊失意之态，书面语色彩较浓。

（10）此卷写本中出现了一些虚字异文。

【不—莫】

敦煌写本P. 2567所见孟浩然《与黄侍御北津汎舟》中的“不奏琴中鹤”句，传世刻本作“莫奏琴中鹤”。其中，“不”与“莫”虽然同样表示否定，但“不”主要表达作者主观上的“不愿”，“莫”则表示对别人的劝阻。

【不—未】

敦煌写本P. 2567所见李白《梁园醉哥》中的“欲济苍生

不应晚”句，传世刻本均作“欲济苍生未应晚”。“不应”一词为祈使语气，“未应”则是推测语气，义为“应该不会”，表示对未来的期待，较符合语境。李白诗中喜用“未应”这一短语。

【无然—无时】

敦煌写本P. 2567所见李白《独不见》中的“无然独不见”句，传世刻本均作“无时独不见”。“无然”表示祈使语气，张九龄《郡舍南有园畦杂树聊以永日》：“我愿从归翼，无然坐自沈。”“无时”则指不逢时会，表示感叹语气。二者于文意皆通。

【宁辞—何辞】

敦煌写本P. 2567所见高适《上陈左相》中的“宁辞一尉休”句，传世刻本皆作“何辞一尉休”。“宁”“何”在这里均表示反问语气。

【今来—今朝】

敦煌写本P. 2567所见孟浩然《寒食卧疾喜李少府见寻》中的“弱冠早登龙，今来喜再逢”句，四部丛刊影明本及《全唐诗》作“弱岁早登龙，今朝喜再逢”。“弱冠”与“弱岁”在这里为同义词，都指男子二十岁。“今来”“今朝”皆是唐人习用的时间副词，二者在“如今、当今”这一义项上构成同义词。如《唐摭言》卷二中的《争解元》云：“昔日华元，已遭毒手；今来醝务，又中老拳”，其中的“今来”与“昔日”相

对；再如《唐摭言》卷三《弗瘳》云“昔岁策名皆健笔，今朝称职并同年”，其中的“今朝”与“昔岁”相对。

2.含义有别、义各有适的异文

（1）敦煌写本表意更为含蓄深婉者。如：

【雁行—数行】

敦煌写本王昌龄《送康浦之京》中的“一封书去雁行啼”句，传世刻本均作“一封书寄数行啼”。敦煌写本之“雁行”既可以视为运用《礼记·王制》中“父之齿随行，兄之齿雁行”的典故，以“雁行”比喻兄弟之情，又可视为清秋之景，以雁阵悲啼寄予思念之情，更符合王昌龄诗以景结情的特色。武元衡《秋夜雨中怀友》诗云“庭空雨鸣骄，天寒雁啼苦”，亦是以雁啼来抒发思念之苦。传世刻本之“数行”则指自己写下数行字或流下数行泪，抒情较为直接。

【怯复疑—觉后疑】

敦煌写本王昌龄《长信怨》诗中的“梦见君王怯复疑”句，传世刻本作“梦见君王觉后疑”。传世刻本固然能体现一梦一醒之分别，敦煌写本之“怯复疑”所表达的感情却更为复杂。“怯”字既是对君王之威严而生出的怯意，暗示彼时身份之卑微；又表达了日久不见君王而疏远生分的情感。“怯复疑”表达了小心翼翼、疑虑不已的心态。

（2）敦煌写本所见之异文有典故出处者。如：

【战酣—战余】

敦煌写本P.2567所见常建《吊王将军》诗的“战酣落日

黄”句，传世刻本均作“战余落日黄”。“战酣”一词形容战斗激烈、难舍难分。“战余”中的“余”则指残余、残剩。“战酣落日黄”暗示了交战时机不利。《博物志》卷七云：“鲁阳公与韩战酣而日暮，援戈麾之，日反三舍。”鲁阳公与韩交战之时正值日暮，故挥戈指挥太阳，太阳竟为之返回三舍。而“战余落日黄” 则强调军败人亡，仅剩下昏黄的落日。二者皆合于文意。

【漎漎—纵体】

敦煌写本P.2567所见李白《飞龙引》中“从风漎漎登鸾车”中的“漎漎”一词，传世刻本均作“纵体”。此句似出自扬雄《甘泉赋》：“风漎漎而扶辖兮，鸾凤纷其衔蕤。”以“漎漎”来形容宫女登车时轻捷、迅疾的样子。“纵体”则指肢体轻举，于句意亦通。

【俯拾青—怀拾青】

敦煌写本P.2552所见高适《奉酬李太守丈夏日平阴亭见赠》中的“从此日闲放，焉能俯拾青”句，《高常侍集》和《全唐诗》均作“从此日闲放，焉能怀拾青”。“俯拾青”即俯拾青紫，比喻容易得到高官显位。语出南朝任昉《为范尚书让吏部封侯第一表》文中“是忘舍讲之尤，存诸公之费，俯拾青紫，岂待明经”句。

（3）敦煌写本所见之字词异文表意更为直白粗率者。如：

【床头—高堂】

敦煌写本P.2567所见李白《惜罇空》中的“君不见床头

明镜悲白发”句，传世刻本均作“君不见高堂明镜悲白发”。“床头”乃起居坐卧之处，故朝朝暮暮，得窥白发。而“高堂”则强调主人公所居屋宇虽然高敞、华丽，却不能阻挡白发衰颜。“床头”的表达更为平直。

【死尽—寂寞】

敦煌写本P.2567所见《惜罇空》中的“古来贤圣皆死尽”句，《文苑英华》亦作“古来贤圣皆死尽”，其他传世刻本均作“古来圣贤皆寂寞”。“死尽”用语虽粗率，但与对句句意衔接流畅。

【琼筵—银鞍】【金樽—金城】

敦煌写本P.2567所见李白《送程刘二侍御及独孤判官赴安西》诗中的“琼筵送别金樽空”句，传世刻本均作“銀鞍送别金城空”。敦煌写本再现了举办盛筵、开怀痛饮的送别场景，传世刻本之“銀鞍送别金城空”则运用了夸张的修辞手法，突出了送行人数之多，导致整个金城（长安）人空。

（4）敦煌写本所见之异文与传世刻本无分高下者。

【丈夫—人生】

敦煌写本P.2567所见李白《赠赵四》中的“丈夫贵相知”句，传世刻本均作“人生贵相知”。“丈夫”指大丈夫。李白《与韩荆州》云：“以为士生则桑弧蓬矢，射乎四方，故知大丈夫必有四方之志。”白居易《新制布裘》诗云“丈夫贵兼济，岂独善一身。”“丈夫”比“人生”的语气更为豪迈。

【暖—嫩】

敦煌写本P. 2567所见李白《宫中三章》中的“柳色黄金暖”句，传世刻本均作“柳色黄金嫩”。敦煌写本运用了比喻和通感两种修辞手法，由视觉上的黄金柳色而领会到触觉上的暖意。传世刻本仅用了比喻的修辞手法，说初春柳色如黄金的色泽般翠嫩。

四、敦煌写本P.2567+P.2552《唐诗丛钞》异文的特征及价值

（一）敦煌写本P.2567+P.2552《唐诗丛钞》可能反映了早期文本的面貌

此卷写本在某种程度上保留了诗人创作的初稿，让我们看到有些篇章不是一蹴而就的，反映了诗人反复创作、不断修改的过程。

这首先反映在诗歌篇幅和诗题异文上。比如孟浩然的《洞庭湖作》仅有前四句，与传世刻本在诗题上存在差异，由此推测出孟浩然此诗的后四句很可能是后来加上的。再如敦煌写本所收录的李白的《宫中三章》，《唐诗纪事》所收录的诗题作《宫中行乐词》，宋本《李太白集》和《乐府诗集》均作《宫中行乐词八首》，均收录八首。《才调集》于题下注曰：“或刻三首作宫中行乐，又另五首作紫宫乐”，可见敦煌写本所收录的《宫中三章》可能先于后五首而写成，同时也反映了写本的抄写时间较早。

同时，一些整句异文和字词异文所反映的诗歌用韵与诗歌结构的差异，也为敦煌写本是早期文本提供了佐证。如敦煌写本所见李白《白纻词》中的“馆娃日落哥吹深”句，《乐府诗集》、四部丛刊本《李太白集》均作“馆娃日落歌吹蒙”。“蒙”字押东韵，是第一首的末句。如为“深”字，则押“侵”韵，是第二首的首句。清代学者王琦所见古本与敦煌本同，他认为李白的这首诗仿拟自鲍照《白纻辞》的句法，故以“深”为是。

（二）敦煌写本P.2567+P.2552《唐诗丛钞》的一些异文可据以订补《汉语大词典》的疏漏

此卷写本的抄写者文化修养相对较高，其所临摹的底本也是当时较为可靠的善本，[9]其中的一些异文可对《汉语大词典》中的例证问题进行订补。

1. 提供更早年代的书证

【青云】

敦煌写本P. 2567所见李白《惜罇空》中的“朝如青云暮成雪”句，《文苑英华》与之同，其他传世刻本均作“朝如青丝暮成雪”。“青云”在修辞上佳于“青丝”。《汉语大词典》“青云”条(7)喻黑发。[10]引唐李贺 《大堤曲》：“青云教绾头上曲，明日与作耳边珰。”李白此诗写作年代比李贺早。

2. 纠正词条误收现象

【分交】

敦煌写本P. 2552高适《宴郭校书因之有别》中的“彩服趍

庭罢，贫交载酒过”句，《高常侍集》和《全唐诗》均作“彩服趋庭训，分交载酒过”。《汉语大词典》“分交”条释作“志同道合之交”[11]，即引此例。然而在其他中古文献中找不到“分交”表示“志同道合之交”的用例。而敦煌写本所见之“贫交”屡见于唐代诗人诗作中，于句意亦合。如唐代诗人陆羽《西蜀送许中庸归秦赴举》中有“独鹤心千里，贫交酒一卮”。传世刻本之“分交”可能是“贫交”的讹传，不能草率将其列为词条。

【参考文献】

[1]徐俊.敦煌诗集残卷辑考[M].北京:中华书局,2000:41.

[2]徐俊.敦煌诗集残卷辑考[M].北京:中华书局,2000:43.

[3]张涌泉.著名中年语言学家自选集 张涌泉卷[M].上海:上海教育出版社,2011:336.

[4]黄征.敦煌语言文字学研究[M].兰州:甘肃教育出版社,2002:44.

[5]徐俊.敦煌诗集残卷辑考[M].北京:中华书局,2000:49.

[6]张利亚.唐五代敦煌写本及其传播、接受[D].兰州:兰州大学,2017:91.

[7]窦怀永.敦煌文献避讳研究[D].兰州:甘肃教育出版社,2013:70.

[8]黄永武.敦煌文献与文学丛考[M].杭州:浙江大学出版社,2017:190.

[9]张利亚.唐五代敦煌写本及其传播、接受[D].兰州:兰州大学,2017:89.

[10]罗竹风.汉语大词典 第11卷 上[M].上海:上海辞书出版社, 2008:542.

[11]罗竹风.汉语大词典 第2卷 上[M].上海:汉语大词典出版社,2001:570.

敦煌写本P.2567+P.2552《唐诗丛钞》所见佚诗、佚句考辨

下顧盼青雲端誰謂縱橫策翻爲權勢干將軍既坎壈使者亦章敢耿
介椎三事厲離從官知君不得意他日會鵬搏

過沖和先生

沖和生何代或謂游東溟三命謁　金殿一言拜銀青自云多方術往往通神
靈　萬乘親問道六宮無敢聽昔去限霄漢今來覩儀形頭戴鶡鳥
冠手揺白鶴翎終日飲醇酒不醉復不醒猶憶雞鳴山每誦西昇經拊
背念別離依然出户庭莫見今如此曾爲一客星

酬李別駕

去鄉不遠逢知己握手相歡得如此禮樂遥傳魯伯禽賓客爭過魏公
酒筵莫嫌明月上櫪馬長鳴春風起一生稱意能幾人今日於君聞終始

別李四少府

黃鳥翩翩楊柳垂春風送客使人悲怨別自驚千里外論交却憶十年時雲開
汶水孤帆遠路繞梁山匹馬遲此地猶來可乘興留君不住益悽其

別崔少府

知君少得意汶上掩柴扉寒食仍留火春風未授衣皆言黃綬屈早向青
雲飛借問他鄉事今年歸不歸

邯鄲少年行

邯鄲城南遊俠子自矜生長邯鄲裏千場縱博家仍富幾度報讎身不死宅
中歌笑日紛紛門外車馬長如雲未知肝膽向誰是令人却憶平原君君不見即
今交態薄黃金用盡還疏索以茲感歎辭舊遊更於時事無所求且與少
年飲美酒往來射獵西山頭

三君詠并序

開元中適遊於魏郡郡有故太師鄭公舊館里中有故尚書郭公遺業邑外
有故太守狄公生祠焉覩物增懷爲三君詠　鄭公魏
鄭公經綸日隨代風塵昏濟代取高位逢時敢直言道光先帝業義激舊
君恩寂寞卧龍處英靈千載魂　代公郭
代公實英邁津涯浩難識擁兵抗矯徵伏節歸有德縱橫負才智顧盼
安社稷流蕩勿重跡懷哉爲憤惻　梁公狄
梁公乃貞固勳烈垂竹帛昌言　太后朝潛運儲君策待賢開相府共鍾
登方伯至今青雲人猶是門下客

送萬判官

碣石遼西地漁陽薊北天關山唯一道雨雪盡三邊才子方爲客將軍正少年
遥知幕府下書記日翩翩

塞上

東出盧龍塞浩然客思孤亭堠列萬里漢兵猶備胡邊塵滿北溟
虜騎正南驅轉鬬豈長策和親非遠圖惟昔先將軍按節臨玄都
戎掃大漠一戰擒單于常懷感激心願效縱橫謨倚劍欲誰語關河空鬱紆

送郭處士往萊蕪兼寄苗山人

君爲東蒙客往來東蒙畔雲卧臨嶧陽山行窮日觀少年詞賦皆可聽
秀眉白面風清泠身上未曾染名利口中獨未知羶腥今日還山意無極

法 Pel.chin.2552 2567　唐人选唐诗（14—12）

敦煌写本P. 2567+P. 2552《唐诗丛钞》共见佚诗十三首，包括考功员外郎李昂佚诗二首，王昌龄佚诗二首，丘为佚诗五首，高适佚诗二首，仓部员外郎李昂佚诗二首。除此之外，还有三首诗存有不见于传世刻本的佚句。这些佚诗中既有题壁诗，让我们了解到唐人题壁创作的特点；又有咏物诗、咏史诗、记游诗、应答诗等，展现了诗人的交游经历、思想性情等内容。

一、敦煌写本P.2567卷所见考功员外郎李昂佚诗、佚句

第一首阙题及作者，罗振玉先生考为李昂诗《戚夫人楚舞歌》，此诗卷首残失，有四句诗不见于传世刻本，原文如下：

[定陶城中是妾家，妾年二八顔如花。閨中歌舞未終曲，天下死人如亂麻。漢王此地因徵戰，未出簾櫳人已薦。風花菡萏落轅門，雲雨徘徊入行殿。日夕悠悠非舊鄉，飄飖處處逐君王。玉閨門裏通歸夢，銀燭迎來在戰場。從來顧恩不顧己]，何异浮萍寄深水。逐戰曾迷祇輪下，隨君幾陷重圍裏。此時平楚復平齊，咸陽宫闕到關

西。珠簾夕殿聞鐘漏，白日秋天憶鼓鞞。且矜容色長自持，且遇乘輿恩幸時。香羅侍寢雙龍殿，玉輦看花百子池。君王縱恣翻成誤，吕後由來有深妬。不奈君王容鬓衰，相存相顧能幾時。黄泉白骨不可報，雀釵翠羽從此辭。君楚哥（歌）兮妾楚舞，脉脉相看兩心苦。曲未終兮袂更揚，君流涕兮妾斷腸。已見謀臣歸惠帝，徒留愛子付周昌。

【释析】《戚夫人楚舞歌》前九联，写了汉高祖刘邦在征战的过程中选获戚夫人为姬妾，刘邦南征北战都将其带在身边。戚夫人如同深水上的浮萍，身不由己，屡次随着君王深陷战争的重围。所幸汉高祖刘邦最终平定了天下。秋日黄昏时，宫殿的珠帘里传来漏尽钟鸣的声音，戚夫人便会回忆起当年军中的乐声。敦煌写本所见四句佚诗与前面的“珠帘夕殿闻钟漏，白日秋天忆鼓鞞”句紧密衔接，说此时的戚夫人自恃美貌，越发获得了刘邦的恩宠，日夜陪伴刘邦享乐：“且矜容色长自持，且遇乘舆恩幸时。香罗侍寝双龙殿，玉辇看花百子池。”后面的“纵恣”将这四句诗中的“恩幸”又推进了一层，也是导致“吕后深妒”的原因。可以说，这四句诗是很精彩的过渡，既与前九联中随军征战的生活相承接、形成对比，又为后文戚夫人的命运悲剧埋下了伏笔。

第二首诗为《题雍丘崔明府丹灶》，亦不见于传世刻本，因此诗抄写于《戚夫人楚舞歌》的后面，罗振玉、王重民先生均认为这首诗亦是考功员外郎李昂所写。原文如下：

聞君小邑蹔鳴弦，隱几灰心有歲年。白石既燒應化鶴，黃金未熟且烹鮮。鑪中近染三花氣，樹裏新飛五色煙。伊尹即今須負鼎，王喬何事欲沖天。

【释析】第一联中的“闻君小邑暂鸣弦”运用了宓子贱于小邑弹琴治理单父的典故，言崔明府只用很短的时间去处理政事。“隐几灰心”则运用了《庄子·内篇·齐物论》中南郭子綦隐几而坐、仰天而嘘，颜成子曰其形如槁木、心如死灰的典故，说明崔明府修道很深，如子綦一般没有机心、物我两忘。第二联言崔明府烧煮白石、炼制丹砂，像烹饪小鱼一样小心翼翼，应该离成仙不远了。其中的“白石”“黄金”皆是成仙之药。晋葛洪《神仙传·白石先生》：“（白石先生）常煮白石为粮，因就白石山居。”第三联言崔明府的炼丹炉中染带了精、气、神三花的气味，周围的树林里飞腾着昭示祥瑞的五色烟云。此中的“三花”指人的精、气、神。在道家思想里，精为玉花，气为金花，神为九花。第四联分别运用了《史记·殷本纪》“伊尹负鼎”和《列仙传·王子乔》中“王子乔乘鹤升天”的典故，说当今之世人人都想学伊尹那样积极入世、辅佐君王，为什么你却要学王子乔那样退隐于世、乘鹤冲天呢？隐含着对崔明府出世之心的赞美。

【发微】考功员外郎李昂，开元二年（714年）登第，开元二十四年（736年）任考功员外郎一职。据陈尚君先生考证，李昂担任考功员外郎一职时年约四十九。[1]李白亦有《题

雍丘崔明府丹灶》诗，写于天宝四年（745年）左右，与李昂的生活年代有重叠。两人所述的雍丘崔明府应为同一人。

第三首诗为《睢阳送韦参军还汾上（此公元昆任睢阳参军）》，不见于传世刻本，原文如下：

世业重籝金，青春映士林。文华两孙楚，兄弟二曾参。竹抱卢门暗，山衡晋国深。预知汾水上，一雁有遗音。

【释析】第一联写韦参军家世代重视儒经，年纪轻轻就已跻身士大夫阶层。第二联写韦参军及其长兄的才华不亚于历史上的孙楚和曾参。第三联描写了送别时的景象，只见睢阳城门外被竹林环抱、光线幽暗；韦参军将要去的晋国则隐没在群山深处。其中的“卢门”在春秋战国时期宋国都城的南门，唐代时成为睢阳城的主要城门。[2]第四联写诗人知道，韦参军到了汾上（今山西汾阳）后，一定会托鸿雁再捎来音讯。

【发微】诗中所送韦参军是何人已无从知晓。值得注意的是，高适在睢阳居住期间，也曾结识过一位韦参军，且两人交谊甚厚。其诗《别韦参军》亦是在宋州所作。其中所述的韦参军很可能就是李昂诗中韦参军的长兄。

二、敦煌写本P.2567卷所见王昌龄佚诗

敦煌写本P. 2567卷共见王昌龄诗七首，其中第二首、第七首均不见于传世刻本。

第二首为《城旁口》，原文如下：

降奚能騎射，戰馬百餘疋。甲仗明寒川，霜□□□□。□□煞單于，薄暮紅旗出。城旁麁（粗）少年，驟馬垂長鞭。脱却□□□，□劍淪秋天。匈奴不敢出，漠北開塵烟。

【校补】“漠北开尘烟”句，陈尚君先生将其校改为“闭”。然而“开”字有开豁、明朗义，亦合于文意，不烦校改。王昌龄的前辈张说《奉和圣制同刘晃喜雨应制》诗“最宜三五夜，晴月九重开”中的“开”字亦是此义。

【释析】第一联言归降的奚族人善于骑马射箭，作战的马匹数以百计。其中的“降奚”一词指归附唐朝的奚族勇猛兵士。《资治通鉴》唐纪二十九云：“时节度薛楚玉遣英杰将精骑一万及降奚击契丹，屯于榆关之外。”第二联言在寒冷的河流边，卫士们的铠甲和兵器十分明亮耀眼。第三联言傍晚时分红色的军旗招展，军士们已经射杀了匈奴首领单于。“煞”，同“杀”。第四联言城旁粗猛的奚族少年，垂落长鞭、纵马奔驰。第五联言少年侠脱掉披风、舞动长剑，划破了秋日的天空。这里的“沦”字义为“进入、渗入”。最后一联言匈奴为之胆寒、不战自退，漠北的战声烟尘因之一扫而尽，万里廓清、天开地朗。

【发微】这首诗描写了一场由幽州城旁的奚族少年组成的部队与匈奴对抗的战役。李益的《城旁少年》也叙写了生长于边城、擒获了射雕匈奴的勇猛少年。王昌龄进士及第之前，曾至幽州、蓟州等地漫游，这首诗应写于此时，充满了豪情

壮志与乐观精神。在王昌龄进士及第之前，东北边城确实发生过一些“降奚”参与抵抗匈奴的战役。据《资治通鉴》卷二百一十二记载，李娑固败给了契丹牙官可突干，逃往营州，“营州都督许钦澹遣安东都护薛泰帅骁勇五百与奚王李大酺奉娑固以讨之，战败，娑固、李大酺皆为可突干所杀”。王昌龄此诗，有踔厉奋发、以壮军威之意。

第七首为《题净眼师房》，原文如下：

白鴿飛時日欲斜，禪房寂歷飲香茶。傾人城，傾人國，斬新剃頭青且黑。玉如意，金澡瓶，朱唇皓齒能誦經，吳音喚字更分明。日暮鐘聲相送出，袈裟掛着箔簾釘。

【校补】诗中的“茶”字，原卷写作“荼”，徐俊先生录为“荼”，继而校改为“茶”[3]。然而在敦煌写卷中，“荼”为茶的俗字写法，不烦校改。

【释析】第一句言太阳西斜的黄昏时分，白鸽在翩然飞舞。净眼师在寂静冷清的禅房中品饮着香茶，茶香袅袅，映着暮色氤氲。第二句为“三三七”句式，说这位净眼师虽然已剃度为尼，依旧相貌出众、倾国倾城，剃过头后又露出了全新的青黑鬓发。有戏谑、调笑的意味。第三句为“三三七七”句式，先写净眼师所使用的器物，说她记经的如意是玉做的，贮水的容器是金做的，在这金玉满堂的繁华中，更有绝色佳人，轻启朱唇、微开皓齿，以吴侬软语诵念经文、字字分明。浓墨重彩，将禅房写得像香艳的闺房。最后一句化用了南朝徐君蒨

《别义阳郡》“故留残粉絮，挂看箔帘钉”的典故，写日晚钟声至，净眼师将袈裟挂于帘钉上，出门相送，帘钉上仿若留有脂粉香影。

【发微】据《新唐书》卷二百三记载，王昌龄因“不护细行”，被贬为龙标尉。《唐才子传》卷二记载，王昌龄“晚途不矜小节，谤议腾沸，两窜遐荒，使知音者喟然长叹”。然其“不护细行”“不矜小节”究竟表现在哪些方面，史书中并未详载。这首《题净眼师房》写得轻浮放诞，或许展露了王昌龄“不护细行”的一面。

三、敦煌写本P.2567卷所见丘为佚诗

敦煌写本P.2567卷可见丘为诗六首，除第二首外，其他五首均不见于传世刻本。

第一首为《答韩大》，原文如下：

行人輩，莫相催，相看日暮何徘徊。登孤舟，望遠水，殷勤留語勸求仕。疇昔主司曾見知，琳琅叢中拔一枝。且得免輸天子課，何能屈腰鄉里兒。長安桑落酒，或可此時望攜手。官班眼（服）色不相當，拂衣還作捕魚郎。

【释析】第一联为三三七句式，说州府的使者们不要催促，照顾一下我们在黄昏时分徘徊不定、不愿离去的心情吧。这里的“日暮”既指傍晚时分，又暗示诗人的年龄已至暮年。据《唐诗纪事》卷十七记载，丘为年纪很大时仍未致仕，王维赠予

其诗《送丘为落第归江东》云："怜君不得意，况复柳条春。为客黄金尽，还家白发新。"第二联亦为三三七句式，写友人韩大登上孤舟、隔着远水，殷勤留话于诗人，勉励诗人应州府选拔、以求仕进。第三联言以前曾被主试官赏识，在优秀人材之中出类拔萃。这里的"琳琅"指优秀人材。第四联言中举之后将会免于缴纳赋税，再也不用屈身受制于乡里那些无知的人了。此处运用了梁萧统《陶渊明传》"我岂能为五斗米折腰向乡里小儿"的典故。第五联为五七句式，言如果被选为举子，或许有望与你携手相伴，至长安准备进士考试，一同畅饮桑落美酒。桑落酒为唐代名酒。唐杜甫《九日杨奉先会白水崔明府》诗云："坐开桑落酒，来把菊花枝。"第六联言如果与官职的等级和品服不相称的话（不合考官的心意），就振衣而去，做回隐士。

第三首为《辛四卧病舟中群公招登慈和寺》，原文如下：

柳色扁舟帶水陰，聞君臥疾引登臨。憑高始見三吳勢，望遠因知四海心。山僧午後清禪洽，羣木晴初綠靄深。雲外翩翩飛鳥盡，令人宛自動歸吟。

【释析】第一联言得知辛四在河畔柳荫下的扁舟中卧病，他们就邀请辛四登高临远、放松心情。第二联言登至高处，才能将吴兴、吴郡、丹阳的地势尽收眼底；向远遥望，才能拥有容纳四海的心胸。第三联将目光收至近处，言寺中的山僧在午后参禅，气氛融洽；天色刚刚放晴，树林被烟霭所笼罩，绿意更深了。第四联言云层外飞鸟翩翩飞没，让人不禁有了归隐之意。此联亦是化用陶渊明《归去来兮辞》中“云无心以出岫，鸟倦飞而知还”的语典。

第四首为《对雨闻莺》，原文如下：

垂柳街頭百丈絲，杏花林外度黄鸝。間關正在秦箏裏，歷亂偏傷楚客時。風傳一一聲來盡，雨濕雙雙飛去遲。羡爾能將遷客意，何如栖得上林枝。

【释析】第一联写黄莺在街头垂柳的百丈长丝和烂漫的杏花林外穿度、翻飞。“百丈”极言柳丝之长。第二联言莺语宛转，如同置身于秦地的弦乐声中，客居他乡的人听了后心情越发纷乱、伤感。第三联言声声莺语随风传来，时断时续；它们的翅膀被雨水打湿，就放慢速度结伴而飞。“来尽”一词，形容声音忽隐忽现、时断时续。第四联言被贬谪放逐的人，特别羡慕这些自由自在的黄莺，可以轻松地栖息在皇家宫苑的枝条上。

第五首为《幽渚云》，原文如下：

漠漠雲在渚，無心去何從。青連晚湖色，澹起秋煙容。渡水上下白，歸山深淺重。來為巫峽女，去逐葛川龍。勿為長幽滯，當飛第一峰。

【释析】第一联言小洲上的云迷蒙一片，随意悠游，不知要飘向何方。第二联言傍晚时分，青青的云色与湖光浑为一体，在起伏的水波里荡漾。“澹”在这里形容水波起伏的样

子。第三联言云烟飞渡水面，云水皆白、水天一色；云烟归往远山，与郁郁青青的山色深浅交叠、虚实相映。第四联“来为巫峡女”运用了宋玉《高唐赋》中巫山之女“旦为朝云，暮为行雨”的典故，说小洲上的云来时化身为巫山之女；“去逐葛川龙”句则运用了《后汉书·方术列传·费长房》中费长房跟随老翁求仙，长房骑着老翁给他的竹杖，片刻之间便回到家，继而把竹杖投入葛陂，回看时，竹杖变身为龙的典故，写小洲上的云离开时追逐着传说中的葛川之龙，极言离开速度之快。第五联言不要长久地幽栖滞留于这个小洲上，应当飞向最高的山峰。间接表达了不甘隐居沦没、积极用世的志向。

第六首为《伤河龛老人》，原文如下：

老人甲子難計論，耳中白毛三十根。釣魚幾年如一日，船舷數寸青苔痕。人生性命必歸止，精魂傷夫向流水。月如鈎在輪影中，風似人来荻聲裏。蒲葉高低沒釣磯，破舟仍繫綠楊枝。水流不為人流去，魚樂寧知人樂時。土龕門前一行柳，獨引青絲織魚笥。柳花漠漠飛復飛，魚笥如今落誰手。余嗟老人多悲辛，老人昔日傷幾人。人情相掩且相歎，不喜河頭秋與春。

【释析】第一联言老人的年岁难以推算，只看到他耳中有三十根白毛。第二联言老人天长日久地钓鱼，船舶边缘很多地方都留有青苔的痕迹。第三联言人的生命总有一天会归往终点，残留的精神魂魄只能空对着流水哀伤叹息。这里暗用了

《论语•子罕》“子在川上曰：逝者如斯夫，不舍昼夜”的典故，其中的“夫”是语气助词。第四联言水中印出月轮之影，如同帘钩；风吹荻花瑟瑟，如有人声，以此衬托老人垂钓环境的凄清幽静。第五联言不知道过了多久，老人钓鱼时坐的岩石已经隐没在高高低低的蒲苇丛中，他那只破烂的小船依旧系在水边的绿杨枝上。第六联运用了《庄子·外篇·秋水》中庄子知“鱼之乐”的典故，大意为河水长流，不会因为人的离开而逝去；鱼快乐的时候难道知道人也是快乐的吗？抒发了物我相离、物是人非的感慨。第七联言老人的小土屋门前有一行柳树，他独自一人，拉拽垂柳的柔枝编织鱼钩。“龛”在这里指空间较小的窟穴或房屋。第八联言一年又一年，柳絮纷飞、迷蒙一片，老人曾经编织的鱼钩现在落在谁手里了呢？第九联中，表达了对老人身世命运的同情，自己现在感叹老人一生之悲伤辛酸，昔日的老人又为哪些人哀伤叹息呢？第十联言人之常情都会彼此抚慰、相互叹息，不乐意看到河畔的春与秋匆匆交替，带走时间。

【发微】王维与丘为友善，王维有《送丘为落第归江东》《送丘为往唐州》等诗，可见二人交谊之深。王维有《孟城坳》诗云：“新家孟城口，古木馀衰柳。来者复为谁，空悲昔人有。”其中表达的“来者”与“今人”、“今人”与“昔人”之间的互悲互叹，与丘为此诗中的“人情相掩且相叹”句有异曲同工之妙。

四、敦煌写本P.2567卷所见李白佚诗、佚句

敦煌写本P. 2567卷可见李白三十七题四十首诗作，其中第一首存有不见于传世刻本的两句佚诗。

第一首为《古意》，原文如下：

朝入天苑中，謁帝蓬萊宫。青山暎輦道，碧樹摇煙空。謬題金閨籍，得与銀臺通。待詔奉明主，抽毫頌清風。歸時落日晚，躞蹀浮雲驄。人馬本無意，飛馳自豪雄。入門紫鴛鴦，金井花緑桐。佳人出繍戶，含笑嬌鉛紅。清哥紹古曲，美酒沽新豐。快意且為樂，列筵坐羣公。光景不可留，生世如轉蓬。早達勝晚遇，羞比垂釣翁。

【释析】此诗主要写了李白供奉翰林院时所受的荣宠和恩遇，堪称李白人生最得志的一段时期。前八句写白天在皇宫禁苑中从事的“待诏”职事，巍峨壮美的皇宫，在李白笔下仿若仙人的居所。能有幸提名于金马门的官员名册，并在向往已久的银台门内办公，让李白深以为豪，他奉诏颂圣、挥毫泼墨，好不潇洒。第九句至十二句写李白待诏归来，夜晚与群官列筵行乐的生活。敦煌写本所见之佚句“佳人出绣户，含笑娇铅红”，不仅使全诗的结构更为匀称，[4]也使诗意更为完整，有佳人伴美酒，方能将“快意为乐”“及时行乐”之意表达得淋漓尽致。

五、敦煌写本P.2552卷所见高适佚诗、佚句

敦煌写本P.2552卷可见高适诗四十首，其中第五首《宋中即事赠李太守》有不见于传世刻本的四句佚诗。第七首、第三十六首均不见于传世刻本。

第七首为《自武威赴临洮谒大夫不及因书即事寄河西陇右幕下诸公》，原文如下：

浩蕩去鄉縣，飄颻瞻節旄。揚鞭發武威，落日至臨洮。主人未相識，客子心忉忉。顧見征戰歸，始知士馬豪。戈鋋耀崖谷，聲氣如風濤。隱轸戎旅間，功業競相褒。獻狀陳首級，饗軍烹太牢。俘囚駈面縛，長幼随巔毛。氈裘何蒙茸，血食本羶臊。漢將乃兒戲，秦人空自勞。立馬眺洪河，驚風吹白蒿。雲屯寒色苦，雪合羣山高。遠戍際天末，邊烽連賊壕。我本江海遊，逝將心利逃。一朝感推薦，萬里從英旄（髦）。飛鳴蓋殊倫，俯仰忝諸曹。燕鴿（頷）知有待，龍泉惟所操。相士慙入幕，懷賢願同袍。清論揮麈尾，乘酣持蟹螯。此行豈易酬，深意方鬱陶。微效儻不遂，終然辭佩刀。

【释析】第一联言离开故乡来到旷远之地，得以瞻仰节度使幕中飘荡的旌节。第二联言自武威扬鞭出发，日落时分到达临洮。第三联言此时主人哥舒翰尚未认识自己，作为入幕之客，心情不免忧虑。第四联言回头看见征战归来的场景，始知哥舒翰幕中兵马壮大。第五联言兵器在山崖和山谷间闪耀，鼓

声与士气如同风涛般汹涌澎湃。第六联言军旅之间车马众多，功勋伟业被争相褒赞。第七联、第八联具体展开说战果：献上战果的奏报和俘虏的首级，烹饪牛、羊、猪三牲来举行隆重的祭祀仪式，并大飨军士；驱赶着反背而缚的囚徒，这些囚徒依照头发黑白来排列长幼的次序。第九联言游牧民族所穿的皮毛衣服杂乱不堪，茹毛饮血散发出膻腥臊臭的气味。第十联分别运用了《史记·绛侯朱勃世家》《史记·蒙恬列传》中的典故，言哥舒翰任职西塞之前，诸将士疏忽怠慢、徒劳无功。第十一、十二、十三联转而写诗人驻马黄河边上所眺望的景象：只见强劲的风吹过河畔的蓬蒿，塞川云雾囤积，寒光冷色侵人苦，群山高处覆盖着皑皑白雪。这其间的戍楼和烽火台延伸至天边很远的地方，甚至与敌人的战壕相连。第十四联借景抒情，说自己本想浪迹于江海之间，从此逃开心中对利禄的追逐。第十五联语意又转，说只是因为有感于推荐知遇之恩，不惜奔波万里，来跟从幕下诸公。第十六联是自谦之语，言诸公皆是显身扬名不同凡响之辈，俯仰之间怕辱没了诸位。第十七联言诸公颔部如燕，是贵人之相，肯定能等到封侯的那天，也只有你们才配得上持有皇帝御赐的龙泉宝剑。第十八联运用了《史记·平原君列传》中的典故，言能被诸公赏识入幕心中有愧呀，感怀幕中诸贤，愿与你们结为亲密无间的同僚。第十九联言与诸公像魏晋名士那样挥握麈尾清谈阔论，手持蟹螯开怀纵饮。第二十联言即使此次远行也难以酬报诸公的恩情，内心深处感到酣畅欣悦。第二十一联言如果这次不能献上微薄之力，最后我会辞去军中之职的。

第三十六首为《同李司仓早春宴睢阳东亭》，原文如下：

春皋宜晚景，芳樹雜流霞。鸎鷰知三月，池臺稱百花。竹根初帶笋，槐色正開牙。且莫催行騎，歸時有月華。

【释析】整篇诗押“花”韵，故诗题下注“得花”。第一联写春水边上晚景宜人，花木映衬着浮动的晚霞。“杂”字言流霞夹杂于花木之间，若有若无的朦胧之态。第二联运用拟人的手法，说黄莺和燕子也知晓三月要来了，在池台上呼唤着百花。第三联将视线转至亭中的春树上，言竹根上刚刚长出了新笋，槐树正绽开新芽。“初”“正”写出了初春春色不早不晚、不多不少，正当时候。第四联写赴宴归去的情景，说不要催促行走的马儿，就让他慢慢拥抱春夜无边的月色吧。

六、敦煌写本P.2552卷所见仓部员外郎李昂佚诗

敦煌写本P. 2552可见仓部员外郎李昂诗一首及诗序一篇，均不见于传世刻本。

第一首为《驯鸽篇（并序）》，原文如下：

滎陽主簿賈季良廳事，有雙青鴿焉。賈公亦既下車，茲禽爰止於屋，豈鳥能有情乎，亦仁其誘之乎？鳥之將至，其貞吉乎？古之為文，美木靈鳥，咸備哥頌，斐然有述，首題此章。

君不見賈誼裏中推逸才，仇香坐處館常開。棲鸞未即沖天

去，馴鴿先能聽□□。亦聞無角巢君屋，諸處不栖如擇木。寧随賀鷰空繞梁，為逐遷鷽俱□□。風窻月戶清節涼，撫翼和鳴君子旁。雙影時時臨硯水，輕毛片片落書□。□君德，輝彩鮮鮮生羽翼；感君心，靈慶昭昭相應深。何必淮南投小吏，飛來□□化為金。

【释析】此诗的序叙述了作诗的缘起：有一双青色鸽子停留在荥阳主簿贾季良视事问案的厅堂上，诗人认为灵鸟栖止是一种吉祥的预兆，遂为此诗。此诗的第一联分别运用了《史记·屈原贾生列传》和《后汉书·仇览传》中的典故，强调贾季良出众的才能和主簿的身份。第二联又将贾季良比作栖宿的鸾凤，说贾主簿这只鸾凤虽然还未冲上云霄，但驯鸽已经事先听到了鸾凤的鸣叫声。第三联运用了《左传·哀公十一年》中孔子“鸟则择木，木岂能择鸟”的典故，说这两只鸽子择良木而栖、良主而事。第四联言驯鸽宁可追随贺喜的燕子空自旋绕屋梁，只为追逐迁升的黄莺一同飞翔。“贺燕”和“迁莺”都昭示着喜事、升迁。第五联言驯鸽在风清月朗的凉夜窗户之下，抚动着双翼，在君子身旁应和而鸣。第六联言它们的身影时常映照在砚水中，它们的羽毛片片飘落于君子翻读的书页之上。第七联运用三三七句式，言驯鸽华彩鲜亮的羽翼与君子的德行交相辉映，它们有感于灵验吉祥，与君子心心相印。最后一联运用了葛洪《神仙传》中“淮南鸡犬”的典故，以淮南王与之做对比，说何必投身于淮南王门下的小吏，随他烧

金升天呢？

第二首为《塞上听弹胡笳作（并序）》，诗缺，仅存诗序如下：

□□□□達兩蕃，常頓兵十万，裹糧坐甲，無粟不守。故天子命我柱史韋公，括□□□，監統投糴。韋公謂我不忝，奏充判官。天寶七載十有一月，次於赤水軍，將計□□。時有若尚書郎蘇公，專交兵使，處於別館。是日也，余因從韋公相與謁詣，既盡籌畫，且開樽俎。客有尹侯者，高冠長劍，尤善鼓琴。因接（按）弦奏《胡笳》之曲，摧藏哀抑，聞之忘味。夫《胡笳》者首出蔡女，沒於胡塵，泣胡霜而淒漢月，煩冤愁思之所作也，故有出塞入塞之聲，清商清□之韻。其音苦，其調悲。況此地近胡。

【释析】从序言的内容看，这首诗是因听到边塞胡笳的弹奏声后，有感于身世际遇而作。据句义拟测，“清商清□之韵”句所夺漏的字可能为“徵”。序言首先写了自己奉天子之命担任韦公的柱下史，并被韦公任命为判官的经过。接着又具体写了天宝七年（748年）十一月跟从韦公驻留于赤水军，谒遇尚书郎苏公，并且开办宴席，与之畅谈用兵之策的事。随后引出了《胡笳》的弹奏者尹侯，形容其弹奏的曲调“摧藏哀抑，闻之忘味”。追忆东汉末年的蔡文姬创作此曲的初衷，为她湮没胡尘的际遇而感慨哀伤。据《元和郡县志》记载，“赤水军在凉州城内，管兵三万三千，马一万三千匹，本赤乌镇，有青赤泉，名焉。军之大者，莫如赤水。幅员五千一百八十

里，前拒土蕃，北临突厥。”

【参考文献】

[1]陈尚君.唐诗人李昂、綦毋潜、王仁裕生平补考[J].铁道师院学报(社会科学版),1993(4):40.

[2]张学勇,张淞清.名人与商丘[M].郑州:大象出版社, 2018:133−134.

[3]徐俊.敦煌诗集残卷辑考[M].北京:中华书局,2000:48.

[4]黄永武.敦煌文献与文学丛考[M].杭州:浙江大学出版社,2017:188.

敦煌写本P.3619《唐诗丛钞》异文辨析

法 Pel.chin.3619　1.唐诗业钞　（7–2）

敦煌写本法藏P.3619《唐诗丛钞》共收录四十八首唐人诗作，前六篇为古体诗，后四十二篇为近体诗，包括咏物、山水、边塞、送别等题材。此卷写本在“明主”“天书”“天子”前均敬空，表现出唐代写本的特点。写卷中避讳的情况较为复杂，“世”字出现两次，皆不避讳；“葉”出现一次，避讳改形作“𦶟”；“但”字出现三次，皆避讳缺笔作“但”。诗题与作者皆独列一行，但有时诗题在前，有时作者在前，书写较为随意。在体裁与作者的排序上亦没有一定的规律，很有可能是抄写者根据个人喜好随机摘选的。值得注意的是，这卷写本虽然是来源于当时民间口耳相传的社会流传本，其中的十九首诗亦见于传世刻本，但与传世刻本在字句上存在一些出入。从其产生的原因出发，可分为以下几类。

一、因字音关系而形成的异文

此卷写本异文多见因音同、音近而导致的讹误字，仅这十九首传世诗作中的音讹字就达到三十二例。抄写者不仅将诗人的名字写错，如将“刘希夷”写作“刘希

移”，将“孟浩然”写作“孟颢然”，诗中的错讹更是显而易见。其中有读音相同而引起的讹变，如将“锻炼”的“锻”写作“断”，将“飘沦”写作“飘轮”，将“燕山”写作“烟山”，将“形容”写作“刑容”等；有读音相近而导致的讹误，如将“茂（明母豪韵）林”写作“慕（明母暮韵）林”，将“徙（心母纸韵）倚”写作“思（心母之韵）矣”，反映了唐五代西北方音中“支、之”代用的现象；将“只（章母支韵）”写作“主（章母麌韵）”，反映了唐五代西北方音中“止”摄与“虞”韵相混的现象。这一方面说明抄写者的文化素养并不高，一方面又体现出此卷写本的传抄途径主要是口耳传抄。

二、因字义关系而形成的异文

（一）诗题异文

敦煌写本P.3619《唐诗丛钞》的十九首传世诗作中，有九首诗题都与传世刻本相异。第二题、第五题、第十三题、第二十九题皆用“篇”来提示乐府诗的诗体信息，第十四题和第二十八题则提示了与诗作相关的地点信息，与传世刻本各有侧重。具体见表1。

表1　敦煌写本P.2567+P.2552诗题异文

卷号	抄写诗名	作者	传世刻本题目
P.3619	2.宝剑篇	郭元振	《文苑英华》《唐诗纪事》作“古剑歌”，《全唐诗》作“古剑篇（一作宝剑篇）”

续表

卷号	抄写诗名	作者	传世刻本题目
P.3619	4.白头翁	刘希夷	《搜玉小集》作“代白头吟”，《文苑英华》《乐府诗集》作“白头吟”，《唐诗纪事》《全唐诗》作“代悲白头翁”
P.3619	5.北邙篇	刘希夷	《文苑英华》《全唐诗》作“洛川怀古”
P.3619	7.登黄鹤楼	崔颢	《文苑英华》作“登黄鹤楼”，《河岳英灵集》《才调集》《唐诗纪事》《全唐诗》作“黄鹤楼”，《国秀集》作“题黄鹤楼”
P.3619	13.彩云篇	李邕	《国秀集》《全唐诗》作“咏云”
P.3619	14.度巴硖	崔颢	《唐诗品汇》作“寄卢象”，《全唐诗》作“赠（一作寄）卢八象”
P.3619	23.九月九日登高	高适	《才调集》《唐百家诗选》《唐诗品汇》均作“九月九日酬颜少府”，《河岳英灵集》《唐文粹》作“九日酬顾少府”，《全唐诗》作“九日酬颜少府”
P.3619	28.早行东京	郭良	《国秀集》《全唐诗》作“早行”
P.3619	29.采莲篇	张敬徽	《文苑英华》作“采莲”，《全唐诗》作“采莲曲”

（二）诗句异文

敦煌写本P.3619《唐诗丛钞》中所见的传世诗作中，有两首诗出现了与传世刻本全然不同的诗句异文。这些诗句异文叙述的角度不同，无分优劣。

1.月临山欲晓，河入斗间横。渐向重岩望，依稀见洛城。（郭良《早行东京》）

郭良《早行东京》中的这两句诗，《国秀集》和《全唐诗》皆作“月从山上落，河入斗间横。渐至重门外，依稀见洛

城。”敦煌写本中的“临”也是降临、靠近的意思，《正字通·臣部》：“临，自上临下也。”敦煌写本之“月临山欲晓”指月儿紧挨着群山，眼看就要迎来黎明的晓色。传世刻本之“月从山上落”则指月从山上面落下，与此句意相近，然而“月从山上落”句，更加讲究与对句“河入斗间横”词组结构的对应，因“山上”和“斗间”都属于方位短语。写本中的“渐向重岩望”向我们展现了洛阳城外群山怀抱的自然景观，传世刻本中的“渐至重门外”则展现了唐代洛阳城层层设门的人文景观。二者所据的视角不同，无分优劣。

2.阴山入夏仍残雪，溪树经春不见花。（《塞上曲》）

关于此卷写本中的第三十八题《塞上曲》，黄永武先生认为应是高适佚诗，徐俊先生则认为此诗当为周朴诗。《塞上曲》中的这句诗，《乐府诗集》和《全唐诗》皆作“黄河九曲冰先合，紫塞三春不见花”。敦煌写本与传世刻本均讲究行文对仗，敦煌写本巧妙运用“一有一无”的反对，通过描绘塞上的具体景象——夏天的阴山雪和春天的无花溪树，来衬托塞上的荒凉苦寒。传世刻本则使用“黄河”“紫塞”这两个阔大无边的地名和“九”“三”等数量词，将漫长的时间与浩渺的空间融为一体，展现出边塞的荒远苍凉。

（三）字词异文

此卷写本中出现了一些字义相近或义各有适的异文，有些字词异文亦见于其他传世刻本，如表2所示，通过比勘发现，此卷写本与《文苑英华》的祖本关联较少，而与《搜玉小集》《乐府诗集》《河岳英灵集》《唐文粹》等传世刻本的关联较多。

表2 敦煌写本P.3619《唐诗丛钞》与传世刻本异文

诗名	作者	P. 3619《唐诗丛钞》	《文苑英华》	《唐诗纪事》	《全唐诗》	其他传世刻本
《宝剑篇》	郭元振	经几年	经（《文粹》作“凡”）几年	凡几年	凡（一作经）几年	—
《宝剑篇》	郭元振	用防	周防	周防	周（一作用）防	—
《白头翁》	刘希夷	城东	城中	城东	城东	《搜玉小集》《乐府诗集》并作“城东”
《白头翁》	刘希夷	惜颜色	好颜色	惜颜色	好颜色	《搜玉小集》《乐府诗集》作“惜颜色”
《白头翁》	刘希夷	花落	花开	花落	花落	《搜玉小集》《乐府诗集》作“花落”
《白头翁》	刘希夷	洛城	洛阳	洛城	洛城	《搜玉小集》《乐府诗集》作“洛城”
《白头翁》	刘希夷	须怜	应怜	须怜	应怜	《搜玉小集》《乐府诗集》作“须怜”
《白头翁》	刘希夷	伊昔	忆昔	伊昔	伊昔	《搜玉小集》《乐府诗集》作“伊昔”
《白头翁》	刘希夷	白发	鹤发	鹤发	鹤发	《搜玉小集》作“鹤发”，《乐府诗集》作“白发”
《北邙篇》	刘希夷	梓泽	紫（一作梓）泽	—	梓（一作紫）泽	《诗纪》作“梓泽”
《登黄鹤楼》	崔颢	白云	白云	白云	白云（一作黄鹤）	《河岳英灵集》《国秀集》《才调集》均作“白云”

续表

诗名	作者	P. 3619《唐诗丛钞》	《文苑英华》	《唐诗纪事》	《全唐诗》	其他传世刻本
《登黄鹤楼》	崔颢	青青	青青	凄凄	萋萋（一作青青）	《国秀集》作“青青”，《河岳英灵集》和《才调集》作“萋萋”
敕借歧（岐）王九城（成）宫避暑	王维	吹箫	吹笙	—	吹笙（一作箫）	《唐诗品汇》作“吹箫”
《归故园作》	孟浩然	卧病	多（一作卧）病	—	多（一作卧）	《河岳英灵集》作“多病”
九月九日登高	高适	客子	—	—	行（一作客）子	《才调集》《唐百家诗选》《唐诗品汇》作“行子”，《河岳英灵集》《唐文粹》作“客子”
九月九日登高	高适	时多厌	—	—	人（一作时）多厌	《才调集》《唐百家诗选》《河岳英灵集》《唐文粹》作“时多厌”，《唐诗品汇》作“人多厌”

此卷写本中还有一些字词异文，独见于敦煌写本，不见于其他传世刻本。这些字词异文有的本身就是同义、近义关系，有的则在特定的语境中构成了近义关系，如：

【非但—非直】

此卷写本郭元振《宝剑篇》中的“非但结交游侠子”句，《文苑英华》《唐诗纪事》等传世刻本均作“非直结交游侠子”。“但”与“直”在“仅、只”这一义项上构成近义关系。《正字通•人部》：“但，语辞，犹言特也，第也。”杨树达《词诠》第五：“直，表态副词，为‘但’‘谨’之义，

与今语‘不过’同。”

【何期—何言】

此卷写本郭元振《宝剑篇》中的“何期中路遭弃捐”句，《文苑英华》《唐诗纪事》等传世刻本均作“何言中路遭弃捐”。“期”与“言”在“意料、料想”这一义项上构成近义关系。“何言”在唐诗中常表示“怎能预料”之义，如张九龄《郡江南上别孙侍御》中的“何言此地僻，忽与故人同”，白居易《青冢》中的“何言一时事，可戒千年后”。

【年少—全盛】

此卷写本刘希夷《白头翁》中的“寄言年少红颜子”句，《搜玉小集》《文苑英华》等传世刻本皆作“寄言全盛红颜子”。“全盛”在这里指青春盛年，与“年少”构成近义关系。不同的是，“年少”用语较为浅白，“全盛”更突出了青春年少是美好的顶点，暗示着之后就要由盛而衰了。

【游历—行乐】

此卷写本刘希夷《白头翁》中的“千朝游历在谁边”，《搜玉小集》《文苑英华》等传世刻本皆作“三春行乐在谁边”。“游历”义为“游览”，“行乐”义为“游乐”，二者义近，“行乐”一词突出了欢乐的氛围，与白头翁的孤独形成鲜明对比。

【所已—为许】

此卷写本刘希夷《捣衣篇》中的“梦见刑（形）容非旧色，所已裁缝改昔时”句，《搜玉小集》《全唐诗》皆作“梦

见形容亦旧日，为许裁缝改昔时”。“所已”即“所以”，“为许”义为因此，两者义近。

【深涧底—沉涧底】

此卷写本李邕《彩云篇》中的“影虽深涧底，心在天际游”句，《国秀集》和《全唐诗》皆作“影虽沉涧底，形在天际游”。敦煌写本中的“深”作动词解，义为“深入”；传世刻本的“沉”则指“沉入”，“深”与“沉”在这里构成了语境同义词。

一些独见于此卷写本中的字词异文，并非同义、近义关系，不同字词的使用致使诗中呈现的意象不同，但这些字词皆合于语境。如：

【春皋—春风—春草】

此卷写本刘希夷《北邙篇》中的“萋兮春皋绿，行歌牧征马”句，《文苑英华》作“萋萋春风绿，悲歌牧征马”，《全唐诗》作“萋萋春草绿，悲歌牧征马”。“春皋”，指春天水边的草地，是割草放牧的地方。《左传・襄公二十五年》：“町原防，牧隰皋，井衍沃。”所以写本中的“春皋”与对句中的“牧征马”这一活动联系最为紧密。

【碑铭—碑茔】

此卷写本刘希夷《北邙篇》中的“碑铭或半存，荆棘敛幽魂”句，《文苑英华》和《全唐诗》均作“碑茔或半存，荆棘敛幽魂”。《说文・土部》：“茔，墓也”，“碑茔”，指墓碑。写本中的“碑铭”则特指墓碑上的碑文和铭文。两者皆合于语境。

【烟花—烟波】

此卷写本崔颢《登黄鹤楼》中的“烟花江上使人愁”句，《河岳英灵集》《文苑英华》《国秀集》等传世刻本皆作“烟波江上使人愁”。“烟花”指雾霭中的花，“烟波”则指烟雾迷蒙的水面。“烟花”与“烟波”皆是唐诗中常见的意象，都可与思念故乡、羁旅漂流等情感相联系。如皇甫冉《赴李少府庄失路》中的“月照烟花迷客路，苍苍何处是伊川”句，即是以“烟花”这一意象表达思乡之愁。不同之处在于，“烟花”除了表达思乡愁绪，还可泛指明媚的春景。如刘兼《春宴河亭》中的“一筵金翠临芳岸，四面烟花出粉墙。”

【曙色—树色】

此卷写本王维《勑借歧（岐）王九城（成）宫避暑》中的“岩下水声喧语笑，林间曙色隐房栊”句，《文苑英华》作“林下水声喧笑语，岩间树色隐房栊”，《全唐诗》作“林下水声喧语笑，岩间树色隐房栊”。“树色”义为树木的景色，“岩间树色隐房栊”描绘的是山岩间的房屋被重重树木掩映的景色。“曙色”则指拂晓时的天色，“林间曙色隐房栊”指山林间的房屋笼罩在朦胧曙光里，亦通。王维诗中喜用“树色”这一意象，如王维《同庐拾遗过韦给事东山别业二》中的“蔼蔼树色深，嘤嘤鸟声繁。”

此卷与法藏P. 3885、P. 2673写卷为同一人所书，[1]P. 3885卷所抄录的十六首诗中，有九首亦见于此卷写本，与此卷行款

相同，但诗歌的排列顺序不同。此卷写本很可能来源于当时民间口耳相传的社会流传本，此人对一些篇目进行反复传抄，应是出于个人喜好和方便记诵的目的。此卷写本虽然讹误较多，但其中的一些异文与传世刻本无分优劣，可能是所据祖本不同导致的。

【参考文献】

[1]徐俊.敦煌诗集残卷辑考[M].北京:中华书局,2000:295.

敦煌写本P.3619《唐诗丛钞》佚诗考辨

法 Pel.chin.3619　1.唐诗业钞　（7–6）

敦煌写本P.3619《唐诗丛钞》共收录了不见于传世刻本的二十五首诗作。有一些诗歌的作者亦不可考，其身份似为流落边塞的文人。这些诗歌展现了边塞文人的生活内容与复杂的内心世界，如李斌的《大桐（同）军行》描绘了从军过程中所看到的边塞夜景，浑维明的《谒圣容》叙述了游访当地佛寺的经历，《吐蕃党舍人临刑》叙述了与即将临刑的吐蕃族官员的友情，哥舒翰的《破阵乐》叙述了哥舒翰率军先后攻克石堡城和雕窠城的历史史实，萧沼的阙题诗、桓颙的《客思　秋夜》、佚名诗《叹苏武北海》等则反映了客居边塞的愁苦以及对家乡的思念之情。

第一首为苏乩《青（清）明日登张女郎神[庙]》，此诗不见于传世刻本，苏乩的生平事迹亦不可考。原文如下：

汧水北，隴山東，漢家神女廟其中。寒食盡，青（清）明旦，遠近香車來不斷。飛泉直注溓道間，大岫横遮隱天半。花正新，草復緑，黄鶯現見（晛睆）千（迁）橋木。汧流括（活），古樹攢，隴返（坂）高高布

雲族。水清靈，竹曚密，無匣仙潭難延碧。談（淡）樓閣，人畫成，翠嶺山花天繡出。塵冥寞，馬盤桓，爭奔陌上聲散散。公子王孫一隊隊，管弦歌舞幾般般。酌醴酳，補（鋪）錦筵，羅幃翠幕奄（掩）靈泉。是日淹留不覺寐，歸來明月滿秦川。

【校补】“现见”为佛教典籍中常见词汇，义为“于现法中可证得”，于文意不合，任半塘先生言此处应为“晛睆”，与此形近，“晛睆”，形容鸟声清和圆转。此句化用了《诗·小雅·伐木》中“伐木丁丁，鸟鸣嘤嘤。出自幽谷，迁于乔木”的典故，“晛睆”即化用了“鸟鸣嘤嘤”句，合于句意，故以任半塘说为是。“汧流括”句，任半塘言应为“汧流活”，“活”与“括”古音相同，均为古活切，义为“水流声”。《诗·卫风·硕人》中有“河水洋洋，北流活活”句。这里的“括”字是因与“活”字读音相同而导致的讹误，应以任说为确。

【释析】此诗第一句首先点明了张女郎神庙的地理位置在汧水的北面、陇山的东面。第二句点明了登庙的时间：寒食节刚刚过去，清明的早晨已见远远近近的华美车轿纷至沓来。第三句写登高远望之景：飞泉直下、冲击道路，高大的峰峦横亘，将远处的青天遮隐去半。第四句将目光移至山水间新开的花、重绿的草，以及迫不及待迁于乔木的黄莺。第五句为远望所闻：汧河的流水声哗哗作响，参天古树聚集成荫，高耸的陇山上空布满了云层。第六句言近处所见潭水清澈秀美，竹林茂密幽暗，彼时的仙潭仿佛无匣的宝剑，却难将所有碧色延入其

中。这里的“延”是“引”“进”的意思。第七句将视线转至山水间淡淡的楼阁，仿佛人们用画笔绘成，翠色山岭上的繁花浑如青天刺绣出来的。第八句进一步写这些楼阁中音尘寂寂，马儿徘徊不进，因为楼阁的主人争相奔往山野间的道路，声音四散于道间。第九句言公子王孙成群结队地郊游，以管弦乐队和歌舞助兴。“一对对”“几般般”，极言公子王孙及歌舞乐队数量众多，热闹非常。第十句言公子王孙、达官贵人们在郊野举行的宴饮活动，说他们陈设美盛的宴席，酌饮美酒佳酿，席间所张挂的华丽幕帐甚至掩蔽了山间灵泉的光彩。最后一句言深深沉醉于美酒佳肴中，久久逗留于此，不觉得有睡意，归来时已是夜深人静、明月满山。

【发微】张女郎神是张衡或张鲁之女，有关她的祭祀活动盛行于汧水流域、秦陇地区，张女郎神的职司主要是降雨。[1]敦煌写本英藏S. 6315《祈雨文》中曰：“时则有玄泉诸礼士等，并共启于一心，各减家料，就此灵龛，请佛延僧……先用庄严释梵四龙天八部，唯愿降神足运心，漉甘津施雨泽；又持是福庄严张女郎神，江、海、河神等。”由此诗可知，唐代秦陇地区在清明节有祭祀张女郎神的活动。

此卷第三首为刘希夷的《死马赋》，亦不见于传世刻本，原文如下：

連山四望何高高，良馬本代君子勞。燕地冰堅傷凍骨，胡天霜落縮寒毛。願君迴來鄉山道，道傍青青饒美草。鞭策尋途未

敢迷，希君少留養疲老。君其去去途未窮，悲鳴羸卧此山中。桃花零落三春月，桂枝摧折九秋風。昔日浮光疑曳練，常時躡景如流電。長楸塵闇形影遙，上蘭日明蹤跡偏（徧）。漢女彈弦怨離別，楚王興歌苦征戰。赤血霑君君不知，白骨辭君君不見。少年馳射出幽并，高秋搖落重横行。雲中想見遊龍影，月下思聞飛鵲聲。千里相思浩如失，一代英雄從此必（畢）。鹽車垂耳不知年，妝樓畫眉寧記日。高門待封香（杳）無期，遷喬（橋）題柱即長辭。八駿馳名終已矣，千金賣（買）骨復何時?

【校补】“长楸尘暗形影遥，上兰日明踪迹偏（徧）”中的“兰”，徐俊先生将其录为“叶”，又校改为“兰”[2]；陈尚君先生则在《全唐诗补编》中将其录为“策”，继而校改为“林”。翻阅原卷可知，此字原为“[illegible]”，本就是“蘭”字的草书连笔之形，不烦校改。这里的“上兰”指上兰苑，与出句中的“长楸”构成对语。南北朝诗人萧绎《县名诗》有“先过上兰苑，还牵高柳枝”句。

【释析】第一句言诗人眺望四方，但见山脉连绵不断、高耸峭拔，坐下的良马不辞艰辛，为君子代劳。第二句言西北边塞气候寒冷，使马骨冻伤、马毛瑟缩。第三句是良马对主人所说的话，它希望主人归乡的路边，长满丰美的青草。第四句意为良马在主人的鞭打下尽力去寻找识别，不敢迷失道路，只希望主人能多留它一阵子，以养疲老之躯。第五句中的“其”为副词，表示祈使语气。此句中良马让主人远去，追寻未尽的旅途，自己则悲鸣病卧于山中。第六句运用了比喻的修辞手法，将老马即将衰竭的生命比作春天零落的桃花、秋天摧折的桂枝，充满着对美丽生命流逝的感伤之情。第七句言疑惑昔日的光景不过是铺展开的白绢或迅捷的闪电，来不及追寻就已倏忽而过。此句化用了《论衡·书虚》中颜渊将吴阊门外白马误识为“系练”，继而病死的典故，既以“曳练”来暗示老马生命之终结，又将马的身世遭遇与孔子的弟子颜渊联系在一起。第八句言春风得意之时，曾伴随主人在明媚的日光下纵意驰骋，踪迹遍布整个上兰苑，如今那长满高大楸树的路旁已是音尘悄然、形影遥遥。此句运用了曹植《名都篇》中“走马长楸间”的典故，今昔对比强烈。第九句分别运用了汉代乌孙公主远嫁西域时于马上作《悲秋歌》和项羽兵败被围而作有关良马的《垓下歌》的典故，抒发愁怨凄苦。第十句言良马亦能感受到汉女、楚王的悲苦，以赤血沾润、以白骨相辞，铁血丹心、死而后已，主人却对此不知不见。第十一句言善于驰射的少年出自幽并地区，在草木摇落的秋日驰骋疆场、所向无敌。第十二句言在烟云中依稀可以想见良马曲折疾行的踪影，隐约能听到它在月光下的嘶鸣声。此处的“游龙”“飞鹊”皆喻指良马。第十三句急遽转折，言相思之情浩浩荡荡、恍然若失，一代英雄就此永诀于世。第十四句中的“盐车垂耳”运用了汉代贾谊《吊屈原文》中“骥垂两耳，服盐车兮”的典故，句意为不知道良马要屈沉至何年何月；“妆楼画眉”则运用了《汉书·赵尹韩张两王列传》中张敞为妻画眉，终身不得重用的典故，句意为良马不得重用，日复一日。第十五句中的“高门待封”运

用了《汉书·于定国传》中于定国因处理狱讼案件公平使得子孙发达显贵的典故；“迁乔题柱”则运用了晋代常璩《华阳国志·蜀志》中所载司马相如还未发迹时题柱于升迁桥的典故，言良马的主人功名未就，距显达之日遥遥无期。第十六句言英雄末路的主人所驭使的良马，虽驰名天下却终归一死，什么时候才能等到以千金买骨的伯乐呢？此句运用了《战国策·燕策》中涓人以五百金买死马骨，最终得到三匹千里马的典故，叹世间伯乐之少。

此卷第九首为皇甫斌的《登歧（岐）州城楼》，此诗不见于传世刻本，皇甫斌的生平事迹亦不可考，似为流落于边塞的文人。原文如下：

歧（岐）雍三秦地，登臨實壯哉。客心關外斷，秋氣隴頭來。歸目浮雲弊（蔽），寒衣早鴈催。他鄉有時菊，留賞故人盃。

【释析】《元和郡县志》云：“后魏太武于今州理东五里筑雍城镇，文帝改镇为岐州。隋开皇元年于州城内置岐阳宫，岐州移于今理。大业三年罢州，为扶风郡，武德元年复为岐州。至德元年改为凤翔郡，乾元元年改为凤翔府府境。”此句中的“岐雍”指凤翔一带。第一句言登上岐州城楼远望，只见凤翔一带广袤的三秦大地，景色十分壮美。第二句语意一转，说身在关外的游子看到如此壮阔的景象愈发肝肠欲断，只觉陇山上的瑟瑟秋风扑面而来。第三句写游子朝着故乡眺望，目光却被远处的浮云遮蔽。耳边传来南行早雁的声声鸣叫，似乎在催促着游子该换上御寒的衣服了。第四句写游子远在他乡，只能以当地的菊花泡酒，留于老友所赠送的酒杯中慢慢称赏，以解思念之情。按：唐代有重阳节饮菊花酒的习俗，郭元振《相和歌辞·子夜四时歌六首·秋歌》云："辟恶茱萸囊，延年菊花酒。"

此卷第十一首为宋之问《度大臾（庾）岭》之二，不见于传世刻本，原文如下：

城邊問官使，早晚發西京。來日河橋柳，春條幾寸生。昆池水合淥，御苑草應青。緩緩從頭說，教人眼蹔明。

【释析】这首诗写诗人在度过大庾岭时遇到了从长安来的使臣，向他打听长安的情况。第一句中的"早晚"作"何时、几时"解，诗人先问这个使臣是什么时候从长安出发的。再向官使打听京城桥边柳树的长势，接着又选择了城郊的昆明池、皇家苑囿等标志性的景点，以推测的语气再次发问，想知道那里的春水有没有染绿，春草有没有返青。接连的几个问句，委婉表达了诗人想知道京城长安景况的迫切心情。在此诗结尾处，为了让长安的风景更清楚地再现，诗人再次按捺了内心的迫切，让使者缓缓从头道来。

【发微】徐俊先生认为此诗所描绘的情景不合于大庾岭，认为其未必是宋之问所作。[3]其诗描绘的是对京城长安的想象之景，而非眼前度岭所见。诗中通过对长安景物的发问，表达了对京城长安的无比眷恋，是对《度大臾（庾）岭》之一所表

达的“渴望北归”之情的进一步强化，应为宋之问所作。

此卷第十二首为蔡希寂的《扬子江夜宴》，不见于传世刻本，原文如下：

楚水夜朝（潮）平，仙舟燼燭明。美人歌一曲，坐客不勝情。羅幕香風倦，紗巾舞袖輕。遨遊正得意，雲雨莫來迎。

【释析】一个潮水涨满的长夜，诗人与友人在点点烛火照耀的仙舟上，坐赏着美人的演唱，其中自有不尽的情意。宴席间丝罗的帐幕被阵阵香风卷起，舞女们的纱巾和衣袖随风轻扬。此时遨游其间，正是心满意足之时，但愿不要迎来云雨天气。第三句中的“倦”字，用同“捲”。

此卷第十五首诗题为《秋夜泊江诸(渚)》，作者缺，《文镜秘府论》《诗格》中仅见“古诗云‘夜闻木叶落，疑是洞庭秋’”，不见全诗，敦煌写本所见全诗如下：

夜聞木葉落，疑是洞庭秋。中宵起長望，正見滄江流。□風吹□□，山月隱城樓。尋（潯）陽幾萬里，朝夕泛孤[舟]。

【校补】“□风吹□□”句中的首字，此卷写本残留右半，为“寺”，以句意推之，首字应为“时”。“时风”指应时的风。

【释析】此诗第一句化用了屈原《九歌·湘夫人》中“袅袅兮秋风，洞庭波兮木叶下”的典故，说自己夜里听闻树叶凋落，怀疑屈原所写的那个洞庭湖的秋天到来了。第二句写诗人

听到落叶声后辗转难眠，于是在半夜起身四望远方，恰巧看见奔流不息的江水。第三句言耳边传来呼啸的风声，山月渐渐落下，隐蔽于城楼之后。第四句言，诗人泊船至浔阳，不觉已经过几万里的路程，日日夜夜都乘坐孤舟漂游于江上。诗中无一字言愁，却隐含着对时间流逝的感伤和羁旅之思。

【发微】唐代诗人中，孟浩然亦写过泊船浔阳的经历，其诗题为《晚泊浔阳望庐山》，诗中所流露的旅途中的悠然与怡悦，自是另一般景况。

第十六首缺题，作者亦缺，不见于传世刻本，原文如下：

我有方寸心，安在六尺軀。懷山復懷海，□□□□□。□□□□□，水能澄不渾。劍用持復酬，珠已含報恩。□□□□□，□□□□□。□□貧與富，但願一相知。

【校补】徐俊先生将此诗分录为两首，认为“珠已含报恩”句下有三句残佚。陈尚君先生在《全唐诗补编》中将两首并为一首，录文为“我有方寸心，安在六尺躯。怀山复怀□，□□□□□。水能澄不浑，剑用持复酬。珠已含报恩，□□□□□。□□贫与富，但愿一相知。”然而按照P.3619卷写本的行款格式，“珠已含报恩”句下应有十至十二字长短的内容。且此诗应为两句一转韵，“浑”为“魂”韵，“恩”为“痕”韵，“魂”“痕”两韵通押，且“剑”与“珠”，“复酬”与“报恩”均为对语，两句应为一联。

【释析】此诗前两句写自己虽然身长六尺，却拥有怀抱

山海的远志。李白《与韩荆州书》中有“虽长不满七尺，而心雄万夫”句，与此语意相类。三、四两句首先以水来比喻自己的澄明之志，之后分别运用了《史记·吴太伯世家》中季札挂剑酬献知己和《三秦记》中汉武帝去钩放鱼而后鱼报以明珠的典故，表示愿意以宝剑和明珠酬答对方的知遇之恩。此句中的“复酬”义为回应、报答。第五句残缺，第六句再次强调了无论贫贱富贵，都愿与对方相识相知的心意。

第十九首为祖咏的《谒河上公庙》，不见于传世刻本，原文如下：

河上公遺跡，荒涼在道邊。草生空廟裏，□□□□□。□□□知聖，騰空更表仙。孝文皇帝後，《章句》至今傳。

【释析】《老子注》，旧本题河上公撰，又名《河上公章句》。此诗运用了《神仙传·卷八·河上公》中的典故。第一句言留有河上公遗迹的庙宇，如今被置于路边，十分荒凉。第二句具体地描写了庙宇里杂草丛生的荒凉景象。第三句言河上公不仅能知解圣人老子的经书，还能腾跃空中、显扬仙名。《神仙传·卷八·河上公》云：“须臾，公即拊掌坐跃，冉冉在空虚之中，去地百余尺，而止于虚空，良久，俛而答曰：‘余上不至天，中不累人，下不居地，何民之有焉？君宜能令余富贵贫贱乎？’帝大惊，悟知是神人。”第四句言汉文帝拜跪受经后，河上公所书的《老子道德章句》得以流传至今。《神仙传·卷八·河上公》云：“河上公即授素书老子道德章句二卷，谓帝曰：‘熟研究之，所疑自解。余著此经以来，千七百余年，凡传三人，连子四矣，勿视非人！’帝即拜跪受经，言毕，失公所在。”

第二十三首为李斌的《大桐（同）军行》，不见于传世刻本，原文如下：

駈馬出開城，孤舟邊思盈。風傳萬里去，月带兩鄉情。北望單于道，東臨大武營。塞閑秋燄合，山浮夜泉明。

【校补】“山浮夜泉明”句，徐俊先生录为“山净夜泉明”，《敦煌边塞诗歌校注》中将其录为“山静夜泉明”，《全唐诗补编》中将其录为“山浮夜泉明”。参照敦煌写本原卷，此处原为“[illegible]”，是“浮”的俗字写法。

【释析】诗题中的大同军，指唐代在朔州和云州的桑干河流域设置的边防军镇。《唐会要》卷七十八云：“大同军，置在朔州，本大武军。调露二年裴行俭改为神武军。天授二年改为平狄军。大足元年五月十八日，改为大武军。开元十二年三月四日，改为大同军。”此诗第一句言驱赶马匹离开关塞的城堡，坐在孤单单的小船上，心中溢满了边愁乡思。第二句言希望边塞的风能把自己的思念传递到万里之外，头顶的明月可以将他乡与故乡的情感联系在一起。唐高宗麟德元年将云中都护府改为单于大都护府，第三句中的“单于道”即指单于大都护府辖域内的道路，单于大都护府在大同军的北面，故云“北望”。“大武营”指大武军的驻地。第四句言秋天塞上闲而无

事，人们早早地熄灭了灯火。在月光的照耀下，远处的山影在明澈的泉水中缓缓浮动。此句中的“秋焰”当指秋天的灯火。

第二十五首为敦煌龙兴寺僧沙门日进所写的《登灵岩寺》，不见于传世刻本，原文如下：

靈岳多奇勢，兹山負聖圖。谷中清溜響，峰際白雲孤。石壁連霄漢，長松落澗枯。澄心香閣下，煩慮寂然無。

【释析】第一句言灵岩山山势雄奇，而且还收存了天子的御书。李邕《灵岩寺颂碑》云：“高宗临御之后，克永光堂。”此句中的“圣图”应指天子的御书。第二句言清澈的小水流在山谷中幽幽作响，一片白云孤零零地飘荡于山间。第三句言此处石壁高陡，几乎与天相连；倒挂于其上的高松落入涧水中，已然枯萎。第四句言在梵香弥漫的佛阁中，心灵得以净化，烦恼和忧虑都归于寂静，消失无影。在这首诗中，灵岩寺清幽静谧的环境与佛家所追求的清静无碍的境界完美融合在了一起。

第二十六首为浑维明的《谒圣容》，不见于传世刻本，原文如下：

法雨震天雷，祁山一半頽。鱗鱗碧玉色，寂寂現如來。縲（螺）髻随煙合，圓光滿月開。從兹一頂謁，永劫去塵埃。

【释析】诗题中的“圣容”，应指甘肃省境内的圣容寺。《古今图书集成》卷一〇九云：“圣容寺，寺在永昌卫城北二十里，地名金川，旧有石佛在石崖间。”第一句言佛法如雨般震天雷响，祁山的一半似乎要因之崩裂。第二句言山崩谷裂之后整个山谷焕发出碧玉般明亮的色彩，在一片寂静之中，缓缓显现出了如来佛像。此句中的“鳞鳞”在此形容佛光之明亮。第三句言佛顶的如螺髻发随着云烟而聚合，佛顶的圆轮光明如同满月初开。《佛本行集经》卷一云：“我念往昔，作转轮圣王，身曾供养六十四诸佛，皆同一号，号螺髻如来。”此句中的“螺髻”指佛顶所结如螺般旋转的髻毛。第四句言此次对佛像顶礼拜谒之后，永远除却了心灵的尘埃。

第二十九首为《吐蕃党舍人临刑》，未署名作者，不见于传世刻本。原文如下：

生死誰能免，嗟君最可憐。幼男猶在抱，老母未終年。為復冥徒任，為當命合然。設將泉下事，時向夢中傳。

【校补】“为复冥徒任”句，徐俊先生校“徒”为“途”。然而“冥徒”一词亦出现在其他佛教典籍中，如《灵宝领教济度金书》第十二部分云“灵宝真符，降付幽都。取索罪籍，升度冥徒”句，“冥徒”应指地狱的徒众。故“徒”字不烦改。

【释析】《唐六典》卷二十九诸王府公主邑司篇云“亲王国：舍人四人……舍人掌供引纳驱策事”。诗题中的“吐蕃党舍人”应与吐蕃有亲族关系，并在亲王属下担任舍人一职，诗人与此人应为故交好友，诗中流露出对即将赴死友人的深深同情。第一句言虽然人终究不免一死，但是你这样赴死最可怜可叹了。第二句进一步解释“可怜”的原因，言友人临刑之

时，不仅有怀中的小儿子需要抚慰，更有未尽天年的老母需要奉养。第三句为并列选择问句，释为是你受到地狱之徒的使任呢？还是你命该如此？第四句表达了对友人的挂念与不舍，让友人在九泉之下不时托梦于他。

第三十首为李斌的《剑謌（歌）》，不见于传世刻本，原文如下：

我有一長劍，磨來十數年。但藏玉匣裏，未向代人傳。鍔露星將轉，環開月共懸。霜鋒映牛斗，雪刃倚長天。每欲清萬國，常懷定四邊。希君持取用，方謂識龍泉。

【释析】《御定渊鉴类函·武功部十八·剑》所引雷次宗《豫章记》曰："孔章曰：'惟斗牛之间有异气，是宝物之精上彻于天耳。'孔章具言精在豫章丰城。遂以孔章为丰城令，至县，掘深二丈，得玉匣，长八尺，开之得二剑。其夕斗牛气不复见。"李斌此诗即运用了这个典故。此诗前两句主要写了诗人将十数年精心打磨的宝剑珍藏于精致的玉匣中，不肯轻易向世人展示传看。第三、四两句运用比喻、夸张等修辞手法，具体描述宝剑的光芒与气势。说这把宝剑的剑刃闪露之时，天上的星辰也将为之流转；宝剑的刀环打开之时，与明月共同悬挂于高天。如霜剑锋光芒映射于牛斗之间，似雪剑刃背倚辽阔高天。骆宾王《在军中赠先还知己》诗云"胡霜如剑锷，汉月似刀环"，与此句中的比喻相类。第五句借宝剑来歌咏自己的志向，此句中的"清"与"定"为互文同义，义为"安定、太平”，说宝剑怀抱着使四方安定、天下太平的理想。最后一联则表达了希望宝剑能被取用、并得到主人的赏识。整首诗以宝剑的光芒和气势比喻自己的才华，间接表达了渴望得到伯乐赏识和重用的愿望。

第三十一首阙题，与第三十首句式相同，且其中所歌咏的宝珠与宝剑相对，可能也是李斌所写，不见于传世刻本，原文如下：

我有夜光寶，自然明月台（胎）。堪裝漢祖劍，曾上魏王臺。五色人難辯（辨），千金匣始開。不逢天子照，却復度關來。

【释析】第一句中的“夜光宝”指夜光宝珠，《太平广记》卷第四百零二《鲸鱼目》篇云：“南海有珠，即鲸目瞳。夜可以鉴，谓之夜光。”这种珍珠非常珍贵，价值几千万钱。“明月胎”则指明月般的珠胎。《左思·吴都赋》：“蚌蛤珠胎，与月亏全。”第二句中的“装”为装饰义，分别运用了《西京杂记》中汉高祖以七彩珠、九华玉装饰斩白蛇剑和《史记·田敬仲完世家》中魏珠照乘的典故，说明了夜光宝珠的功用。张说《梁四公记》中杰公曰：“蚌珠五色，皆有夜光及数尺，无瑕者为上，有瑕者为下。”第三句中的“五色人难辨”当指此事。第四句言如此价值连城的夜光宝珠出匣之后难遇天子，只能又一次返度关山。整首诗亦抒发了怀才不遇的感慨。

第三十二首为《日南王》，不见于传世刻本，原文如下：

附臣通趙國，奉使拜遼燕。蒼海行無驛，寧知路幾千？猛風

空裏驟，明月浪中懸。水与天同色，山共白雲連。随潮去去遠，未克有歸年。比来聞漢使，一别似張僁（騫）。

【释析】《汉书•地理志》："日南郡，故秦象郡，武帝元鼎六年开，更名。有小水十六，并行三千一百八十里。属交州。"颜师古注："日南言其在日之南，所谓开北户以向日者。"《旧唐书·志第二十一·地理四》："驩州，陈日南郡。武德五年，置南德州总管府……贞观初，改为驩州，以旧驩州为演州。二年，置驩州都督府……天宝元年，改为日南郡。乾元元年，复为驩州也。"据史书记载，唐贞观年间日南王曾入朝谒见天子，被安置在长安昌明坊的"家令寺园"居住。《唐两京城坊考》卷四《西京·长安县·昌明坊》"家令寺园"条注："贞观中，日南王入朝，诏于此营第。寻还国宅，遂废。"这首诗叙述了日南部族首领奉命出使东北辽燕之地的经历。第二句中的"苍海"指汉武帝所设置的"苍海郡"，处于东北边境。《汉书·武帝纪》云："东夷薉君南闾等口二十八万人降，为苍海郡。"此句极言边境偏远，中途并无驿站，而前路遥遥，不知何处是尽头。第三句言此地靠近海边，大风猛烈而迅疾，明月似乎吊挂在海浪之中。第四句描绘了水天同色、云山相接的景色。第五句言就这样随着潮水越走越远，不知道什么时候才能回去。句中的"去去"义为远去。"克"义为能，乔知之《定情篇》云："归愿未克从，黄金赠路人。"最后一句与汉使张骞作比，感叹自己离别故土日久。

第三十三首为苏虬的《游苑》，不见于传世刻本，原文如下：

庭院開金鏁，周迴賞碧堂。池深流水漫，岸闊引橋長。遇石攀滕（藤）息，逢林擿菓嘗。更呼園子問，何處可尋涼?

【释析】此诗第一句之“金锁”“碧堂”展现了所游园苑内建筑的金碧辉煌。“周回”则言园中道路曲折回环。第二句展现了园中流静水深、河岸开阔、长桥横波的自然景致，句中的“引”为“架引”义。第三句说看到石头便抓住藤蔓休息，遇见树林便摘果品尝，颇有随遇而安的意趣。赏玩许久，诗人依旧兴致不减，最后一句中，诗人又叫来了园丁，向他询问纳凉的好去处。

第三十四首为哥舒翰的《破阵乐》，不见于传世刻本，原文如下：

西戎最沐恩深，犬羊違背生心。神將駈兵出塞，横行海畔生擒。石堡巖高萬丈，鵰窠霞外千尋。一唱盡屬唐國，將知應合天心。

【释析】《旧唐书·卷九·本纪第九》：“八载春正月甲申，赐京官绢，备春时游赏……六月，大同殿又产玉芝一茎。陇右节度使哥舒翰攻吐蕃石堡城，拔之。闰月己丑，改石堡城为神武军。”《新唐书·卷五·本纪第五》：“六月乙卯，陇右节度使哥舒翰及吐蕃战于石堡城，败之。”《元和郡县志》卷第

三十九：“振威军，在天成军西一百余里。天宝十三年，哥舒翰攻吐蕃雕窠城置。”哥舒翰率军先后攻克石堡城和雕窠城的历史史实当是此诗的写作背景。第一句中的“西戎”指吐蕃，“犬羊”亦是对吐蕃的蔑称，言吐蕃不顾大唐的深恩，对大唐生出异心。《旧唐书·卷七十六·列传第二十六》：“先是，石堡城为吐蕃所据，侵扰河右”，“犬羊违背生心”事当指此。第二句中的“神将”当指哥舒翰，“海畔”则指青海湖湖畔。唐代诗人高骈《寓怀》诗中有“为问昔时青海畔，几人归到凤林桥”句，其中的“青海畔”与此句中的“海畔”义同。《资治通鉴》卷二百一十六云：“如期拔之，获吐蕃铁刃悉诺罗等四百人。”此句中的“生擒”事当指此。第三句运用夸张的手法，写出了石堡城与雕窠城险绝的地势。第四句省略了攻克两城的艰辛，用“一唱”轻松带过，显示了大唐帝国的强盛与威力。

第三十五首为崔希逸的《燕支行营》，不见于传世刻本，原文如下：

天平四塞盡黄砂，塞冷三春少物華。忽見天山飛下雪，疑是前庭有落花。

陽烏黯黯暎山平，陰兔微微光漸生。戍樓往往雲間沒，烽火時時磧裏明。

【释析】第一句以空间上的“四塞”与时间上的“三春”做对比，描写了平阔的边塞黄沙遍地、草木不生的景象。第二句化用了初唐诗人董思恭《咏雪》中的“天山飞雪度，言是落

花朝”句，将飞雪比作落花。第三句中的“阳乌”本来指太阳里的三足乌，这里代指太阳。“阴兔”则指月亮，此句描写了边塞黄昏时分迷蒙黯淡的天色。第四句描绘了独特的边塞风光：边防驻军的瞭望楼经常隐没于滚滚黄云中，只剩点点烽火不时闪烁在砂石里。整首诗营造了苍凉荒远的意境。

第三十八首为箫（萧）沼的无名佚诗，原文如下：

生年一半在燕支，容鬢砂場日夜衰。簫（蕭）關不隔鄉園夢，瀚海長愁征戰期。

【释析】据徐俊先生考证，萧沼曾于玄宗天宝年间与岑参同居北庭幕府。[4]《唐诗纪事》卷二十三引岑参《天山雪送萧沼归京》云：“天山有雪常不开，千峰万岭雪崔嵬……正是天山雪下时，送君走马归京师。客中何以赠君别，唯有青青松树枝。”此诗当作于萧沼归京之前。第一句中的“燕支”指北地、边地，“砂场”即“沙场”。诗人感叹在边地沙场滞留之久，容鬓已在日夜流转中衰颓。据《元和郡县志》记载，“萧关”在唐代原州平高县东南三十里，是《汉书》中所载“文帝十四年匈奴入萧关杀北地都尉”之地，是关中地区通往塞北的交通要冲。“瀚海”则指无边的沙漠。第二句言即使隔着萧关，关于故乡的梦境仍旧萦绕于心间。然而归乡之日因无边沙漠里那无休无止的征战而变得遥遥无期，为此经常愁闷。

第四十首为李斌的《夜渡颖（颍）水》，原文如下：

蕩子乘春夜，行歌渡穎（潁）川。雲浮初弊（蔽）月，風動乍搖舩。暗水空流響，驚人信莫前。唯聞靡靡曲，砂上歎師捐（涓）。

【释析】第一句中的“荡子”指羁旅异乡的游子。第一句点题，强调了行游的时间和地点。第二句中的“乍”与“初”互文同义，张相《诗词曲语辞汇释》卷一：“乍，犹初也；才也。”描绘了夜月刚刚被浮云遮蔽、乘着夜风摇动船桨的情景。第三句言长夜寂寂，只有暗夜里的水流声空自鸣响，使人惊惧，着实不敢向前。第四句运用了《韩非子·十过》中师涓随卫灵公赴晋为晋平公鼓琴，被晋乐官师旷斥为亡国之音的典故：“乃召师涓，令坐师旷之旁，援琴鼓之。未终，师旷抚止之，曰：‘此亡国之声，不可遂也。’平公曰：‘此道奚出？’师旷曰：‘此师延之所作，与纣为靡靡之乐。’”

第四十一首为高适的《饯故人》，不见于传世刻本，原文如下：

祇君辭丹豁（谿），負仗歸海隅。離庭（亭）自簫（蕭）索，别路何鬱紆。天高白雲斷，野曠青山孤。欲知腸斷處，明月照江湖。

【校补】此诗中的“祇君辞丹豁”句，黄永武将“豁”校作与之字形相近的“谿”，孙钦善疑为“丹墀”之误，徐俊先生则将“豁”字校作与之音近的“臒”。按：“墀”与“豁”的读音及字形皆相去甚远，应予以排除。《御定渊鉴类函•巧艺部》云："祇君虽老身犹健，眼明骨轻须不变。"此句中的"祇君"应为道士。"丹雘"义为红色的颜料，亦引申为君王的恩泽。"丹谿"则指仙人居住的地方，"丹雘"与"海隅"词义相对，以沐泽君恩的长安城与僻远的海边做对比，应以"丹雘"为是。

【释析】第一句言诗人的道士友人将要辞别天子脚下的长安城，倚杖回到海边那偏远之地。第二句言送别的亭子自是萧索不堪，友人远行的路又是多么迂回曲折！第三句融情于景，描绘了天空高阔、白云隔断、四野平旷、青山孤兀的空旷之景，与孤独悲伤之情融为一体。第四句言，每当那象征团圆的明月照耀四方，就更加牵动起内心的离愁别恨。此诗以"明月照江湖"句作结，将无尽的愁绪寄于无边的月光，余味无穷。

第四十二首为桓颙的《客思　秋夜》，不见于传世刻本，原文如下：

數夜獨無歡，客心恒不安。近城聞鼓異（易），寺遠聽鐘難。月照窗邊暖，風吹簾外寒。誰能羅帳裏，獨坐抱琴彈。

【释析】第一句总述了作客异乡的诗人孤独愁闷、郁郁寡欢、焦虑不安之情。第二、三句运用对比的手法，描述了作客异乡中的种种复杂感受。近处的鼓声、远处的钟声、窗边的暖意、帘外的寒冷交织在一起，烘托出辗转难眠、中夜徘徊、百无聊赖的游子形象。第四句言游子回到空荡荡的罗帐，终是孤独愁闷，难有抱琴一弹的心情。此句与第一句中的"独"字相

照应，以反问句作结，强调了孤独之苦让人难以承受。

第四十四首为史昂的《述怀》，不见于传世刻本，原文如下：

昔在欒（灤）河外，征馬倦風塵。今来洛陽道，人事復艱辛。有策懐明主，無媒托近臣。君門不可見，歸去淥山春。

【释析】第一句中的“滦河”属于唐代幽州地区，“征马”指战马，“风尘”则指战场的尘烟。通过第一句中的内容可知，诗人曾经想通过到边塞从军来求取功名。第二句中的“人事”指仕途。此句指诗人回到洛阳之后，求谒之路仍旧艰辛。第三句言自己胸怀长策，希望见知于明主，却无法拜谒明主身边的臣子，让他们为己请托引荐。《孔丛子·杂训》：“白闻士无介不见，女无媒不嫁，孟孺子无介而见，大人悦而敬之， 白也未谕，敢问？”此诗句中的“媒”即指推荐人、引荐人。最后一句写自己求谒无门，只好寄情于春日的绿山。白居易《郊陶潜体诗十六首》云：“岂无济时策，君门乏良媒”句，与此诗意相类。此句中的“归去”有隐居之义。晋陶潜《归去来兮辞》：“归去来兮！田园将芜，胡不归？”唐代诗人戴叔伦《行路难》有“不如拂衣且归去，世上浮名徒尔为”句，其中的“归去”亦指归隐田园。

第四十五首为《叹苏武北海》，不见于传世刻本，原文如下：

自恨嗟窮塞，長流海曲間。牧羊愁日暮，食雪厭天山。

萬里懷慈母，三邊憶聖顏。怨啼猶未息，孤坐更思還。漢月年年照，胡風歲歲閑。客心雲外斷，鄉樹夢中攀。黃髮人多乍（詐），懸雲鬼亦奸。到來觀此俗，絕不及南蠻。

【释析】第一句中的“穷塞”指荒远的边塞。“流”指流放、放逐。这里的海曲指北海（即今贝加尔湖）海隅。张说《南中送北使二首》中云“谁怜炎海曲，泪尽血沾衣”，其中的“海曲”亦是此义。《汉书·李广苏建传》云：“单于愈益欲降之，乃幽武置大窖中，绝不饮食。天雨雪，武卧啮雪与旃毛并咽之，数日不死。匈奴以为神，乃徙武北海上无人处，使牧羝，羝乳乃得归。”第二句中的“牧羊”“食雪”事即指此。第三句中的“圣颜”指君王的容貌和气色。据《汉书·李广苏建传》记载，苏武在北海牧羊，时刻带着汉朝节杖，面对李陵的劝降，苏武言“武父子亡功德，皆为陛下所成就，位列将，爵通侯，兄弟亲近，常愿肝脑涂地。今得杀身自效，虽蒙斧钺汤镬，诚甘乐之。臣事君，犹子事父也……”此句中的“三边忆圣颜”当指此。第四句言苏武听闻汉武帝驾崩后号哭不已，孤坐之中更加归汉心切。第五句以“汉月”和“胡风”的意象做对比，来寄托思念之情。第六句言苏武的思乡之心总是被远处的白云所阻断，只能去梦里攀爬故乡的绿树。第七句中的“黄发”运用了借代和比喻的修辞手法，以“黄发”代指匈奴。戎昱的《苦哉行五首》中云“匈奴为先锋，长鼻黄发拳”，其中的黄发亦是描摹匈奴人的样貌。“悬云”则是以悬着的云来比喻匈奴之心奸诈难测。最后一句写作者觉得此地的

风俗礼仪甚至比不上南边的少数民族。这首诗表面上是在嗟叹苏武的遭遇，实际上是借咏叹苏武来表达厌倦胡地生活、渴望回到故乡的情感。

第四十六首为《野外遥占浑将军》，不见于传世刻本，原文如下：

山頭一隊欲陵（凌）雲，白馬紅纓出眾群。諸人氣色不如此，只應者箇是將軍。

【释析】陈尚君先生《全唐诗续拾》谓诗题中的浑将军为浑维明。第一句先以一个中景镜头，描写了浑将军带领一队人马跃立山头，颇有凌云之势。再将镜头拉近，聚焦在将军所骑的披挂红缨穗的白马身上，说这匹马超群出众，为马的主人出场做铺垫。第二句进一步引出马的主人，说他的神色气度常人难比，所以理应成为将军。“者箇”即这个，多见于佛教典籍。如宋代所编的《云门匡真禅师广录》卷二云：“蓦拈起拄杖问僧，者箇是什么？僧云，拄杖子。”

【参考文献】

[1]高启安,赵红.敦煌“玉女”考屑[J].敦煌研究,2005(2):73.

[2]徐俊.敦煌诗集残卷辑考[M].北京:中华书局,2000:298.

[3]徐俊.敦煌诗集残卷辑考[M].北京:中华书局,2000:304.

[4]徐俊.敦煌诗集残卷辑考[M].北京:中华书局,2000:315.

敦煌写本P.3812《唐诗丛钞》佚诗、异文综析

食余肉兮飲余血誠知身顛丸此將余爲妻不如其早
被蛾眉帶繡人空悲弱質柔於水　第四拍
山川路長誰記得何處天涯是鄉國自從驚怖少精神不
覺風霜損顏色夜中歸夢難去來朦朧豈解傳消息漫
漫胡天叫不聞明明漢月應相識　第五拍
水頭宿兮草頭卧風吹漢地衣裳破羊脂沐髮長不梳羔
子皮裘領仍左沙塞茫茫與千孤狢袖腥膻晝
披行兮夜披卧日長月長兮不可過　第六拍
怪是春光不來久胡中風土無花柳天翻地覆誰得知如
今向南看北斗姓名音信兩不達終日經年長閉口是非
取與適指撝言語傳情不如手　第七拍
男兒婦人帶弓箭塞馬蕃羊卧霜霰寸步東西豈自
由偷生乞死非情願龜茲觱篥愁中聽碎葉琵琶
夜深怨竟夕無雲月上天故鄉一別何時見　第八拍
憶昔私家恣嬌小遠取珍禽學馴擾如今淪棄情故鄉悔
不當時放林表朔風蕭蕭寒日暮星河寥落胡天曉多
思歸恨此歸愁心想得籠中鳥　第九拍
當時蘇武單于問道是賓鴻爲傳信學他刺血作書
書上千重恨驕胡少年能走馬彎弓射飛無遠近遂今邊
雁轉怕人絕域何由達方寸　第十拍
恨淩辱兮惡腥膻憎胡地兮怨胡天生得胡兒擬棄捐及生
母子情宛然朝朝暮暮人眼前腸生手養能不憐　第十一拍
日來月往相推遷迢迢星歲欲周天無冬無夏卧霜霰水
凍草枯爲一年漢家甲子有正朔絕域三光空自懸幾迴
鴻雁來又去腸斷蟾蜍虧復圓　第十二拍
破瓶落井甘永沉故鄉望斷長歸心寧知遠使問名姓漢語

法 Pel.chin.3812　诗歌业钞　（8–7）

敦煌写本法藏P.3812残卷，共见二十三题五十八首诗。此卷行款相对随意，有时诗题单列一行，有时诗题与上首诗的末句同处一行，当诗题与上一首诗的末句共处一行时，有时空两个字，有时空出四个字。很多诗作不标明作者。此外，此卷写本仅在“梁大郎”和“殿下”“至尊”前敬空，共出现两次“世”字，一次“旦”字，皆不避讳。可能是因为此卷写本多为陷蕃文人诗作，与中原悬隔万里，所以对避讳的要求不严格。此卷写本中所出现的校勘性异文多为音同、音近而导致的讹误和倒误，间接说明其传抄经历了口头传播和书面传播两种方式。

P.3812《唐诗丛钞》残卷一开始是一组无名阙题联章体歌辞，S.6208卷题为《十二月》，与此诗部分诗句相同，徐俊先生据以拟题为《十二月诗》，[1]原文如下：

正月孟春春漸暄，一別狂夫經數年。□□□□□□□，遣妾尋常獨自眠。

二月仲春春盛暄，深閨獨坐綠窗前。□□□□□□賴，教兒夫壻遠防邊。

三月季春春極暄，花開處處競爭鮮。花□□□□□笑，賤妾看花雙淚漣。

四月孟夏夏初熱，為憶狂夫難可徹。愁□□□□秦箏，更取瑶琴對明月。

五月仲夏夏盛熱，狂夫歸復問時節。庭□□□□□□□，□見鶯啼聲哽咽。

六月季夏夏共同，妾心恨与對秋風。□□□□□□□改，教兒憔悴只緣公。

七月孟秋秋漸涼，教兒獨寢守空房。君在尋常嫌夜短，君無恒覺夜能長。

八月仲秋秋已涼，寒鴈南飛數万行。賤妾猶存舊日意，君何無幸（信）不還鄉。

九月季秋秋欲末，狂夫一去獨難活。願營方便覓歸□，使妾愁心暫時豁。

十月孟冬冬漸寒，為君擣練不辭難。莫恠裁衣不開領，愁君肥瘦恐嫌寬。

十一月仲冬冬雪寒，戎衣造得數般般。見今專訪巡邊使，寄向君邊著復看。

十二月季冬冬已極，寒衣欲送愁情逼。莫恠裁縫針脚粗，為憶渧（啼）多竟無力。

这组诗写了一年中的一月到十二月，随着天气的变换，征妇独守空房、怀念戍边征夫的种种情景。这组歌辞用语较为通俗，用韵平仄交替，相邻的两首诗之间换韵没有一定的规律，较为随意。前三首同押平声山韵，第四首则反映了入声薛韵和月韵相混的现象，第五首押入声屑韵，第六首首句入韵且押平声东韵，第七首、第八首皆是首句入韵且押平声宕韵，第九首首句入韵且押入声末韵，第十首、第十一首首句入韵且押平声山韵，第十二首则押入声职韵。

其中的“狂夫”为征妇自称其夫的谦词，“教儿”中的“儿”亦是妇人自称。第十首中的“肥瘦”为偏义复词，此处只取“瘦”的意思。第一首写征妇与征夫相别数年，总是独自成眠。第二首写征妇于绿窗前独坐，百无聊赖中又想起远戍边塞的夫婿。第三首以乐景衬哀情，写征妇看到争鲜斗艳的繁花后双泪涟涟。第四首写初夏的夜里，征妇的思念绵延无尽，只能对着明月弹奏秦筝和瑶琴，聊解思念之情。第五首写征妇在盛夏的午后守着寂静的庭院，在莺啼声中不住抽泣，而征夫仍然不知何时归来。第六首写征妇在夏末时节痛惜时间的流逝、容颜的衰改。第七首写初秋的凉意袭来，征夫不在的夜晚总是那么漫长难熬。第八首以寒燕南飞起兴，再次引出还未回乡的征人。第九首以“独难活”这一粗浅的用语将愁思苦怨推向了极点，并进一步诉说了希望征夫寻找机会归来，让她愁心渐解。第十首则以“裁衣不开领”这一细节，抒发对远在边塞夫婿艰苦生活的体贴与共情。第十一首写冬衣制作好后即寻访边使捎寄。第十二首写冬衣仍未寄出，愁思的煎熬使得征妇更加憔悴无力。这十二首诗紧紧围绕对征夫的思念展开，或以景物起兴，或直接抒情，或以细节铺陈，形成了往复不尽的

表达效果。

P.3812《唐诗丛钞》残卷第二题为未署明作者的佚诗《代闺情》，原文如下：

春色雖来擬伴人，妾心貞素轉加新。饒伊黃鳥聲聲喚，要籍情中不動幃。

自從夫别懶調箏，獨寢空房愁轉生。每恨孤情無處對，常思遠信意縱横。

此诗第一章诉说了对丈夫的坚贞之情，写春色的陪伴只能让自己的节操更加清白，即使黄鸟声声相唤，丈夫在她心中的重要位置仍旧不会动摇。此句实是以“春色”“黄鸟”来比喻其他的追求者。第二章转而诉说独居的孤苦，说自己无力调筝弄弦，愁烦总是不期而至，只能将纷乱的思绪寄付于远方的书信。

P.3812《唐诗丛钞》残卷第三题为未署明作者的佚诗《久不相访忽睹尺书奉酬情素》，原文如下：

昨来寂绝斷承望，今朝忽見五三行。君既不移鸞鳥節，僕心亦託鴈随陽。

这首诗写女主人在极度寂寥中本已断了指望，却在次日忽然收到丈夫的书信，更加坚定了对夫君的情意。“承望”义为指望、仰赖，多见于敦煌变文以及佛教典籍中。隋代阇那崛多等译T0485《无所有菩萨经》卷三云：“无所有者，无所承揽，无所承望，一切胜相皆悉具足。”“鸾鸟”在民间象征着夫妻忠贞、婚姻和美。唐裴铏《传奇·文箫》中即记载了文箫与仙女吴彩鸾结为夫妻、双双升仙的故事。“雁随阳”指雁儿随着季节的变换飞来飞去。唐元稹《咏廿四气诗·寒露九月节》中有“千家风扫叶，万里雁随阳”句。尾句意为希望飞来飞去的雁儿能将自己的心意传递到远方。

P.3812《唐诗丛钞》残卷第四题为未署明作者的佚诗《奉饯梁大郎辅佐殿下赴冬牙》，原文如下：

知君竭節事王孫，驟馬翩翩輔至尊。有幸□歡未終席，無才餞別志（致）殷勤。弱水堅冰連積雪，燕山霧氣助寒雲。勿憚登途論國事，傾心駐目望迴塵。

诗题中的“冬牙”义为冬宫，为吐蕃王庭之称。[2]原诗于“梁大郎”“殿下”“至尊”等词前皆敬空，第二句中的“志殷勤”，疑为“致殷勤”之误，义为表达心意。据《元和郡县志》记载，第三句中的“弱水”在唐代陇右道甘州张掖、删丹县境内。“燕山”则指燕然山。《后汉书·孝和孝殇帝纪》第四云：“窦宪遂登燕然山，刻石勒功而还。”P.3676卷子有《奉饯赴东衙谨上》一诗，其诗末句为“专心驻目望回鞭”，与此诗末句相似，疑此句为送别诗的套语。此诗前半首主要表达了送别赴宴之意，后半首则鼓励友人不要害怕路途的险恶与寒冷。

P.3812《唐诗丛钞》残卷第五题为宋家娘子的《春寻花柳得情》，不见于传世刻本，原文如下：

美人林裹趂鵶兒，銀甲花间不覺遺。連忙借问嬌鸚鵡，烏鳥銜将与阿誰？

此诗中的“趂”为“趁”的异体字，释为追逐、追赶。“衔将”中的“将”是用在动词后的语气助词，敦煌变文中亦有此用法，如《敦煌变文集新书·孝子传》中的“明达载母遂（逐）农粮，每被孩儿夺剥将。”这首诗所写的丛林中的美人，在山林间追逐野鸭，一派娇憨之态。当发现美丽的银甲丢失后，又打趣枝上的鹦鹉，隐隐对远方的某人有种朦胧的期待与向往，表现了女子懵懂的心态。

P.3812《唐诗丛钞》残卷第六题为《高适在哥舒大夫幕下请辞退 托兴奉诗》，不见于传世刻本，原文如下：

自從嫁与君，不省一日樂。遣妾作歌舞，好時還道惡。不是妾無堪，君家婦難作。下堂辭君去，去後君莫錯。

这首诗似是民间文人仿拟李白的《寒女吟》所作，李白诗中的“忆昔嫁君时，曾无一夜乐。不是妾无堪，君家妇难作。起来强歌舞，纵好君嫌恶。下堂辞君去，去后悔遮莫”四句，与此诗表达相类。题中的“哥舒大夫”应指哥舒翰，据《旧唐书·高适传》记载，哥舒翰是高适的第二个伯乐，哥舒翰不仅对高适委以要职，还屡次在皇帝面前称赞他：“河西节度哥舒翰见而异之。表为左骁卫兵曹，充翰府掌书记，从翰入朝，盛称之于上前。”后来高适辅佐哥舒翰守潼关兵败，高适向唐玄宗进言，亦是极力为哥舒翰开解："因陈潼关败亡之势曰：'仆射哥舒翰忠义感激，臣颇知之，然疾病沉顿，智力将竭。监军李大宜与将士约为香火，使倡妇弹箜篌琵琶以相娱乐，樗蒱饮酒，不恤军务……'"可见高适与哥舒翰之间情义很深，此诗诗意与之不合，定非高适所作。

P.3812《唐诗丛钞》残卷第七题为《闺情为落殊藩陈上相知人》，不见于传世刻本，原文如下：

自從淪落到天涯，一片真心戀著查。憔悴不緣思舊國，行渧（啼）只是為寃家。

相随萬里泣胡風，疋偶將期一世終。早知中路生離别，悔不深憐沙磧中。

第一首诗中"沦落"指诗题中所提到的"落殊藩"，即沦落至边远的属国。此诗中的"查"为代词，《封氏闻见记·查谈》："近代流俗，呼丈夫妇人纵放不拘礼度者为查，又有百数十种语，自相通解，谓之'查语'。""冤家"则是对情人的昵称。这首诗主要写女子沦落边塞后，仍念念不忘昔日那个有些放荡的恋人，为之憔悴落泪、真心不改。第二首前书"同前"，应是《闺情为落殊藩陈上相知人》之二，这首诗押"东"韵，与第一首所押之"麻"韵不同。由第二首诗可知，女子追随他的伴侣来到胡地，本打算相伴一生。谁知中途却因意外而分开，分开后倍感真情的可贵。"泣"字道出了胡地生活的艰辛。

之后为三首缺题诗，原文如下：

不須推道委人猜，只是君心自不開。今夜閨門憑莫閉，孤魂擬向夢中來。

自處長信宫，每向孤燈泣。閨門鎮不開，夢從何處入。

祇今桃李正堪攀，所恨枝高引手難。願君垂下方便葉，袖卷將歸看復看。

这三首诗均表现了女子面对爱情勇敢而谦卑的态度。第一首诗中的“推道”释为托故。在“君心不开”与“闺门莫闭”的对比中，表达了对久无回应的恋人的彻骨思念之情。第二首写女子在孤单忧伤中，因客观上的“闺门不开”，远方的人甚至不得入梦。第三首则借攀折桃李含蓄地表达了渴望得到对方垂青之意，“袖卷将归看复看”的细节描写表现了女子对这份情意无比珍重。

P. 3812《唐诗丛钞》残卷第八题为殷济的《悲春》，不见于传世刻本，原文如下：

青青柳色万家春，獨掩荊扉對苦辛。山月有時來照戶，蕃歌無夜不傷人。荒村寂寂雞鳴早，窮巷喧喧犬吠頻。自恨一生多處否，誰能終日更修文？

此诗言当许多人家被青青柳色所笼罩，欢天喜地迎来春天时，自己却无心赏春，独自掩着柴门面对劳苦艰辛的生活。纵使山月有时映照于门户，依旧被当地蕃人的夜夜高歌扰心伤神。荒寂乡村中的鸡鸣声总是早早地将人唤醒，冷僻巷陌中时常响起此起彼伏的犬吠声。一生总处于这样的逆境中，诗人很难长久地静下心来修习诗文。

P. 3812《唐诗丛钞》残卷第九题为佚名诗《奉（春）闺怨二首》，似为女子所作，不见于传世刻本，原文如下：

幽閨情自苦，何事更逢春？萱草侵堦綠，垂楊闇戶新。鏡中絲髮亂，窗外鳥聲頻。對此芳菲景，長霄（宵）轉憶君。

春至感心傷，低眉入洞房。征夫天外別，拋妾鎮魚（漁）陽。有意連（憐）新月，無情理舊妝。長流雙瞼淚，獨恨對芬芳。

此诗第一首描写了春日繁华喧闹的景象，更加反衬出闺中女子的孤苦。青青萱草已然将台阶覆盖，家家门户掩映在新鲜翠嫩的柳色之下，却无人与她共赏。窗外频频传来的鸟鸣声只能让女子更加心烦意乱，无心整理乱发。在芳香美艳的春日背景下，漫漫长夜里的思念更加难熬。第二首中的“有意连（怜）新月”句似与唐代女子拜月祈愿容颜常驻、夫妻团圆的习俗有关。唐代吉中孚妻、李端均有《拜新月》诗。

P. 3812《唐诗丛钞》残卷第十题为《忆北府弟妹二首》，似为殷济所作，不见于传世刻本，原文如下：

骨肉東西各一方，弟兄南北斷肝腸。離情祇向天邊碎，壯志還隨行處傷。不料此心分兩國，誰知翻屬二君王。艱難少有安中土，經亂多從胡虜鄉。獨羨春秋連影鳫，每思羽翼並成

行。題詩泣盡東流水，欲話無人問短長。

与尔俱成淪沒世，艱難終日各東西。胡笳曉聽心長共，漢月霄(宵)看意自迷。獨泣空房襟上血，孤眠永夜夢中渧(啼)。何時骨肉園林會，不向天涯聞鼓鞞。

这两首诗写了诗人历经离乱、与兄弟姐妹悬隔两乡之苦。第一首诗是写给弟弟的，其中以雁行比喻兄弟，如《礼记·王制》："兄之齿，雁行。"唐许浑《南陵留别段氏兄弟》有"更羡君兄弟，参差雁一行"句，与第一首诗中的"独羡春秋连影雁，每思羽翼并成行"句意蕴相近。"题诗泣尽东流水"句则化用了李白《金陵酒肆留别》中的"请君试问东流水，别意与之谁短长"，将其中的朋友之情巧妙地转化为兄弟之义。第二首诗应该是写给妹妹的，以白天和黑夜交织的景象，抒发了骨肉分离的孤独之痛。最后一句中的"园林"代指故乡，"鼓鞞"则指战乱，表达了对骨肉团圆的向往以及对战争的厌恶之情。初唐诗人李峤有"夕梦园林是，晨瞻邑里非"的诗句，其中的"园林"亦代指故乡、家园。

P. 3812《唐诗丛钞》残卷第十一题为《奉忆北庭杨侍御留后》，似为殷济所作，不见于传世刻本，原文如下：

不幸同俘縶，常悲海鳫孤。如何一朝事，流落在天隅？永夜多寂寞，秋深獨鬱紆。欲知相憶甚，終日淚成珠。

《职官分纪》卷三十七"节度观察留后"条云："唐节度有留后。长庆四年，留后改为知院官，从王涯请也。宝历初复为留后。大中十一年，成德军节度使王绍鼎卒，以御史中丞王绍懿为成德军节度留后，留后之名自此始也。"《旧唐书·德宗本纪》："丁酉，以伊西北庭节度留后杨袭古为北庭大都护、伊西北庭节度度支营田瀚海等使。"诗题中的"杨侍御留后"可能就是杨袭古，由诗题可知，贞元二年（786年）之前，杨袭古担任伊西、北庭节度留后期间，曾与此诗作者殷济有所交集。第一句言两人一同被俘拘縶，当指《册府元龟·将帅部·陷没》中所记北庭都护府陷落事："杨袭古为北庭节度，贞元六年冬，吐蕃率葛禄白眼之众来寇北庭，回鹘大相颉于迦斯率众援之，频战败绩。吐蕃攻围颇急，北庭之人既苦回纥，是岁乃举城降之于吐蕃。沙陀部落亦降焉。袭古与麾下二千余人出奔西州。颉于迦斯不利而还。"可见此诗当写于贞元六年（790年）之后，诗人与杨袭古正因这场战乱而离散。诗中的"海雁"指北海（北方远僻之地）的孤雁，这里喻指离开杨侍御后孤单飘零的诗人。第二句以疑问句的形式，写流落天边之匆促未料。唐诗中常以"一朝"来形容事变之遽，如岑参《行军诗二首》云："一朝逢世乱，终日不自保。"后两句直抒胸臆，表达了被拘縶边地后的孤独抑郁，以及对友人的思念之情。

P.3812《唐诗丛钞》残卷第十二题为《岁日送王十三判官之松州幕》，似为殷济所作，不见于传世刻本，原文如下：

異方新歲自然悲，三友那堪更別離。虜酒未傾心已醉，愁容相顧嬾題詩。三邊罷戰猶長策，二國通和藉六奇。佇聽鸎遷當此日，歸鴻莫使尺書遲。

诗题中的“岁日”指农历正月初一，与“元日”为同义词。南唐张义方的《奉和圣制元日大雪登楼》诗云：“恰当岁日纷纷落，天宝瑶花助物华。”据《新唐书·西域传》所载，贞观年间拓跋部大首领拓跋赤辞归附于唐朝，唐朝擢升其为西戎州都督，以松州为都督府，但之后拓跋部的属地（包括松州）即为吐蕃所陷：“以其地为懿、嵯、麟、可三十二州，以松州为都督府，擢赤辞西戎州都督，赐氏李，贡职遂不绝。……后吐蕃浸盛，拓拔畏逼，请内徙，始诏庆州置静边等州处之。地乃入吐蕃，其处者皆为吐蕃役属，更号弭药。”诗题中所言“松州幕”即为松州都督府，当时应该已经役属于吐蕃。诗中的“异方”指西域。“六奇”句则运用了《史记·陈丞相世家》中陈平为汉高祖谋划六奇计的典故，希望友人此去可以为大唐与吐蕃的友好往来、边境安定制定出奇制胜的计策。最后一句中的“莺迁”则为升迁义。

P.3812《唐诗丛钞》残卷第十三题为《冬霄（宵）感怀》，似为殷济所作，不见于传世刻本，原文如下：

切切霜風入夜寒，微微孤燭客心難。長霄（宵）獨恨流離苦，直到平明淚不乾。

诗中的“切切”形容凄切的声音。白居易《村夜》中云：“霜草苍苍虫切切，村南村北行人绝。”其中的“切切”声与此诗相类。此诗写诗人在寒冷的冬夜里守着微弱的烛火，在异乡的愁苦流离中难以入眠。诗中所描述的彻夜难眠、忧伤孤寂的心境，与前几首诗中所提到的“永夜多寂寞，秋深独郁纡”“孤眠永夜梦中滞”等情景类似。

P.3812《唐诗丛钞》残卷第十四题为《叹路傍枯骨》，似为殷济所作，不见于传世刻本，原文如下：

行行遍歷盡沙場，秖是偏教此意傷。從來征戰皆空地，徒使驕矜掩異方。

诗中的“行行”，指不停地走，写出了旅途中居止无定的奔波之态。唐诗中“行行”一词的使用频率很高，如李白《别内赴征三首》云：“夜坐寒灯连晓月，行行泪尽楚关西。”“尽沙场”与“皆空地”皆指因频繁战争而导致的荒凉景象。《史记·范睢蔡泽列传》云：“昔者齐桓公九合诸侯，一匡天下，至於葵丘之会，有骄矜之志，畔者九国。”诗中的“骄矜”义为连年征战、好大喜功。此句言唐统治者一味地追求边功，却忽视了掩藏于其下的灾难与苦痛，让边塞成为尸骨遍野的荒地，透露出边塞文人的反战思想。

P.3812《唐诗丛钞》残卷第十五题为《言怀》，似为殷济所作，不见于传世刻本，原文如下：

愁緒足悲歌，離心似網羅。二年分兩國，万里一長河。磧外人行少，天邊鳫叫多。懷鄉不得死，非是惜天涯。

“网罗”言身被拘系，犹如被罗网捕捉的鸟兽。《忆北府弟妹二首》中有“不料此心分两国”句，与此诗中的“二年分两国”句相应，可能指诗人为吐蕃俘获，沦落异邦。诗中的“两国”与“一河”的转折，委婉地表达了对万里之外故乡的思念。“碛外人行少，天边雁叫多”是以反对的形式，突出了所处之地的偏远寂静。“非是惜天涯”句，《全唐诗补编》录为“皆是惜天涯”，按：原卷“是”字前为“[illegible]”，像“非”的异体字形。且唐人诗作常以“非是”之否定句式结尾来表明原因，如白居易《和大觜乌》中的“反哺日未足，非是惜微躬”，此句言因为怀有对故乡的执念，仓皇之中未得一死，并非舍不得天涯余生。

P.3812《唐诗丛钞》残卷第十六题为《见花发有思》，未署明作者，似为女子所作，从其行文、笔法推敲，应该与第九题之《春闺怨》为同一作者。此诗亦不见于传世刻本，原文如下：

花未發，增所思，及見花開轉益悲。花開未發尚有期，獨我情懷無見時。中霄（宵）月下空流淚，腸斷關山知不知？

这首诗的第一句写花未开与花开后的两种矛盾心理，第二句又将花与人做对比，抒发自己的心意不为心上人所见的忧伤。末句再以“知不知”的问句结尾，希望自己的悲痛与眼泪能为对方知晓。唐代女诗人薛涛《春望词》云“欲问相思处，花开花落时……那堪花满枝，翻作两相思。玉箸垂朝镜，春风知不知”，其中所表达的女子细腻的感情与此诗类似。

P.3812《唐诗丛钞》残卷第十七题为《无名歌》，经徐俊先生考证，为《宋高僧传》中所载释无名所作，[3]原文如下：

天下沸騰積年歲，米到千錢人失計。附郭種得二頃田，磨折不充十一說（稅）。今年苗稼看更弱，墳（枌）榆產業須拋却。不知天下有幾人，秖見波逃如雨脚。去去如同不繫舟，隨波逐水泛長流。漂泊已經千里外，誰人不帶兩鄉愁？舞女庭前厭酒肉，不知百姓餓眠宿。君不見城外空墻匡，將軍秖是栽花竹。君看城外恓惶處，段段茅花如柳絮。海鷰銜泥欲作巢，空堂無人却飛去。

此诗亦见于P.3620号敦煌卷子，卷子左侧标注“未年三月廿五日学生张议潮写”，说明这首诗在敦煌地区流传很广，经多人抄写。诗中的“沸腾”释为动乱，“磨折”释为摧磨、摧折。此词亦见于白居易诗，如白居易《酬微之》：“由来才命相磨折，天遣无儿欲怨谁。”“坟”是“枌”的音误字。“枌榆”在这里指故乡。“波逃”意为仓皇逃跑，屡见于敦煌变文。《敦煌变文集·张义潮变文》：“所以各自波逃，信足而走，得到此间，不是恶人。”“去去如同不系舟”句，则比喻流落他乡、漂泊不定。白居易《想东游五十韵》：“去去无程客，行行不系舟。”最后两句诗似化用自唐代书生所写《献元载》：“城东城西旧居处，城里飞花乱如絮。海燕衔泥欲下

来，屋里无人却飞去。”白居易诗喜欢将口语入诗，所以诗中保留了很多口语、俗语词汇。此诗中的“磨折”“波逃”等词即是当时流行的俗语词，反映出此诗的通俗化特征。这首诗描绘了社会动乱、米价暴涨，百姓不堪赋敛之苦，流离失所、逃窜异乡。将城外百姓屋宇荒凉破败的景象与城内官家歌舞升平、栽花养竹的安逸做对比，反映了对统治阶级无视百姓疾苦的怨艾之情。

P. 3812《唐诗丛钞》残卷第十八题为《梦归还》二首，似为殷济所作，不见于传世刻本，原文如下：

春来相思每随風，万里關山想自通。夢裏惌（宛）然歸舊國，覺来還在虜營中。

春来有幸却承恩，花裏含啼入殿門。殘粧不用添紅粉，且待君王見淚痕。

此诗中的“旧国”指唐朝，“虏营”则指吐蕃。第一首写诗人身在吐蕃，在与故乡悬隔万里的关山之外，只能将想念与相思寄予南来北往的风。以一梦一醒的情景做对比，突出了对故国的深切思念，颇有李煜“梦里不知身是客”的意味。第二首似是描述梦里的情景，诗人以女子自比，表达了渴望被君王知遇的心情。

P. 3812《唐诗丛钞》残卷第十九题为武涉的《山行书情寄呈王十四》，不见于传世刻本，原文如下：

悠悠一逕入雲端，艱險千重渡轉難。澗下厭聽流咽水，巖間愁望古松寒。風沙終日情迷惑，霜雨侵霄（宵）夢不安。憔悴途中無鏡照，却迴蓬鬢似君看。

此诗借山行途中所见之景，表达了客居异乡的不安和对友人的思念之情。上半首写山间小径悠悠茫茫，直入云端。行走于其间本就十分艰险，于此渡河更是难上加难。厌倦了去听山涧下呜咽的流水声，一次次伫立于山岩间的古松下，在寒风中愁望远方。下半首进一步抒情，写日日夜夜被风沙霜雨侵袭，心情迷乱不安，容颜日渐憔悴。艰辛的路途中不时回首，好似能被你看到一样。“蓬鬓”本指蓬乱的鬓发，这里代指头。

P.3812《唐诗丛钞》残卷第二十题为刘长卿的《咏斑竹》，亦见于《全唐诗》，题为《斑竹》，原文如下：

蒼梧千載後，斑竹對湘原（沅）。欲識湘妃怨，枝枝滿淚痕。

此诗与传世刻本所见相同，不予赘述，其中的“原”字为“沅”的音讹字。

P.3812《唐诗丛钞》残卷第二十一题为《游花菀（苑）词》，似为武涉所作，不见于传世刻本，原文如下：

侍女相邀上菀（苑）遊，笙歌嘹唳滿花楼。玉顏自倚君王寵，無處金釵落不收。

君遊園菀（苑）百花新，花下紅粧採白蘋。競將顔色比花色，花色無情不及人。

这是一组宫体诗。第一首写了皇宫中的侍女园林中游玩，华美的楼阁中满是吹笙唱歌的声音。这些侍女自恃美貌而得宠，纵使金钗常常掉落，也总有人帮他们收起。白居易《长恨歌》诗有“花钿委地无人收，翠翘金雀玉搔头”句，此诗似是反其意而用之。第二首写在百花初开的春日，百花的颜色将宫女含情的容颜衬托得更加美丽动人，表现了宫中女子的娇态。

P.3812《唐诗丛钞》残卷第二十二题为刘长卿的《得遇入京》，亦见于《文苑英华》和《全唐诗》，题为《自江西归至旧任官舍赠袁赞府（时经刘展平后）》，但存在诸多异文，敦煌本原文如下：

萬里南来喜復悲，生涯何幸有歸期。空庭葉散風搖落，舊邑人踈經亂離。巴路千山秋水在，江花獨樹夕陽微。為君一話此中事，白首長沙知不知。

“万里南来喜复悲，生涯何幸有归期”句，《文苑英华》和《全唐诗》均作“却见同官喜复悲，此生何幸有归期。”刘长卿诗喜用“生涯”一词，如《初闻贬谪，续喜量移，登干越亭赠郑校书》中的“生涯已逐沧浪去”以及《北归入至德州界，偶逢洛阳邻家李光宰》中的“生涯心事已蹉跎”等。“空庭叶散风摇落”句，传世刻本均作“空庭客至逢摇落”，传

世刻本中的“逢摇落”虽然与对句的“经乱离”在词性和语义上更加对仗，但“客至逢摇落”中的“客”指向不明，而敦煌写本中“叶散风摇落”的表达更加浅白明了。“巴路千山秋水在，江花独树夕阳微”句，传世刻本均作“湘路来过回雁处，江城卧听捣衣时”。写本中的“巴路”是指被贬为潘州南巴尉的途中，描绘了千重山映照在秋江水中、夕阳自树梢上沉落等苍凉阔大的秋日景象，刘长卿另有《登松江驿楼北望故园》诗云“落日千山空鸟飞”句，与此意境相类；传世刻本中的“湘路”则指北归途中路经湘地（湖南），此句写作者经过湖南衡山的回雁峰，秋夜里卧听捣衣声的情景，以此来寄予对北地的思念之情。最后一句“为君一话此中事，白首长沙知不知”，传世刻本作“南方风土劳君问，贾谊长沙岂不知”，二者句意相近，传世刻本化用了贾谊被贬长沙的典故。

P. 3812《唐诗丛钞》残卷第二十三题为刘商的《胡笳词十八拍》，亦见于敦煌写本P. 2555和P. 2845，《乐府诗集》和《全唐诗》也有收录，但在字句上存在一些出入，此卷原文如下：

蔡琰所造胡笳曲。琰字文姬，漢中郎蔡邕女。漢末為胡虜所掠，在胡中十二年，生二子。魏武帝与舊，以金帛贖之歸國。因為琴曲，寫幽憤之情。曲有十八拍，今每拍為詞，敘當時之事。

劉商第一拍

漢室將衰兮四夷不賓。動干戈兮征戰頻。哀哀父母生育

我，見離亂兮當此辰。紗窗對鏡未經事，秪為珠簾能蔽身。一朝虜騎入中國，蒼黄之處逢胡人。分將薄命委鋒鏑，可料紅顔随虜塵。

第二拍

馬上將余向绝域，厭生求死死不得。戎羯腥臊豈是人，犲狼喜怒難辜（姑）息。行到天山足霜霰，數（朔）風蕭蕭近胡國。万里重陰鳥不飛，寒砂莽莽無南北。

第三拍

如羇囚兮在縲绁，憂慮万端無處說。使余力兮取余髮，食余肉兮飲余血。成（诚）知煞身願如此，将余為妻不如死。果被蛾眉帶纇（累）人，空悲弱質柔於水。

第四拍

山川路長誰記得，何處天涯是鄉國。自從驚怕少精神，不覺風霜損顔色。夜中歸夢雖去来，朦朧豈解傳消息。漫漫胡天叫不聞，明明漢月應相識。

第五拍

水頭宿兮草頭卧，風吹漢地衣裳破。羊脂沐髮長不梳，羔子皮裘領仍左。沙塞茫茫路几千，狐衿狢袖腥復膻。晝披行兮夜披臥，日長月長兮不可過。

第六拍

怪是春光不来久，胡中風土無花柳。天翻地覆誰得知，如今向南看北斗。姓名音旨兩不達，終日經年長閉口。是非取与逐指撝，言語傳情不如手。

第七拍

男兒婦人帶弓箭，塞馬蕃羊卧霜霰。寸步東西豈自由，偷生未死非情願。龜兹觱篥愁中聽，碎葉琵琶夜深怨。竟夕無雲月上天，故鄉一別何時見。

第八拍

宿昔私家姿（恣）嬌小，遠取珎琴（禽）學馴擾。如今淪棄憶故鄉，悔不當時放林表。朔風蕭蕭寒日暮，晴河寥落胡天曉。旦夕思歸不得歸，愁心想得籠中鳥。

第九拍

當時蘇武單于問，道是賓鴻為傳信。學他刺血作得書，書上千重万重恨。髯胡少年能走馬，彎弓射飛無遠近。遂令邊鴈轉怕人，絕域何階達方寸。

第十拍

恨淩辱兮惡腥膻，憎胡地兮怨胡天。生得胡兒擬弃捐，及生母子情宛然。朝朝暮暮人眼前，腹生手養能不憐。

第十一拍

日来月往相催遷，迢迢歲星欲周天。無冬無夏對霜霰，草青草枯為一年。漢家甲子有正朔，绝域三光空自懸。幾迴鴻鴈

来復去，腸斷蟾蜍虧復圓。

第十二拍

破瓶落井甘永沉，故鄉望斷無歸心。寧知遠使問名姓，漢語零零傳好音。夢魂幾度到鄉國，覺後翻令哀怨深。如今莫是夢中事，喜過悲來情不任。

第十三拍

童稚牽衣在人側，将来不可留又憶。還家惜别難兩随，寧弃胡兒歸舊國。山河万里復邊戍，背面無由得消息。淚痕滿目看夕陽，終日依依向南北。

第十四拍

歎息襟懷無定分，當時怨來歸又恨。不知愁怨形若何，有似鋒铓擾方寸。悲歡並行情未决，心意想（相）尤自相問。不緣生得天屬親，肯向仇讎起恩信。

第十五拍

莫以胡兒可羞恥，恩情亦各親其子。手中十指長短殊，截之痛惜皆相似。還鄉豈不親為族，念此漂（飄）零隔生死。南風万里吹我心，心亦随風度遼水。

第十六拍

来時只覺天蒼蒼，歸路始知胡地長。连陰白日出何處，飛鴻所向應南方。平沙四顧自迷惑，遠近依依随鴈行。征途未盡馬蹄盡，不見行人邊草黄。

第十七拍

行過胡山千万里，唯見寒沙朔風起。馬饑銫雪食草根，人渴敲冰飲流水。燕山髣髴辨烽戍，鞞鼓如聞摐漢壘。怒（努）力前逞（程）是帝鄉，生涯免向胡中死。

第十八拍

歸來故鄉見親族，田園半蕪秋草綠。銀燭重燃煨燼灰，寒泉更洗沉泥玉。再持巾櫛禮儀好，一弄絲桐生死足。出入天山十二年，哀情盡在胡笳曲。

第一拍第三句中的“只为”，P.2555卷作“只谓”，《乐府诗集》和《全唐诗》作“将谓”。“只为”在唐诗中义为“只是为了”“只是因为”，此卷中的“为”通“谓”，义为“只是以为”“只是认为”，与“将谓”义近。“将谓”在《全唐诗》中出现二十次，“只谓”在《全唐诗》中出现两次。第一拍最后一句中的“分将薄命委锋镝，可料红颜随虏尘”，《乐府诗集》和《全唐诗》均作“忽将薄命委锋镝，可惜红颜随虏尘”。写本中的“分将”为“意料将要”，与对句中的“可料”为互文同义，此句言本来意料到薄命将委于刀箭之下，哪里能料到一代红颜会受迫相随于敌寇的足迹？表明了求死不得的心迹，与第二拍中“厌生求死死不得”句相应。传世刻本之“忽将”“可惜”互相矛盾，或是将生命委于刀箭之下，仓促而死，或是被掳掠而求死不得，

二者只能择其一。

第二拍中的“数”，为“朔”的音同误字。“朔风”，P.2555卷作“风雨”，《乐府诗集》和《全唐诗》亦作“风雨”，“朔风”更突出了胡地的地域特征。“寒砂”，传世刻本作“寒沙”，在敦煌写本中，“沙”经常写作“砂”，属于用字性异文。

第三拍中的“将余为妻不如死”句，P.2555卷、《乐府诗集》和《全唐诗》均作“以余为妻不如死”。“将”在这里为“取”的意思，突出了强被掳掠、身不由己的处境，传世刻本之“以”则无此效果。“果被蛾眉带累人，空悲弱质柔于水”句，与P.2555卷同，《乐府诗集》和《全唐诗》作“早被蛾眉累此身，空悲弱质柔如水”。“果被蛾眉带累人”是叹息的语气，“柔于水”运用了较喻的修辞手法，其修辞效果显然要优于“柔如水”这种简单的比喻。传世刻本之“早”字可能为“果”的形近误字。

第四拍中的“惊怕”，与P.2555卷同，《乐府诗集》和《全唐诗》均作“惊怖”，二者义近。“惊怕”于《全唐诗》中出现四次，而“惊怖”仅此一例。“夜中归梦虽去来”句，P.2555卷作“夜中归梦虽来去”，《乐府诗集》和《全唐诗》作“夜中归梦来又去”，写本所见之“虽来去”在这里表转折，与后文衔接更紧密。

第五拍中的“沙塞茫茫路几千”句，P.2555卷及传世刻本均无。因“膻”字不入韵，“沙塞茫茫路几千”应与后面的“昼披行兮夜披卧”句互相颠倒。此句位置上，P.2555卷作“年年岁岁只如此”，《乐府诗集》及《全唐诗》作“毡帐时移无定居”，可见此句存在多种异文，可能经过后人的臆改。

第六拍中的“恠是春光不来久”，P.2555卷作“怪是春光不来久”，《乐府诗集》和《全唐诗》作“怪得春光不来久”，“恠”与“怪”互为异体字关系。“是”为指示代词，指代“这里”，起强调的作用。“怪是”是一个临时词组，表示“以是为怪”，与传世刻本之“怪得”义近，表示惊怪、惊疑的态度。但“怪得”是唐人习用语词，多见于《全唐诗》，“怪是”不见于《全唐诗》。“姓名音旨两不达”句，P.2555与之同，《乐府诗集》及《全唐诗》作“姓名音信两不通”。“音旨”与“音信”义近，“达”与“通”义近。“音旨”在《全唐诗》中凡两见，“音信”在《全唐诗》中凡七十六见。

第七拍中的“偷生未死非情愿”，与P.2555卷同，《乐府诗集》和《全唐诗》作“偷生乞死非情愿”。“未死”更符合句意，言当前苟且偷生，并非本愿。“觱篥”，P.2555卷作“筚篥”，属于联绵词的异形现象，是用字性异文。“故乡一别何时见”句，P.2555卷作“故乡应得同相见”，传世刻本均作“故乡应得重相见”。此卷写本“故乡一别何时见”句，是因中天之月而勾起思乡之情，以问句的形式来感叹归乡之日遥

遥无期，而“故乡应得同相见”和“故乡应得重相见”句则表达美好的期望，与此卷写本所抒发的叹息之情相异。

第八拍中的“宿昔私家姿（恣）娇小”句，P.2555卷及传世刻本均作“忆昔私家恣娇小”，“宿昔”义为从前，是时间副词。“忆昔”为动宾短语，二者皆合于文意。“悔不当时放林表”，P.2555卷与之同，传世刻本作“悔不当初放林表”。“当时”与“当初”义近。“晴河寥落胡天晓”句，P.2555卷作“情何寥落胡天晓”，其中的“情何”应为“晴河”的音同误字。传世刻本则作“星河寥落胡天晓”。“晴河”“星河”义皆为银河，“晴河寥落胡天晓”描绘的是天欲晓时银河落尽的景象。唐代刘方平《琴曲歌辞·宛转歌二首》 中有“晓将近，黄姑织女银河尽”句，与此景象相似。“星河”在《全唐诗》中凡七十七见，“晴河”在《全唐诗》中仅四见。“愁心想得笼中鸟”句，P.2555卷与之同，传世刻本皆作“愁心想似笼中鸟”。“想得”义为想到，是唐人习用语词。

第九拍中的“绝域何阶达方寸”句，P.2555卷与之同，传世刻本作“绝域何由达方寸”，“何阶”与“何由”义近，皆为“从什么途径”，唐代广宣《禁中法会应制》中云“空愧陪仙列，何阶答圣慈”，其中的“何阶”与此义同。

第十拍似脱漏“貌殊语异憎还爱，心中不觉夫相牵”句，与传世刻本互相校勘，此卷仅有“拟—欲”“能—宁”等异文，皆合于语境。“能”“宁”虽不同义，但在末句均表示反

问语气。

第十一拍中的“迢迢岁星欲周天”句，P.2555卷作“迢迢星纪欲周天”，传世刻本作“迢迢星岁欲周天”。“岁星”“星岁”义皆为木星，“迢迢岁星欲周天”指木星将要运行一周天，即十二年。“星纪”则是星次名，与十二辰之丑对应。“岁星”“星岁”较合于文意。“草青草枯为一年”句，P.2555卷与之同，传世刻本作“水冻草枯为一年”。传世刻本更强调西域的荒凉，敦煌写本则侧重一年的终始。

第十二拍中的“零零”一词，P.2555卷及传世刻本均作“泠泠”，二者皆为来母青韵，是拟音词。“如今莫是梦中事”句，P.2555卷与之同，传世刻本作“如今果是梦中事”。“莫是”义为“莫非是”，表推测语气，更能表现出得知可以归乡后难以置信的恍惚心境，“莫是”多见于《全唐诗》。而传世刻本之“果是”则指梦中归乡之事果然得以印证，于句意亦通。

第十三拍中的“还家惜别难两随”句，P.2555卷作“还乡惜别情两随”，传世刻本作“还乡惜别两难分”，此句言蔡文姬既想还乡，又对胡地所生的稚子依依不舍，心情矛盾，处于两难之地。此卷写本的“难两随”及传世刻本的“两难分”均表现了这种复杂心境。“泪痕满目看夕阳”句，P.2555卷作“泪痕满眼看夕阳”，传世刻本作“泪痕满面对残阳”，句意相近，不予赘论。

第十四拍中的“悲欢并行情未决”句，P.2555卷作“悲欢并行情不决”，传世刻本作“悲欢并行情未快”，此句言还乡时感情矛盾悲欢交杂难以决断，传世刻本之“快”应为“决”的形近误字。“肯向仇雠起恩信”句，P.2555卷作“肯向仇雠结恩信”，传世刻本作“岂向仇雠结恩信”，“肯向”与“岂向”皆表示反问语气，但“肯向”与前面的“不缘”构成的复句关联词语更为衔接。

第十五拍中的“手中十指长短殊”句，P.2555卷与之同，传世刻本作“手中十指有长短”，与之句意相近。“还乡岂不亲为族”句中的“亲”和“为”顺序颠倒，应作“还乡岂不为亲族”，P.2555卷及传世刻本皆作“还乡岂不见亲族”，与之句意相近。

第十六拍中的“来时只觉天苍苍”句，P.2555卷与之同，传世刻本作“去时只觉天苍苍”，“来时”指来胡地的时候，“去时”指离开汉地之时，二者字面虽为反义，但在特定语境中表意相近。其他如“飞鸿—秋雁”“悠悠—依依”之异文，皆是因为近义而导致的流变，兹不赘论。

第十七拍中的“唯见寒沙朔风起”句，P.2555卷与之同，传世刻本作“惟见黄沙白云起”。“白云起”在唐诗中一般用来描绘宁静闲淡之景，而边地遍布着的一般是“黄云”，如马戴《赠淮南将》中的“度碛黄云起，防秋白发生”，高适《蓟门行》中的“古树满空塞，黄云愁杀人”等。故此句以敦煌写本为佳。“马饥鉋雪食草根”句，P.2555卷作“马饥掊雪衔草根”，传世刻本作“马饥跑雪衔草根”。其中的“鉋”字，P.3812写本原卷作“骲”，应为“鉋”之形讹字，传世刻本之“跑”亦为“鉋”之形讹字，“鉋雪”即“刨雪”，指边塞的马非常饥饿，只能用马蹄去刨挖埋藏在雪地中的草根。其他如“鞞鼓—鼙鼓”“生涯—生前”等异文，皆是近义替换引起的，兹不赘论。

第十八拍中的“田园半芜秋草绿”句，P.2555卷作“田园荒芜秋草绿”，传世刻本作“田园半芜春草绿”。“秋草”的意象，突出了故乡的温暖，即使在秋季草木依然没有完全凋零。“春草”则不能凸显出故乡与胡地的差别。“银烛重燃煨烬灰”句，P.2555卷作“月烛重然委炉灰”，传世刻本作“明烛重然煨烬灰”，“银烛”指以银装饰的蜡烛，展现了器物的华美、绮丽。“明烛”则侧重形容烛火的明亮，二者于文意皆通。“再持巾栉礼仪好”句，P.2555卷与之同，传世刻本作“载持巾栉礼仪好”，此句意为回到家乡后又一次拿起汉朝的盥洗用具，赞叹着美好的礼仪，这里的“再”与对句中的“一”相对偶。传世刻本中的“载”应为“再”的音同误字。

【参考文献】

[1]徐俊.敦煌诗集残卷辑考[M].北京:中华书局,2000:379.

[2]胡大浚,王志鹏.敦煌边塞诗歌校注[M].兰州:甘肃人民出版社,1999:167.

[3]徐俊.敦煌诗集残卷辑考[M].北京:中华书局,2000:388.

敦煌写本P.3862《高适诗集》佚诗、异文综析

東平路[illegible]

南圖適不盡東走豈吾心索〻涼風動行〻秋水
深蟬鳴木葉落茲夕更愁霖
少年好書劍動欲干王公今日無成事依〻親老
農扁舟何處去吾愛汶陽中
清曠涼夜月徘徊孤客舟眇然風波上獨夢前山秋
〻至復搖落空令行者愁　閑居
柳色驚心事春風猒索居方知一杯酒猶勝百
家書　和賀蘭判官望海作
聖代務平典輶軒推上才迢遞溟海際曠望滄波
開四牡未遑息三山安在哉白雲不可釣高浪何
崔嵬湛〻朝百谷茲〻連九陔挹流納廣大觀異增
遲迴日出見魚目月圓知蚌胎跡惟懸象到心〻
精靈積遠色帶孤嶼虛聲涵殺雷風行越常貢
水還天吳交攬蜃身將擊忘機鷗復來緣情韻
騷雅獨立遺塵埃吏道竟殊用翰林仍忝陪
長鳴謝知己所愧非龍媒　贈別沈四逸人
沈侯不易測其況信浮沈十載常獨坐[illegible]此
乘舟蹈滄海買劍投黃金世務不足煩有田西山岑我
行遇知己遂得開清襟何意閶闔門沛然江海深
風標秋樹殘上多鳴砧耿〻對酒前聊鴻飛結陰岑
生重離別感激對孤琴　過盧明府有贈
良吏不易得古人今可傳靜然本諸已〻此知其
賢我行挹高風羨尓兼少年胸懷豁清夜史
漢如流泉明日復行春逶迤出郊埏登高見千
里桑野贊芊〻時平俯鵲巢歲熟多人煙稍

法 Pel.chin.3862　高适诗集　（9–3）

敦煌写本法藏P.3862卷以楷书字体抄写，笔迹较为工整，有时诗题独列一行，有时诗题与上首诗的诗尾共列一行，并与上首诗的诗尾隔着两到三个字的间距。《燕歌行》《琴台三首》《奉寄平原颜太守》诗题下皆有完整的序。一些诗的首句前，时或以“厶”来标注，似是以此来做章节的区分。此卷写本于“君命”“明主”“天子”“天书”“恩遇”前皆敬空，以表达对君王的尊敬。为避唐太宗李世民之正讳，此卷写本中的“世”皆缺笔作“**𠀍**”，“葉”皆改形作“**𦯉**”，改“民”为“人”，或将“緍”改形作“**緡**”，“昏”改形作“**昬**”，为避李旦之正讳，将“壇”缺笔作“**垣**”，然而却不避唐肃宗李亨之正讳，将“亨”直书作“**亨**”。王彦明根据此卷的避讳情况推断此卷写本的抄写下限应在唐肃宗李亨即位之前。[1]此卷共存高适三十五题四十九首。其中有两首诗、一篇赋不见于传世刻本，有四十六首诗亦见于传世刻本，但存在不少异文。

一、敦煌写本P.3862《高适诗集》异文的类型

此卷写本中的异文主要分为校勘性异文、用字性异文和修辞性异文三类。写本中的校勘性异文主要分为音讹字和形讹字，可与传世刻本互相勘正；其中的用字性异文反映了抄手使用俗字的习惯；其中的修辞性异文类型复杂、源流不一。

（一）校勘性异文

1.敦煌写本为讹误字，传世刻本为正确字

此卷写本中，有因字形相似而引起的讹误，如写本将“曰”写作“田”（《别从甥万盈》），将“高屋建瓴”的“建”写作“達（《东平路三首》）”，将“才”写作“人”（《琴台三首》），将表示晋惠帝司马衷的“惠皇”写作“惠星”，此类讹误通过句意、用韵等方式较易辨别。有的形讹字，则较难甄别。如《东平路三首》中的“昨时好书策，动欲干王公”句，传世刻本皆作“明时好画策，动欲干王公”。“书策”指“书册、书籍”，“画策”则指谋划计策，与后面的“干谒王公”句联系更为紧密。写本中之“书”字可能是与“画”繁体字形相似而引起的讹误。

此卷写本中还有些讹误字是由于音同导致的。如将“常（常母阳韵）”写作“尝（常母阳韵）”（《宋中过陈兼》），将“怜爱”的“怜（来母先韵）”写作“连（来母先韵）”（《送田少府贬苍梧》）。

2.敦煌写本为正确字，传世刻本为讹误字

此卷写本中的一些校勘性异文可以帮助识别传世刻本中

的讹误。如在《单父逢邓司仓覆库因而有别》中的“四人总不扰”句，《高常侍集》和《全唐诗》均作“四人忽不扰”，按：“总”字较合于句意，“总”的俗字字形作“揔”，与“忽”十分相似，“忽”应是后人不识俗字而进行的妄改。再如《武威作二首》中的“朝登百尺烽”句，《高常侍集》和《全唐诗》均作“朝登百丈峰”。“百尺烽”应指武威地区百尺高的烽火台，王昌龄《从军行》中亦有“烽火城西百尺楼”句，“峰”应是与“烽”形近音同而导致的讹误，为了与“峰”的高度相契合，后人又将“百尺”改作“百丈”。

3.正误难辨

此卷写本中出现的一些异文，可能是因为音同、形近而导致的，但却无法分辨孰正孰误。如《秋日言怀》中的“端居值秋节，此日更愁新”句，《高常侍集》和《全唐诗》均作“端居值秋节，此日更愁辛”。“新”与“辛”皆为心母真韵，“更愁新”，指又添新愁，“更愁辛”则指更加悲愁辛酸。二者与文意皆通，难辨正误。

（二）用字性异文

此卷写本所出现的用字性异文，主要是指抄手使用异体字而导致的异文。抄手使用的或是当时通行的规范异体字，或是当时当地流行的俗字。如此卷写本中将“杀”写作“煞”，“爾”写作“尔”，“游”写作“遊”，皆是唐人写卷中的常见写法。再如俗字书写中常出现部首和偏旁混用的现象，如“扌”与“木”二部混用，将“楼”写作“摟”，“揚”写

作"楊""樹"写作"樹"；"⺮"与"艹"二部混用，将"節"写作"莭"，"蕭"书作"簫"；"扌"常书作"才手旁"，将"掃"写作"㮯"，"擾"写作"櫌"，"挍"写作"校"，"挹"写作"桹"等。"方"与"才手"旁混用，"於"写作"扵"，"遊"写作"逰"等。此卷写本的抄手在使用俗字时所用部件的写法先后一致，如以"大"为部件的字皆在末笔多出一点，将"笑"写作"笑"，将"犬"写作"犬"，"吠"写作"吠"，"妖"写作"妖"，"突"写作"突"等。一些以"土"为部件的字亦在右下角多出一点，如"土"写作"圡"，"堂"写作"堂"等；将"彡"部件写作"小"，"參"写作"叅"，"寥" 写作"寥"等；以"兄"为部件的字皆多出一笔，如"兄"写作"兄"，"况"写作"况"等。与传世刻本相比，此卷写本还注意"万"与"萬"的区分，"萬"仅在《别从甥萬盈》一篇中出现，表示人的姓氏。"万"则出现了三次，分为"万里""万疋""万全"，表示数目的含义。传世刻本则无此区分。

此外，此卷写本中出现了一些《敦煌俗字典》中未收录的俗字写法，如"苦"皆写作"苦"，"遲"写作"遅"，"帆"写作"忛"，"逅"写作"逅"等。

（三）修辞性异文

此卷写本的修辞性异文类型相对复杂。一些篇目被很多传世刻本收录，写本中的异文虽然与某个传世刻本不合，但与其他传世刻本相合。一些篇目仅被《全唐诗》《高常侍集》等传

世刻本收录，常会出现一些独见于敦煌写本的异文。从内容的角度划分，这些异文既包括诗题异文，又包括字词异文。

1.诗题异文

此卷写本中的诗题异文，大多与传世刻本表意相近，但也有出入较大的诗题。如第十五题之“三溪”与传世刻本之“五溪”，徐俊先生根据《元和郡县图志》卷三十所载贞观五年（631年）所置之三溪县，判定应以敦煌写本之地名为是[2]；第三十题中的“彭少府”与传世刻本之“李九少府”，经岑仲勉、孙钦善先生考证，树碑者应以敦煌写本所见之单父尉彭少府为是；第三十五题中的“武威作”与“登百丈峰”，经孙钦善先生考证，“百丈峰”应为“百尺烽”之讹传，故以敦煌写本为是。现将此卷写本所见之诗题异文列举如表1：

表1　敦煌写本P.3862诗题异文

卷号	抄写诗名	作者	传世刻本题目
P. 3862	2.《封丘作》	高适	《河岳英灵集》《文苑英华》《全唐诗》作“封丘作”，《才调集》《高常侍集》作“封丘县”，《唐诗纪事》作“封邱作”
P. 3862	3.《涟上别王秀才》	高适	《文苑英华》作“涟上酬（集作别）王秀才”，《高常侍集》和《全唐诗》作“涟上别王秀才”
P. 3862	5.《东平路三首》	高适	《高常侍集》和《全唐诗》作“东平路作三首”
P. 3862	7.《和贺兰判官望海作》	高适	《文苑英华》和《全唐诗》作“和贺兰判官望北海作”，《高常侍集》作“和贺兰判官望海作”

续表

卷号	抄写诗名	作者	传世刻本题目
P.3862	9.《过庐明府有赠》	高适	《高常侍集》作“遇卢明府有赠”，《全唐诗》作“过庐明府有赠”
P.3862	10.《别李景参》	高适	《文苑英华》《全唐诗》作“平台夜遇李景参有别”，《高常侍集》作“别李景参”
P.3862	12.《单父逢邓司仓覆库因而有别》	高适	《高常侍集》《全唐诗》作“单父逢邓司仓覆仓库因而有赠”
P.3862	15.《送张瑶贬三溪尉》	高适	《高常侍集》作“送张瑶贬五溪尉”，《全唐诗》作“送张瑶贬五谿尉”
P.3862	16.《哭裴明府》	高适	《文苑英华》《高常侍集》《全唐诗》均作“哭裴少府”
P.3862	17.《卫中送蔡十二之海上》	高适	《高常侍集》《全唐诗》均作“送蔡十二之海上”，题下注“时在卫中”
P.3862	20.《自淇涉河途中作》	高适	《高常侍集》作“自淇涉黄河途中十二首”，《全唐诗》作“自淇涉黄河途中作十三首”
P.3862	21.《陪马太守听九思师讲金刚经》	高适	《高常侍集》《全唐诗》均作“同马太守听九思法师讲金刚经”
P.3862	23.《宋中过陈兼》	高适	《河岳英灵集》《文苑英华》皆作“宋中遇陈兼”，《高常侍集》《全唐诗》皆作“宋中遇陈二”
P.3862	24.《九日酬颜少府》	高适	《河岳英灵集》《全唐诗》作“九日酬颜少府”，《才调集》《高常侍集》作“九月九日酬颜少府”
P.3862	25.《秋日言怀》	高适	《高常侍集》《全唐诗》作“秋日作”
P.3862	27.《别王澈》	高适	《文苑英华》作“送别王彻”，《高常侍集》和《全唐诗》作“别王彻”
P.3862	28.《别刘子英》	高适	《高常侍集》和《全唐诗》均作“淇上别刘少府子英”
P.3862	30.《观彭少府树宓子贱祠碑作》	高适	《高常侍集》和《全唐诗》均作“观李九少府翥树宓子贱神祠碑”
P.3862	32.《琴台三首（并序）》	高适	《高常侍集》作“登子贱琴堂赋诗三首（并序）”，《全唐诗》作“宓公琴台诗三首”
P.3862	35.《武威作二首》	高适	《高常侍集》《全唐诗》作“登百丈峰二首”

2.字词异文

此卷写本所见与传世刻本相合的字词异文，有的篇目与《唐诗纪事》相合之处较多，有的篇目则与《文苑英华》相合之处较多，有的篇目与《全唐诗》及《全唐诗》编者所见异本相合之处较多，并无一定的规律可循，如表2所示：

表2　敦煌写本P.3862《高适诗集》与传世刻本相合的异文

篇目	敦煌写本P. 3862	《河岳英灵集》	《才调集》	《文苑英华》	《唐诗纪事》	《高常侍集》	《全唐诗》
《封丘作》	心欲破	心欲碎	心欲碎	心欲破	心欲破	心欲碎	心欲碎
《封丘作》	悲来	悲来	归来	归（集作悲来）	悲来	归来	归来
《封丘作》	付与	分付	付与	付与	付与	付与	付与
《封丘作》	乃知	早知	乃知	乃知	乃知	乃知	乃知
《和贺兰判官望海作》	迢亭	—	—	迢遥	—	迢亭	迢遥（一作亭）
《和贺兰判官望海作》	殊用	—	—	吾用	—	殊用	殊（一作吾）用
《赠别沈四逸人》	愁阴	—	—	—	—	愁音	愁音（一作阴）
《涟上别王秀才》	何意	—	—	谁谓	—	何意	何意
《涟上别王秀才》	莫自爱	—	—	当自爱	—	当自爱	当自爱
《涟上别王秀才》	赠言	—	—	言宴	—	赠言	赠言
《东平路三首》	愁霖	—	—	—	—	秋霖	愁霖
《东平路三首》	独梦	—	—	—	—	独梦	独爱（一作梦）
《过庐明府有赠》	吾观	—	—	—	—	吾观	君观
《燕歌行》	恒轻敌	还轻敌	恒轻敌	恒轻敌	常轻敌	常轻敌	常（集作恒）轻敌

续表一

篇目	敦煌写本P. 3862	《河岳英灵集》	《才调集》	《文苑英华》	《唐诗纪事》	《高常侍集》	《全唐诗》
《燕歌行》	行人	征人	征人	行（一作征）人	征人	征人	征人
《行路难》	成长	生长	—	生（一作成）长	成长	成行	成行（一作生）长
《行路难》	歌舞	能舞	—	能舞	歌舞	歌舞	能舞
《行路难》	一身忽	一朝忽	—	一朝忽（一作见）	一身忽	一身忽	一身忽（一作朝见）
《哭裴明府》	世上	—	—	世上	—	世人	世人
《哭裴明府》	葬事	—	—	葬时	—	弃事	葬事
《宋中别司功叔各赋一物得商丘》	辰星	—	—	—	—	星辰	辰星
《宋中过陈兼》	独此	独自	—	独自（集作归）	—	独此	独此（一作自一作归）
《宋中过陈兼》	十年外	十年内	—	十年外	—	十年外	十年外（一作内）
《宋中过陈兼》	宁敢	伊昔	—	伊昔	—	伊昔	伊昔（一作宁敢）
《宋中过陈兼》	终然	于今	—	于今	—	于今	于今（一作终然）
《宋中过陈兼》	尘埃	蒿莱	—	蒿莱	—	蒿莱	蒿莱（一作尘埃）
《宋中过陈兼》	且醉	且醉	—	且醉	—	且进	且尽（一作醉）
《九日酬颜少府》	行子	客子	行子	—	—	行子	行（一作客）子
《九日酬颜少府》	时多厌	时多厌	时多厌	—	—	人多厌	人（一作时）多厌
《九日酬颜少府》	栖遑	栖迟	凄惶	—	—	栖迟	栖迟（一作栖遑）
《宋中十首》	寂寥	—	—	—	—	寂寥	寂寞（一作寥）

续表二

篇目	敦煌写本P.3862	《河岳英灵集》	《才调集》	《文苑英华》	《唐诗纪事》	《高常侍集》	《全唐诗》
《宋中十首》	而今	—	—	—	—	而人	而今（一作人）
《别王澈》	北林	—	—	北临（一作林）	—	北临	北林（一作临）
《别王澈》	留连终日欢	—	—	晋君终日欢（集作晋连愁作欢）	—	留连愁作欢	留君终日（一作留连愁作）欢
《琴台三首（并序）》	不忍欺	—	—	—	—	不忍欺	不我欺
《别王八》	更郁陶	—	—	—	—	正郁陶	正（一作更）
《武威作二首》	塞下	—	—	—	—	寒山（一作塞下）	寒山

有些字词异文独见于敦煌写本，不见于其他传世刻本。这些字词异文与传世刻本之间或是构成词汇同义词和语境同义词关系，或是含义有别，但皆合于上下文语境。

（1）异文之间构成词汇同义词。

所谓词汇同义词，指词语之间本身就包含相同、相近的义项。有的同义、近义异文较易辨别，如“长幼”（《过庐明府有赠》）与“老幼”、“大路”（《过庐明府有赠》）与“大道”、“辞远”（《送张瑶贬三溪尉》）与“嫌远”、“不顾”（《送董判官》）与“莫顾”、“满”（《宋中十首》）与“徧”、“千载”（《宋中十首》）与“千年”、“萧索”（《别刘子英》）与“萧条”、“旧乡”（《别刘子英》）与“故乡”，“莽莽”（《别刘子英》）与“莽苍”，“丰

碑”（《观彭少府树宓子贱祠碑作》）与“层碑”，“骐骥”（《画马篇》）与“骐驎”等。有的同义、近义异文则要经过一番辨析才可确定，如：

【去—向】

此卷写本《东平路三首》中所见“扁舟何处去”句，《高常侍集》《全唐诗》均作“扁舟向何处”，“向”与“去”在“往、去”这一义项上构成同义词。

【常时—旧时—昔时】

此卷写本《行路难》中所见“常时贫贱谁比数”句，《河岳英灵集》《唐诗纪事》《高常侍集》《全唐诗》均作“旧时贫贱谁比数”，《文苑英华》作“旧（一作昔）时贫贱谁比数”。“常时”是唐诗中习见语词，含有“昔日、往常”的义项。《全唐诗》中，“常时”一词常与“今日”“此日”“此夕”等相对，突出前后变化之遽。如白居易《朝回游城南》诗中的“常时簪组累，此日和身忘”。此句中的“常时”与对句中的“一朝”相对，将往常、寻常时无人理睬之状与多金后结交权贵之势形成了鲜明的对比，比“旧时”“昔时”表达效果更佳。

【唯—伊】

此卷写本《别刘子英》诗中所见“唯君独知我，驱马来招寻”句，《高常侍集》和《全唐诗》均作“伊君独知我，驱马欲招寻”。“伊”放在句首，作语气词用，相当于“惟”，与写本中的“唯”用法相同。

【住持—心持】【操割—摽割—標割】

此卷写本《陪马太守听九思师讲金刚经》所见“住持佛印久，操割魔军退”句，《高常侍集》作“心持佛印久，摽割魔军退”，《全唐诗》作“心持佛印久，標割魔军（一作鬼）退”。“佛印”指诸法实相决定不变，“住持”指安住于世而保持佛法。“心持”则指心中护持佛法，与之义近。写本中之“操割”义为执刀而割，为唐人习用语词。如李白《送族弟单父主簿凝摄宋城主簿至郭南月桥却回栖霞山留饮赠之》云“吾家青萍剑，操割有馀闲”。而“摽割”“標割”均不见载于其他传世文献。

（2）异文之间构成语境近义词。

语境近义词是指两个词本身并不构成同义、近义关系，但在特定的语境中，表意相近。

【尽—就】

此卷写本《东平路三首》所见“南图适不尽，东走岂吾心”句，《高常侍集》《全唐诗》均作“南图适不就”。此句运用了《庄子•逍遥游》中大鹏鸟“而后乃今将图南”的典故，言远飞的志向不得伸展。“南图适不尽”，指志不尽舒、志不尽行，“南图适不就”则指志不得成，“尽”和“就”虽然本身的含义不同，但在特定的上下文语境中，表意相近。

【挍—授】

此卷写本《单父逢邓司仓覆库因而有别》诗中的“挍词如履霜”句，《高常侍集》和《全唐诗》均作“授词如履霜”，

“挍”同“校”，义为检校、查对。“挍词”指检校仓库时的念词；“授”义为口授，“授词”指口述的念词。在特定的语境中，二者所指相同。

【弃—悬】

此卷写本《送张瑶贬三溪尉》所见“明时弃莫耶”句，《高常侍集》和《全唐诗》均作“明时悬镆鎁”。“莫耶”与“镆鎁”均指宝剑，反映了联绵词的同词异形现象。写本之“弃”与刻本之“悬”虽然本义不同，但在此句中皆指宝剑空悬、弃置不用。

（3）异文之间含义有别。

异文之间含义有别，是指异文词语含义不同，在上下文语境中所具有的表达效果亦不同。

【千里—百里】

此卷写本《过卢明府有赠》所见“登高见千里，桑野郁芊芊”句，《高常侍集》《全唐诗》均作“登高见百里”。《汉书·百官公卿表》：“县大率方百里，其民稠则减，稀则旷。”可见传世刻本之“百里”更合于卢明府所治之地的实际情况。敦煌写本之“千里”运用了夸张的修辞手法。

【大笑—却笑】

此卷写本《行路难》中所见“大笑旁人独愁苦”句，传世刻本皆作“却笑傍人独愁苦”。写本之“大笑”与出句中的“自矜”相呼应，侧重刻画彼时富家翁的心理，表现出富家翁忽然富有之后的矜夸自大之态。“却笑”则包含有转折的语意，加上了旁观者的主观评论："你的富有也是忽然降临的，却要笑话别人的愁苦。"二者皆合于语境。

【摇落—墟落】

此卷写本《宋中别司功叔各赋一物得商丘》所见"摇落对穷年"句，《高常侍集》与《全唐诗》均作"墟落对穷年"。"摇落"描绘了凋残、零落之景，与秋天的时令相应。"墟落"则指昔日的干戈战事所遗留下的废墟墓地，描绘了衰败荒芜的景象，于句意亦通。

【独立—极目】

此卷写本《自淇涉河途中作》所见"川上恒独立，世情今似闲"句，《高常侍集》与《全唐诗》均作"川上常极目，世情今已闲"。"恒"与"常"义近，"恒独立"写诗人北游失意、应征落第后在小舟上久久地伫立，显得形单影只；"常极目"则言诗人失意后常常极目远望的百无聊赖之状。二者于文意皆通。

【云鸟下—山虎伏】

此卷写本《陪马太守听九思师讲金刚经》中所见"鸣钟云鸟下"句，《高常侍集》和《全唐诗》均作"鸣钟山虎伏"。"鸣钟云鸟下"谓寺院清晨的钟声响起，惊动云间的飞鸟，从而烘托出讲经之地超尘脱俗、静谧无喧。岑参的《登嘉州凌云寺作》有"寺出飞鸟外，青峰戴朱楼"，亦是以飞鸟来衬托寺院的超尘绝世。"鸣钟山虎伏"则化用了慧皎《高僧传》中伏虎禅师夜行山中，虎皆避去的典故，将九思法师比作伏虎禅师，彰显佛法的威力。

【金羁—光辉】

此卷写本《画马篇》中的“图画金羁娇玉勒”句，《高常侍集》和《全唐诗》皆作“图画光辉骄玉勒”。“金羁”指黄金装饰的马络头，“图画金羁娇玉勒”指能画出饰有金羁玉勒的马的骄态；“光辉”则指光泽，“图画光辉骄玉勒”指能画出马口中玉勒的光泽。二者于文意皆通。

二、敦煌写本P.3862《高适诗集》异文的特征与价值

（一）此卷写本在字词上多有佳于传世刻本者

此卷写本出现的一些字词异文可以勘正传世刻本之误，从中可以推断出后世刻本臆改的痕迹，如《琴台三首》《武威作二首》中的一些字词，孙钦善先生均根据敦煌写本对传世刻本进行了勘正。一些字词异文在用意和修辞上要胜于传世刻本，特别是用典方面。传世刻本所见之异文或许是后人不明典故所做的臆改。

开襟自公馆，载酒登琴堂。（《单父逢邓司仓覆库因而有别》）

此卷写本所见“开襟自公馆”句，传世刻本均作“开襟自公余”。此句化用了《吕氏春秋·察贤》中“宓子贱治单父，弹鸣琴，身不下堂而单父治”的典故，其中的“琴堂”指州署。写本中的“公馆”则指官府馆舍，与之互文同义。且“开襟自公馆”句似是化用《诗经·召南·羔羊》中“退食自公，委蛇委蛇”的诗意，[3]句意为自公门走出后胸怀大敞。而刻本

中之“公余”指公事之余，句意为在公事之余开襟载酒。“公馆”比“公余”用意更佳。

与地辰星在，时将火正迁。（《宋中别司功叔各赋一物得商丘》）

此卷写本所见“时将火正迁”句，《高常侍集》与《全唐诗》均作“城将大路迁”。孙钦善认为写本之“火正”典出《左传·襄公九年》所载“陶唐氏之火正阏伯，居商丘，祀大火，而火纪时焉”，传世刻本之“大路”应为后人不明典故所作的臆改。[4]

了义犹达（建）瓴，发蒙若吹籁。（《陪马太守听九思师讲金刚经》）

此卷写本所见“了义犹达瓴，发蒙若吹籁”句，《高常侍集》和《全唐诗》均作“了义同建瓴，梵法若吹籁”。“犹”与“同”义近，义为“犹如、如同”。“建瓴”语出《史记·高祖本纪》“譬犹居高屋之上建瓴水也”，此处以“建瓴”来比喻九思师的讲解容易理解。写本中之“发蒙”义为开发蒙昧，是佛典中常见语词，此处言说讲佛经使得众生开发蒙昧，“发蒙”与“了义”在字义和词性上相对偶。《金刚新眼疏经偈合释》云“虽说法相，如吹籁”，亦是将说讲佛法比喻为吹奏天籁。传世刻本“梵法若吹籁”句则无此用典。

即此伤离绪，凄其酒赋筵。（《宋中别司功叔各赋一物得商丘》）

此卷写本所见“凄其酒赋筵”句，《高常侍集》作“凄凄酒赋筵”，《全唐诗》作“凄凄赋酒筵”。“凄其”语出自《诗经·国风·邶风》中的“絺兮绤兮，凄其以风”，传世刻本则无此用典。

（二）此卷写本可能临摹自草书底本

此卷写本与传世刻本构成的一些字词异文，它们在唐代的草书字形十分相似。抄手很有可能临摹自草书底本，对草书写法辨认不清而导致异文。

1.澈—徹

此卷写本第二十七题为《别王澈》，其中的“王澈”，传世刻本均作“王徹”。杜甫亦有《苦雨奉寄陇西公兼呈王征士》诗，仇兆鳌注云“征士，琅琊王徹”。在草书中，双人旁经常被写作三点水。此卷写本中亦出现了很多双人旁写作三点水的现象，如“復”皆写作“澓”，“覆”写作“[illegible]”，“得”写作“淂”，此卷写本中的“澈”应为抄手不辨“徹”之草书写法而导致的讹误。

2.矣—久

此卷写本《宋中十首》中的“阏伯去已矣，高丘临道傍”句，《高常侍集》和《全唐诗》均作“阏伯去已久，高丘临道傍”。“矣”与“久”草书字形相似，于句意皆通，二者之异文常见于传世刻本。如《古诗纪》卷三十四所录陆机《苦寒行》中的“离思固已久”句，后即注“一作矣”。

3.然—能

此卷写本《宋中十首》中的“常爱密（宓）子贱，鸣琴然自亲”句，《高常侍集》和《全唐诗》均作“常爱宓子贱，鸣琴能自亲”。“然”与“能”的草书字形相似，《全唐诗》中亦见两处“然”字后注“一作能”的异文现象。“鸣琴然自亲”中的“然”表承接关系，于句意亦通。

4.兹—落

此卷写本《别王澈》中的“浮云暗长路，兹日有归禽”句，传世刻本作“浮云暗长路，落日有归禽”。“落日”与前面的“萧条秋风暮”的时间互相呼应，且与出句中的“浮云”更为对仗。李白《送友人》诗中即有“浮云游子意，落日故人情”句。“兹”与“落”草书字形相似，疑是形讹字。

5.峰—岸

《观彭少府树宓子贱祠碑作》中的“坐令高峰尽，独对秋山空”句，《高常侍集》和《全唐诗》均作“坐令高岸尽，独对秋山空”。此句应是化用《晋书•杜预传》中“杜预沉碑”的典故，其中言及“高岸为谷，深谷为陵”，故应以“高岸”为是，“峰”与“岸”的草书字形极为相似，“峰”应是形讹字。

6.指—挹

此卷写本《别王八》中的“离人指佩刀”句，《高常侍集》和《全唐诗》作“离人挹佩刀”。此句中的“挹”通“抑”，为“按压”的意思。写本中之“指”则于句义不通。“指”“挹”亦是因草书字形相似，在传抄过程中形成的异文。

（三）此卷写本所收录之佚诗、佚赋的价值

此卷写本中的《双六头赋送李参军》《遇崔二有别》《奉

寄平原颜太守并序》三篇均不见于传世刻本，让我们对高适的交游以及心迹有了更多的了解。原文如下：

有物兮四方故城，六面砥平，白質黑文，花攢星明。主張尔手談，決斷尔心爭，推得失似開乎天命，而消息乃用乎人情。若行之尤，思之精，雖邂逅而小比（北），必指掌而大亨。李侯李侯保令名，無怨敓於垂成。明年有一擲分，君不先鳴誰先鳴？

大國多任士，明時遺此人。頤頷尚豐盈，毛骨未合迍。逸足望千里，商歌悲四鄰。誰謂多才富，卻令家道貧。秋風吹別馬，攜手更傷神。

初顏公任蘭臺郎，与余有周旋之分，而於詞賦，特為深知。洎擢在憲司，而僕寓於梁宋。今南海太守張公之牧梁也，亦謬以僕為才，遂奏所製詩集於明主，而顏公又作四言詩數百字並序。序張公吹噓之美，兼述小人狂簡之盛，遍呈當代羣英。況終不才，無以為用；龍鍾蹭蹬，適負知己！夫意所感，乃形於言，凡廿韻。

皇皇平原守，馹馬出開東。銀印垂腰下，天書在篋中。自承到官後，高枕揚清風。豪富已低首，逋逃還力農。始余梁宋間，甘予（与）麋鹿同。散髮對浮雲，浩歌追釣翁。如何顧疵賤，遂肯偕窮通。耿介出憲司，慨然見羣公。賦詩感知己，獨立爭愚蒙。金石誰不仰，波瀾殊未窮。微軀枉多價，朽木慙良工。上将拓邊西，薄才忝從戎。豈論濟代心，願效匹夫雄。驊

騮滿長毛，弱翮依彫籠。行軍動若飛，旋旆信嚴終。屢陪投醪醉，竊賀銘山功。雖無汗馬勞，且喜沙塞空。去去勿復道，所思積深衷。一為天崖（涯）客，三見南飛鴻。應念蕭關外，飄飖隨轉蓬。

在《双六头赋送李参军》这篇赋中，将李参军此次赴任比作弈棋。首先描绘了双陆棋的形状与颜色，接着写在弈局中每一次主张决断都关乎得失输赢，如果李参军走棋特异、构思精密，即使偶尔会有失误，但在反掌之间又会亨通了。奉劝李将军要保持良好的声誉，不要在事业垂成之际因败而怨。最后说明年在官场上应该还有一次投掷的机会，到时候你一定会鸣举冲天、迈向成功。这篇赋巧妙地将官场上的翻覆变化比作棋局，并借由棋局中的胜败之理来劝慰李参军，与唐代的送别诗相比，此篇送别赋构思新巧、别出一格。

在《遇崔二有别》这首诗中，诗人写崔二正当身强体健之时，有千里马之才，就像春秋战国时期的寒门贤士宁戚一般。但他却遇不到像齐桓公那样对宁戚赏识重用的国君，被那个号称圣明的时代所遗忘。诗人为崔二的坎坷境遇而感伤不已，只能携手相慰。这首诗中所提到的“崔二”，生平事迹已不可考，但应与高适《效古赠崔二》《和崔二少府登楚丘城作》诗中所言“崔二”为同一人。在《效古赠崔二》一诗中，作者亦言“君负纵横才，如何尚憔悴”，对崔二的才华加以肯定，并表达了对自己和友人怀才不遇的郁怏之情。《和崔二少府登

楚丘城作》诗中的“何意千里心”与此卷写本中的“逸足望千里”句相呼应，表现出崔二的志意与才华；其中的“相逢俱未展，携手空萧索”句则表达了与崔二惺惺相惜的情谊。

《奉寄平原颜太守并序》中，首先盛赞颜真卿出任平原太守，不负其名、理政清明，民众皆仰赖归附。接着回忆往日自己在梁宋之间隐居草野时，颜公不以其地位微贱，与之共通情谊。颜公为人耿介，对同僚诸公皆慷慨直言，对自己这个草莽之人却肯以诗相赠、极力举荐。表达了对颜公坚贞品德的仰慕之情，对自己久不成器、枉自被推重的惭愧之意。之后又言及近年来跟随哥舒翰从军拓边的经历，虽未扬功显名，但看到边塞安宁，心中得以宽慰。最后写时光飞速流转，身处天涯飘摇不定的诗人，对往日的朋友、恩人无比思念。这首诗不仅让我们了解到高适在从军期间常与颜真卿以诗奉答、二人交谊甚厚；还展露了高适在困顿之中的心路历程。《奉寄平原颜太守》一诗的体裁虽为五古，但用律甚工、一气呵成，体现出锤炼语言的功力。

【参考文献】

[1]王彦明.敦煌本《高适诗集》考述——以敦煌写本形成时间为中心[J].社科纵横,2012(1):112.

[2]徐俊.敦煌诗集残卷辑考[M].北京:中华书局,2000:404.

[3]孙钦善.《高适集》校敦煌残卷记[J].文献,1983(3):35.

[4]孙钦善.《高适集》校敦煌残卷记[J].文献,1983(3):50.

敦煌写本Дx.3871+P.2555《唐诗文丛钞》异文辨析

法 Pel.chin.2555　诗文集　（15-8）

敦煌写本俄藏Дх.3871+P.2555《唐诗文丛钞》残卷正面从第一首缺题残诗至《为肃州刺史刘臣璧答南蕃书》，共见一百七十九首诗，文两篇，仅七篇有作者署名，亦有很多缺题篇目，诗题皆不分行独列，前一首诗与后一首诗之间仅空几格以示区分。其中的三十四首诗，一篇表文亦见于传世刻本，但存在不少异文。在避讳方面，写卷中所见“葉”“蹀”中的“世”部件皆改形作“云”，“世”写作“卋”，是“世”的俗写字形，并不避唐太宗李世民之正讳。“旦”则直书作“旦”，不避唐睿宗李旦之正讳。敦煌写本Дх.3871+P.2555卷背面的笔迹行款与正面不同，应为另一人所抄。卷背从第一首缺题诗“松篁翠色能藏马”至《御制勤政楼下观灯》，共见诗三十一首，赋一篇，均不见于传世刻本。此卷背面的诗题及作者皆单列一行，比正面的字号大，书写亦比较工整。

敦煌写本Дх.3871+P.2555《唐诗文丛钞》正面所见的三十四首今存唐诗和一篇表文，虽然出现了很多形讹字和音讹字，依然

难以掩盖其独特的校勘学与文学价值，主要表现在以下几点。

一、此卷写本可与传世刻本互为勘校

此卷写本正面所书诗文多有因字音相同或相近、字形相近而致讹误的用例，错讹比较明显，如将表示日色昏暗的“白日曛”写作“白日勋（《别董令望》）”，将表示仍旧的“犹”写作“由《逢入京使》”，将积雪消净的“净”写作“静《塞上听吹笛》”等。这一方面说明此卷写本历经了口耳相传与书面传抄两种传抄方式，一方面也说明抄手在传抄时并未顾及句意，文化素养并不高。通过这些音讹字，可以看到唐五代西北方音的影响。如将“昭阳（以母阳韵）”殿写作“照王（云母阳韵）”，反映出唐五代西北方音中云、以互代的现象。[1]将捣衣的“捣”写作“到”，反映了唐五代西北方音中浊上变去的现象；将“别业”的“业（疑母业韵）”写作“叶（以母叶韵）”，反映了唐五代西北方音中叶、业代用的现象。[2]

虽然此卷写本中出现了很多形讹字和音讹字，但其中的一些异文仍然可以帮助勘校传世刻本中的讹误。如《胡笳十八拍》第十八拍中的“再持巾栉礼仪好，一弄丝桐生死足”句，传世刻本均作“载持巾栉礼仪好，一弄丝桐生死足”。这句是写蔡琰回到故乡后，重新拿起了汉朝的盥洗用具，感受到礼仪的美好，此句中的“再”与对句中的“一”相对偶。而“载”则是语助词，与“再”同为精母代声，应是因声韵相同而引起的讹误。再如《锦词怨》中的“宝幄粘花絮，银筝覆网罗”

句，传世刻本皆作“宝屋粘花絮，银筝覆网罗”。“宝幄”是闺情诗中常见的意象，指精美的帷帐。此句言女子打开门帘注视着少有人迹、长满绿苔的台阶，任由屋外的花絮纷飞，粘上精美的帷帐，一旁的银筝因懒于弹奏，已然蒙尘结网。“宝屋”一词在古代诗词中仅此一见，且言宝屋粘上花絮，意属牵强。传世刻本之“屋”字应是遗落了左边的偏旁而引起的形讹字。又如《胡笳十八拍》第三拍中的“使余力兮取余发”句，《乐府诗集》作“使余力兮翦余发”，《全唐诗》作“使余力（集作刀）兮翦余发”。“刀”为“力”之形讹字，“翦”亦为“取”字之讹误，黄永武先生已根据句意进行过深入细致的分析，[3]兹不赘述。

二、此卷写本异文中有优长于传世刻本者

此卷写本中的一些修辞性异文，大多是因同义替换而引起的。如“小男”与“小儿”、“生离”与“离乱”、“胡虏”与“虏骑”，“腥臊”与“腥膻”，“音旨”与“音信”、“当初”与“当日”、“生涯”与“生前”等。还有一些义各有适的异文，如《长信秋词》中的“去罗帐里无情悰，深处庭前不忍听”句，传世刻本作“白露堂中细草迹，红罗帐里不胜情”。写本以“不忍听”来反衬周围环境的寂静，侧重对宫女内心孤寂的刻画，传世刻本则侧重写秋草丛生的景色。《胡笳十八拍》第五拍中的“年年岁岁只如此，日长月长不可过”句，传世刻本均作“毡帐时移无定居，日月长兮不可过”。写本侧重抒发对胡地生活方式的倦意，传世刻本则强调了胡地居

无定所的生活方式，二者皆合于上下文意。总的来说，写本中的修辞性异文有很多可取之处。

写本中的一些修辞性异文，有表意更为明确者。如写本《何（河）上见老翁代北之作》中的“老翁自言有三子，二人已向沙场死”句，《唐文粹》《唐诗纪事》《全唐诗》均作“自言老翁有三子，两人已向黄沙死”。“二人”与“两人”义近，敦煌写本中常以“二”代“两”。其中的“沙场”特指战场，“黄沙”则指广大的沙漠地区。“沙场”所指代的范围更小，更加明确老翁的孩子是因征战死去。再如《寄宇文判官》中的“二秋领公事，两度到阳关”句，《岑嘉州诗》《全唐诗》均作“二年领公事，两度过阳关”。写本中的“二秋”更明确了写作时间是在秋天，“二年”则不能提示当下的时间信息。

写本中的一些修辞性异文，有对仗更佳者。如《越溪怨》中的“越王宫里如花人，日夕红颜采白频（蘋）”句，《浙江通志》《全唐诗》均作“越王宫里如花人，越水溪头采白苹”。“苹”“苹”为异体字关系，“日夕红颜”突出写采蘋的时间和频率，写越女美丽的容颜被长久地消耗在采蘋这件事上，与出句中的“越王宫里”形成时间和空间上的对照。传世刻本中的“越水谿头”依旧是在写地点，语意稍嫌重复。再如《逢入京使》中的“故薗东望路漫漫，愁泪朝朝由（犹）不干”句，《才调集》《全唐诗》均作“故园东望路漫漫，双袖龙钟泪不干”。写本中的“愁泪朝朝”以时间上的漫长来对应出句中“路漫漫”之空间上的渺远。刻本中的“双袖龙钟”则通过描写双袖被沾湿的细节，来表达对家乡的思念。又如《胡笳十八拍》第十六拍中的“来时只觉天苍苍，归路始知胡地长”句，《乐府诗集》和《全唐诗》均作“去时只觉天苍苍，归日始知胡地长”。写本中的“来时”与“归路”亦是以被掳掠的时间和归乡的空间相对偶，在对仗中又包含着时空交替的变化。刻本则以“去时”和“归日”的时间相对偶，对仗技巧的运用不如写本巧妙。

写本中的一些修辞性异文，有意象运用更为贴切者。如《胡笳十八拍》第十七拍中的“行过胡天千万里，惟见寒砂朔风起”句，《乐府诗集》和《全唐诗》均作“行尽胡天千万里，惟见黄沙白云起”。在《全唐诗》中，边塞诗中常见的意象是“黄云”而非“白云”，写本中的朔风吹起寒砂较贴合边地风沙漫天的景象。再如第十八拍中的“归来故乡见亲族，田园荒芜秋草绿”句，《乐府诗集》和《全唐诗》均作“归来故乡见亲族，田园半芜春草绿”。写本以秋草仍绿突出故乡天气温暖，比“春草绿”更能体现南北两地的不同。

三、结语

敦煌写本Дx.3871+P.2555是敦煌诗集残卷中抄写诗歌数量最多的卷子，此卷抄本以诗为主，杂有文、赋等其他体裁。徐俊先生将此卷正面所抄诗文分为三个部分，第一、三部分似乎不全是敦煌当地作者的作品，第二部分则是学者们研究最多的陷蕃者诗集。[4]学者们对第二部分五十九首陷蕃者诗作的思想内容、写作背景、作者身份、文学价值等都有详尽的考释和论证。第一部分和第三部分按内容划分，有咏物诗、离别诗、闺怨

诗等，这两个部分结尾的表文和书信，可能皆是内容过渡的标志。[5]从题材和体裁上看，第一部分和第三部分所收录的一些诗歌作品，似乎同酒筵歌辞和民间说唱有关。在这些民间说唱文学中，我们可以看到岑参、高适、王昌龄等人在边塞的影响力，这不仅体现在对他们诗歌的抄录上，还体现在佚名诗对他们诗歌的模仿上。如第一部分七言四十七首中的“纵令百战穿金甲，他自风（封）侯别有人”句，化用了王昌龄《从军行·其四》中的“黄沙百战穿金甲”句；“与（为）相（想）长安关东妇，海（悔）交夫婿觅封侯”则化自王昌龄的《闺怨》诗“忽见陌头杨柳色，悔教夫婿觅封侯”。此卷写本可能作为敦煌当地的酒筵歌词进行抄录，抄写时间应在唐德宗建中二年（781年）陷蕃之后，盖酒筵歌词只顾其音，不究其义，所以出现了很多音讹字。且陷蕃之后的写本多不讲求避讳，此卷写本即是如此。

【参考文献】

[1]邵荣芬.邵荣芬音韵学论集[M].北京:首都师范大学出版社,1997:295.

[2]邵荣芬.邵荣芬音韵学论集[M].北京:首都师范大学出版社,1997:327.

[3]黄永武.敦煌文献与文学丛考[M].杭州:浙江大学出版社,2017:316.

[4]徐俊.敦煌诗集残卷辑考[M].北京:中华书局,2000:689.

[5]伏俊琏.P.2492+Дx .3865,别集还是总集[J].古典文学知识,2021(1):122.

敦煌写本S. 3016与S. 2295所见《心海集》残卷考论

讃美不披尋逐嗤賊　解悟成仏離言名所心契理合
圓成迷子尋文自不悟嗔他證者撓鳴鐘
解悟成仏不異人孫是無我沒貪嗔君心有情合識
塵處類同塵不染塵　解悟成仏實是仁直愛潛合
若已身運變有情三界苦斯三盡方自出籠檻
解悟成仏出三界不還來六道作橋梁運渡愛何合
識盡不辭切畢若厭塵　解悟成仏三界師分身百億
列無知隨類現形相運渡衆生界盡不辭疲疲
解悟成仏無處所遊於五類任人師訓論有情煩惱
盡還如自性涅槃時　解悟成仏無處所應現合識想思
心運渡有情切行畢如火薪盡沒根尋
解悟成仏無處所猶若鍾杵等鳴鳴聲不居鍾杵莫窮
終始自別行　解悟成仏無處所如響音隨聲喚應人計合
棒蕪擊樹得良由萬劫沒心身　解悟成仏無處所猶
如水月現波中圓明皎潔無瑒依今吉常恆貫始終
解悟成仏無處所猶如波月水中明內外尋求滅不得無方
無所逆人行　解悟成仏無處所猶如水波月響中聲眼見
耳聞取不得為是三界物精靈　解悟成仏不邪偏無依
獨立離中邊眼見分明取不得清虛猶若水中天
解悟成仏快矣哉清虛湛寂沒塵埃堂堂顯現如明月無
盡圓圓不見來　解悟成仏若太山無想無思出世間如
空不動無依處貫穿終無大且空　解悟成仏不可
論七寶莊嚴法身明如[illegible]獨看無依獨貫穿終始
儼然新　解悟成仏七寶身高貴無比不須論百種
周圓一切莫所須皆與不違人　心海集勸善篇
勸善窮峻金菩提道盡夜離[illegible]路門須深奇[illegible]閨
開無[illegible]捨閑住深遠深淺受路守心閣裡斷思想斷葬緣
教得無念精勤不將異彼岸出纏[illegible]纏出纏無攘雜
中邊猶如波月向依然須戴危試棒不待塵劫算數

S. 3016 V/4

敦煌写本S. 3016+S. 2295所见之唐代佛教诗偈集《心海集》，共有6题155首诗，均不见载于传世刻本。两卷均抄写于道经的背面，相较于正面行款较为严谨、以方正楷体书写的道经，背面所抄诗集行款不甚考究，行间疏密不一，每列的字数不固定。其中的诗题有时独占一行，有时与诗句共列一行。各篇所收录的数首诗之间，有的以空格相间，有的则无空格作区分。S. 3016写卷背面以楷书书写，排列不够整齐，墨色浓淡不一。S. 2295写卷背面亦以楷书书写，夹带行书笔法。两卷写本中，背面俗字出现的频率明显比正面所写的道经多，且背面所抄的诗题没有固定的格式。有的诗题后标明了体裁、篇数等信息，如抄写于S. 3016写卷背面的《心海集》“菩提篇五言四十二首”、S. 2295写卷背面的《心海集》“至道篇五言三十首”；有的诗题仅标明了体裁信息，如抄写于S. 3016写卷背面的《心海集》七言至道篇；有的诗题只保留篇目名称，如抄写于S. 3016写卷背面的《心海集》迷执篇、《心海集》解悟篇、《心海集》勤苦篇。

由此可见，两卷写本背面所抄《心海集》并非运用于较为正式的场合，而是与敦煌写本中的其他诗集、诗钞一样，是抄写者为了方便个人记诵而进行的较为随意的传抄。

关于两卷写本的抄写时间，徐俊先生根据敦煌地区道观的消亡史，推断出《心海集》的抄写时间应在唐建中二年（781年）吐蕃占据敦煌之后，[1]伏俊琏、龚心怡亦判定两卷写本的抄写时间应在敦煌陷蕃之后。[2]写本背面所见之“世”字皆为“丗”之俗写字形，不避唐太宗李世民之正讳，其避讳情形与吐蕃占据敦煌时期的避讳情况相应。且《心海集》用韵出现了元韵入寒先部、齐祭部与灰咍部通押的现象，这种用韵情形在中唐以后的诗歌中才开始出现，这也从侧面说明了《心海集》的创作时间应当在中晚唐时期，抄写时间亦不会早于此时。

一、敦煌写本《心海集》的思想内容

从《心海集》残卷内容看，《心海集》分别从“迷执”“解悟”“懃苦”“至道”“菩提”等方面系统地阐述了修禅入佛的方法和步骤。其中共有复音词三百七十八个，而佛教常见词汇就达到一百四十一个。佛教常见词汇中又以意译词居多，音译词的数量较少。有的词汇虽然是唐诗中的常用语词，但在此卷诗集中却有其特定的佛教含义，如“丈夫”“眼光”“欢喜”“寻思”“无知”等词。相对于敦煌写本所见王梵志等人所写的通俗禅诗，敦煌写本《心海集》所禅说的佛教义理更为深奥，论证更

为缜密。其中的各个篇目是对南宗禅的佛性观、修行观、解脱观的系统阐发。

（一）《心海集》反映了南宗禅的“发心见性”说

南宗禅认为人的本心中自有佛性，不假外求，这是修禅入佛的立足点。在《六祖坛经》中，屡次出现“自心”“本心”“本性”“自性”等词，强调观识自心而顿见真如本性的重要性。在《祖堂集》中，亦有“自心是佛”“即心即佛”“悟自心为佛心，见本性为法性”的论见，强调发心见性的重要性。《心海集》迷执篇、《心海集》解脱篇、《心海集》菩提篇皆强调了“识心见性”是解脱成佛的方便法门。在《心海集》迷执篇，就出现了“自心”一词，提出修禅的前提是必须舍离断绝自心的贪欲、痴愚与嗔恚。《心海集》解悟篇则从修禅的方法和要领的角度，以“解悟成佛易易哥（歌）”起首的诗句中，又有“观身自见心中佛”“是心是佛没弥陀”“是心作佛无别佛”句，提出若能断却贪嗔、调心行是，就可以顿见自心的佛性，且除去自心之佛，再无别佛可寻。突出了众生与佛的体性无二无别。[3]《心海集》解悟篇有云：“训诲有情烦恼尽，还如自性涅槃时”，“一念无依百种足，何须净土觅弥陀”，认为“自性”即是当下百种具足的一念之心；《心海集》七言至道篇亦云：“示现幻身功行毕，还如自性涅槃时”，将“自性”与“涅槃”并举，认为当下的一念之心即是涅槃妙心。《心海集》懃苦篇出现了“心路”“心关”等词，从修禅的过程出发，强调要在“识心”“发心”上勤苦着力；《心海集》菩提篇又云：“更无来往处，往在有情心”“不知心里在，别觅漫栖遑”“悟人心

里证，迷子历诸方”，从果德的角度，提出菩提不在别处，自在众生心中，与《六祖坛经》中所言“菩提只向心觅，何劳向外求玄”相应。

《心海集》强调，自心如果不能由“迷”转“悟”，那么一切文字经书以及外在的修禅形式都是徒劳的，这与惠能提出的“教外别传、不立文字”之说不谋而合。如《心海集》迷执篇提出，如果不能断除贪、嗔、痴等种种恶念，一心执迷于获得功德与福报，即使勤苦长斋持戒、昼夜坐禅诵经，仍旧难逃苦海。《心海集》解悟篇云：“解悟成佛离言名”“解悟成佛不可论”，说明解悟的过程是不可言说的，不用凭借文字去言传知会，即《六祖坛经》所云：“故知本性自有般若之智，自用智慧观照，不假文字”；《心海集》解悟篇云：“解悟成佛易易哥（歌），不劳持诵外求他”“迷妄众生不了幻，假说文字诫修禅”，强调诵经修禅并非解悟的必要条件，经书及文字的有无必须以人的智慧性的觉知为前提，即《六祖坛经》所云：“一切经书及文字，大小二乘十二部经，皆因人置，因智慧性故，故然能建立。”《心海集》修道篇云：“修道寻读诸经史，不及镌心证悟之”，是说与其去经史中寻求修道之法，不如去修养内心、见道证果。《心海集》七言至道篇中言：“大道本际住无端……文字语言诠不得”，认为佛法所追求的至高无上圆明洞彻之真理，也不是语言文字可以诠释的。

（二）《心海集》反映了南宗禅的不二法门思想

南宗禅重视中道不二法门，利用它来解构“二法”或“二边”，即世间与出世间、众生与佛、离与染、生与灭、垢与

净等相互对立的两方。[4]如敦煌本《六祖坛经》中的“法元在世间，于世出世间，勿离世间上，外求出世间”“从六门走出，于六尘中不离不染”“迷即佛众生，悟即众生佛”，都强调了“不二”的修行解脱之法。在《心海集》中，反复提到了“离中边”，如《心海集》解悟篇中的“安心无处离中边”“无依独立离中边”，《心海集》懃苦篇中的“出缠无据离中边”“纵横成破离中边”，《心海集》至道篇中的“大道本际住无端，不来不去离中边”，《心海集》至道篇五言三十首中的“无言说空语，空语离中边”“计时合漉得，良为离中边”，《心海集》菩提篇中的“菩提似水天，虚白离中边”。其中的“离中边”即剔除边见、求得中道，意在破除众生与佛、极乐与娑婆、生死与涅槃、世间与出世间等“二边”事物或概念的对立。

《心海集》解悟篇中的“调心行是常为好，见闻欢喜若弥陀”“观身自见心中佛，明知极乐没弥陀”，《心海集》菩提篇中的“菩提只个是，无佛世尊师”“菩提只个是，无别有如来”，泯灭了众生与佛的区别与对立；“彼既丈夫我亦尔”“两贵相逢不相事”，则强调众生与佛平等无二。既然众生与佛无二，那么极乐世界与娑婆世界也无根本的差别。《心海集》解悟篇云：“明知极乐是娑婆”“不忻极乐厌娑婆”。《心海集》中，亦缩短了生死与涅槃之间的距离：“了见涅槃生死际，似有实无若水天”“清净犹若太虚空，不关涅槃生死事”。在世间与出世间的关系上，《心海集》认为修行所追求的“出世间”亦是以不脱离世间众生万物为基础的。《心海集》解悟篇云：“居心

有情含识里，随类同尘不染尘”，强调与世间万物的关系是“不离不染”。《心海集》七言至道篇云，至道不远人，就在众生脚下：“道在脚底不东西……三界有情皆践踏”，《心海集》修道篇云，菩提亦在众生脚下：“菩提犹如脚底泥，泥灰万类皆践踏”，即《六祖坛经》所言“用即遍一切处”；《心海集》七言至道篇又云：“万类有形踏不著，住在无端不去来”，《心海集》修道篇亦云：“修道佇软没贪嗔，谦敬卑微不染尘”，其中的“踏不著”“不染尘”即《六祖坛经》所言“亦不著一切处”，强调了修行至道需立足于当下世间的一切处所，表现出“在尘”与“出尘”的辩证统一。

二、敦煌写本《心海集》的形式特征

相对于汉译佛典偈颂，《心海集》这部由中华禅门人士创作的禅诗集，不仅句式整齐，而且讲求韵律。各篇所见的七言诗和五言诗，每首皆包含四句，不讲究平仄与对仗、押韵较宽。有的首句入韵，有的首句不入韵。在敦煌写本《心海集》所见一百五十五首诗中，除去首半残缺无法辨认韵脚的六首诗，有一百三十八首诗押平声韵，有九首诗押仄声韵，有两首诗在押韵时忽略了声调的差别，以去声“寘”韵与平声“脂”韵相押。每个篇目中的各首诗间按照内容表达的需要来灵活转韵。

唐代诗歌用韵并未严格遵守《广韵》中“独用”“同用”的规则，在实际用韵的过程中，支（脂之）与微韵，真（谆臻）、文（欣）与元魂（痕）韵，寒（桓）、删（山）与仙

（先）韵，庚（耕清）与青韵，萧、宵、肴与豪韵已合为一部。孙捷、尉迟治平分别名之为“支微部”“真文部”“寒先部”“庚青部”“萧豪部”。[5]中晚唐时期，则出现了元韵入寒先部的倾向，真（谆臻）、文（欣）与元魂（痕）韵合为真文部，元、寒（桓）、删（山）与仙（先）韵合为寒先部。在《心海集》中，亦出现了支（之）与微韵、真与文韵、真与魂韵、删（山）与仙韵、寒（桓）与仙（先）韵、寒与山韵、清与青韵、笑与效韵、元与仙（先）韵合流的现象。唐代诗歌用韵中，也偶尔有跨部通押的现象。自盛唐至晚唐，灰咍部与支微部通押共计十五例；自中唐至晚唐，齐祭部与灰咍部通押共计二十三例。《心海集》中亦出现了灰咍部与支微部、齐祭部与灰咍部跨部通押的情形。具体押韵情况见下表：

韵调	《广韵》	《心海集》独用、合用例
平声韵	东	东1
	支脂之	脂之8 支之8 之支1 脂支1 支齐1 支2 之2
	微	微之2 微支之1
	虞模	虞模1
	齐	齐灰1 齐咍3
	灰咍	咍1 咍齐1 咍支2
	真谆臻	真9 谆真4 真魂2 真魂谆1
	文欣	文真1
	元魂痕	元仙先1 元先1 魂真2 魂1
	寒桓	寒桓5 寒先1 寒山1 寒山仙1寒先仙1 寒仙1 桓先2 桓先仙1桓1

续表

韵调	《广韵》	《心海集》独用、合用例
平声韵	删山	山寒1 删仙1 山仙1
	仙先	先寒1 仙先4 仙1 先元1 先1
	歌、戈韵	歌5 歌戈8
	麻韵	麻1
	阳唐	阳4 阳唐5 唐1
	庚耕清	庚3 清2 清青5
	青	青1
	侵	侵18
仄声韵	皓	皓2
	寘至志	寘至1 寘志1 寘纸至2 寘旨纸1 寘旨志1
	御	御1
	遇暮	遇暮1
	效	效笑1

此外，在词语和句式的使用上，《心海集》还明显受到了汉译佛教偈颂程式化体式的影响，但对程式的运用相对灵活。

（一）程式化特征

有些程式化现象较易辩识，大多出现在相邻的诗作之间。如句首重复程式、句中重复程式、句末重复程式和句式程式，任半塘先生和孙尚勇先生均有相关的论述。[6]《心海集》中的句首重复程式有：S.3016卷背《心海集》迷执篇中七首诗皆以“迷子”领起，S.2295卷背《心海集》修道篇中的十首诗皆以“修道”领起，S.3016卷背《心海集》菩提篇

五言四十二首皆以“菩提”领起；S.3016卷背《心海集》解悟篇前九首诗的首句皆是“解悟成佛易易哥（歌）”，第十到十六首的首句皆是“解悟成佛绝不难”，第十七到第二十一首的首句皆是“解悟成佛祇到（道）易”，第四十首到第四十六首的首句皆是“解悟成佛无处所”。S.2295卷背所见《心海集》菩提篇的前四句皆是“菩提无相貌”。句中重复程式有：《心海集》菩提篇第六首至第十首的第三句皆为“菩提祇箇是”。句末重复程式有：S.3016卷背《心海集》菩提篇的第十七到第十九首句末皆是“有情心”，第二十和二十一首的句末皆是“语言心”等。此外，S.3016卷背《心海集》解悟篇中第四十九首后两句为“如空不动无依处，贯穷终始久长安”，第五十首诗后两句为“如空独秀无依据，贯穷终始俨然新。”两首诗的后两句显然使用了互相呼应的句法程式。

此卷写本多使用比喻的修辞手法来阐明深奥的佛教义理。《心海集》程式化的特征，还表现在重复使用的比喻意象上。比如“波月”这一比喻意象的重复使用，《心海集》解悟篇中有“解悟成佛无处所，犹如波月水中明”句，将因悟而修习佛法的过程比作显现于水中的“波月”；《心海集》勤苦篇中的“出缠无据离中边，犹如波月迴依然”，将超出烦恼缠缚的心性比作“波月”；《心海集》至道篇中的“至道如波月，无处不迁移”，将精深的佛教道理亦比作“波月”。再如“脚底泥”这一意象的重复使用，《心海集》勤

苦篇第四首云："教君修道觅菩提，菩提犹如脚底泥。从他践踏如泥土，不辞逐吹往东西。"《心海集》七言至道篇第八首云："道在脚底不东西，半边著地若尘灰。三界有情皆践踏，贯穷终始不崩摧。"《心海集》修道篇第五首云："修道求佛觅菩提，菩提犹如脚底泥。泥灰万类皆践踏，践踏成道号如来。"这三首诗中，将菩提与佛法之道皆比作脚底的泥土，任由万物践踏却无所损毁。又如"水天"这一比喻意象的重复使用。《心海集》解悟篇第十首云："了见涅槃生死际，似有实无若水天"，将佛家所言超越生死之境际比作似有若无的水天；第四十七首云："解悟成佛不耶（邪）偏，无依独立离中边。眼见分明取不得，清虚犹若水中天"，将解悟成佛不落两边的境界比作清虚无相的水天；《心海集》菩提篇五言四十二首第十六首云："菩提似水天，虚白离中边。无方共人语，犹若响中言"，将菩提之觉智比作清虚明净的水天；《心海集》至道篇五言三十首第七首云："尊极何方所，无处迴依然。虔诚捧不得，犹若水中天"，言佛教的至道如水中之天不可名状。

（二）对程式的突破

相对于汉译佛教偈颂，敦煌写本《心海集》更加注重程式中的变化。为了使形式不致呆板，不断去变换句式及词语去申说相近的义理。这就造成了复音词的同义类聚现象。有同义并列复音词的类聚体，如"泥洹—涅槃""出尘—出缠"，也有近义并列复音词的类聚体，如"教训—教诏—训诲""虔恭—

恭敬”“镌磨—镌雕”“桥津—津梁”“许可—赞美”“周圆—团圆”“想念—想思”等，有的复音词并不见于《汉语大词典》《佛学大辞典》等，但可以通过与其他词语同义类聚的规律来推知。

1.众生—含灵—含识—有情

《心海集》解悟篇中以“解悟成佛奇省要”领起的三首诗，句末分别为“运渡含灵即是道”“谘谏有情行正道”“运渡含识作梁津” ，隔几句又有“随类现形相运渡，众生界尽不辞疲”，这几句都是要表达运渡众生、成就佛道的义理。其中的“众生”“含灵”“含识”“有情”皆是梵语sattva 的意译词，所指相同。

2.笼尘—笼缠

“笼尘”在敦煌残卷《心海集》中出现了一次，如《心海集》解悟篇中的“运渡有情三界苦，誓尽方自出笼尘”；“笼缠”则出现了四次，如《心海集》解悟篇中的“五蕴皆空含识尽，遣谁修证出笼缠”，二者皆出现在句尾，不见于《汉语大词典》《佛学大词典》等。佛教中常将烦恼比作樊笼、尘垢或束缚，如佛学常见词汇“烦笼”即指烦恼之樊笼，“出尘”指出离烦恼之尘垢，“出缠”则指离开烦恼之束缚。所以《心海集》中的“籠塵”“笼缠”皆是用来譬喻烦恼。

3.披寻—寻读

《心海集》解悟篇中以“解悟成佛随时语”和“解悟成佛百种道”分别领起的前后两首诗，句末分别为“悟者寻读相

敬遇”和“迷子披寻返嗤笑”，这里的“披寻”与“寻读”意义相近，均为研读寻讨义，亦见于一些佛经典籍，如《大乘修行菩萨行门诸经要集》卷三云：“若闻甚深佛法，依句披寻，则能超度蕴魔”。而“披寻”与“寻读”均不见于《汉语大词典》和《佛学大词典》。

4.迷子—迷人

《心海集》屡次出现“迷子”，“迷子”，本指手执金钱而不知利用之人，以此来譬喻本具佛性而不自知的凡夫俗子。《心海集》至道篇又见“迷人”一词，与“悟者”相对：“迷人轻若土，悟者重如金”；《心海集》菩提篇有“誓空三界狱，险路引迷人”。这里的“迷人”亦与“迷子”义同，指不悟佛性之凡夫俗子。“迷人”虽未被《佛学大词典》和《汉语大词典》等收录，但屡见于其他佛教典籍，如《佛本行集经》卷四十四云：“如有人，身曲得舒，有人逃避，藏伏得出，迷人得道，闇地得明，盲眼之人，显见诸色。”

5.谘陈—谘谏

《心海集》解悟篇分别有“恭敬一切常行是，谘陈含识舍婆娑”和“回融骄倨作虔恭，谘谏有情行正道”句，二者表义相近。“谘陈”与“谘谏”二词在句中均指劝谏、劝说义，含义相近。“谘陈”与“谘谏”的词条虽然不见于《汉语大词典》和《佛学大词典》，但屡次在佛教典籍中出现。如《观无量寿佛经疏》卷二云：“言为王作礼者，凡欲谘谏大人之法，要须设拜以表身敬。”《四分律行事钞简正记》卷五云：“答但约不得高声呵止。若软语谘陈。有何不可。”其中的“谘谏”和“谘陈”，均为劝谏、劝说义。

6.般舁—运渡

《心海集》菩提篇五言四十二首第五首的后两句，徐俊先生录为“艘舁三界苦，誓尽没期程”。仔细查看写本原卷，“舁”前之字应为“般”，“般”通“盤”，“般舁”即以盘抬举，即运渡、济渡义。《心海集》菩提篇五言四十二首第三首有“运穷含识苦，不惮自身沉”，其中的“运穷”即“运尽”义，与“般舁”含义相近。《容斋三笔》 卷第十三云：“泗水不在周境内，使何人般舁而往，宁无一人知之以告秦邪？”这里的“般舁”即谓以盘来抬举九鼎。

三、结语

《心海集》对南宗禅的义理进行了系统地申说与论述，与汉译佛经偈颂相比，在形式上更加讲求押韵，且能灵活地运用程式化的体式。与敦煌写本所见王梵志等人所写的通俗禅诗相比，使用的佛教术语较多，其内容说理性强，更显深奥。很可能是修习禅宗的僧人经常讲诵或习读的歌辞，为研究唐代通俗禅诗提供了宝贵的资料。

【参考文献】

[1]徐俊.敦煌诗集残卷辑考[M].北京:中华书局,2000:592.

[2]伏俊琏,龚心怡.敦煌佛教诗偈《心海集》孤本研究综述

[J].法音,2020(5):46.

[3]洪修平.中国禅学思想史纲[M].南京:南京大学出版社,1994:140.

[4]杨曾文.唐五代禅宗史[M].北京:中国社会科学出版社,1999:180.

[5]孙捷,尉迟治平.盛唐诗韵系略说[J].语言研究,2001(3):86−89.

[6]孙尚勇.敦煌文学的程式化特征及其来源[J].西安石油大学学报(社会科学版),2009(5):98.

敦煌写本S.6171《宫词丛钞》初探

S. 6171 1

敦煌写本S.6171《宫词丛钞》残卷共见缺题诗三十九首，皆不见于传世刻本，徐俊先生拟题为“宫词丛钞”。此卷写本错讹甚多、字迹潦草，抄者亦使用了很多敦煌俗字。相邻的两首诗首尾之间仅空一格，“宣下”“敕”“恩泽”等词前留空示敬，各首诗之间的排列次序并无规律可循，可能正如任半塘先生所推测的，此卷诗钞是抄者从多个祖本中选凑而来的。

关于敦煌本《宫词丛钞》，张锡厚先生已在《敦煌本〈宫词〉残卷探微》一文中探讨了其与唐宫史实、《全唐诗》“宫词”的关系。敦煌本《宫词丛钞》中，不仅提到了唐代宫殿建筑、机构官职、仪轨制度、历史事件，还展现了中晚唐宫廷日常生活的画卷。本文将在阐明诗意的基础上，进一步探讨诗中所反映的其他唐宫史实、宫中生活细节以及嫔妃宫女的心态等。

一、敦煌写本《宫词丛钞》所反映的唐代进奉现象

敦煌写本《宫词丛钞》中的诗，有的反映了各级官员向宫中进奉曲词、珍玩、名品

的现象。如此卷写本第一首诗，内容虽然残缺不全，但从“教坊因进翻来曲”的残留字面看，是在表达教坊刚刚进献了从异域翻译来的曲调。而第二首诗则反映了皇帝生日这天群臣进献御衣、举朝相庆的热闹景象。原诗为：

降誕宫中呼萬歲，此時長慶退（褪）雲飛。銀臺門外多車馬，盡是公卿進御衣。

诗中写到皇帝生日这天宫中臣子高呼万岁，热闹的场面使得长庆宫上空的云雾为之退散。银台门外聚集着诸般车马，全是向皇帝进献御衣的三公九卿。据《册府元龟·帝王部·诞圣》记载：“永泰二年十月降诞日，诸道节度使进献珍玩衣服名马二十余万计以陈上寿，自是岁以为常……三年十月降诞日，诸道节度使上寿，各献衣服名马及绫绢凡百余万。”自唐玄宗之后，在唐代皇帝生日即降诞日这天，王公群臣往往要向皇帝进献各种各样的生日礼物，包括珍玩、衣服、名马等。

此外，第十七首、第十九首、第二十一首、第二十三首也反映了各级官员向皇宫进献物品的情形。其诗如下：

“新殿中庭索柱□，府家弓（躬）進少書□。葉開花展迴頭望，金作闌干玉砌堦。”

“生衣勿進緊紋紗，當背□連一朵花。宣下當時休遣織，近來宫裏斷奢華。”

“新進橋兀是黃檀，聞道朝來退玉鞍。不信近人能巧取，

天生曲處是龍盤。”

“中國常依禮樂經，遠蕃無不進王庭。崑崙信物犀腰帶，盡是通天鳥獸形。”

第十七首中“少书”后的字不可识，巴宙先生在《敦煌韵文集》中录作“怀”，原卷字形为“[illegible]”，左边为竖心旁，右边似为“鬼”字，可能是“槐”的形误字，“槐”字更符合诗意及用韵。“府家”则指唐代地方所设行政机构的官员。这首诗写地方上进献了名贵的树种，花开叶展之时，为皇宫里的建筑增色不少。第十九首写地方上不要进献那种种纹样细密、染印繁花、用来制作夏衣的丝织品了，因为近来宫中杜绝奢华之风。张锡厚先生认为，这首诗可能写于唐文宗时期，[1]因为据《旧唐书》所载，唐朝中晚期奢侈之风盛行，唯有唐文宗“以慈俭为宝”“克己复礼，修政安人”“别诏宣索纂组雕镂不在常贡内者，并停……先造供禁中床榻以金筐瑟瑟宝钿者，悉宜停造”。第二十一首中的“桥兀”，徐俊先生录作“桥瓦”[2]，任半塘先生在《敦煌歌辞总编》中录作“桥几”，然而原卷字形为“[illegible]，应是“兀”的俗写字形，“桥”为“鞒”的异体字，“桥兀”即“鞒兀”，指拱起的马鞍。这首诗言最新贡奉的马鞍是用黄檀木做成的，工匠巧妙地取用黄檀木弯曲的部分，就像龙在盘卧一般。第二十三首则指远方的蕃国向唐王朝进献了珍贵的通天犀带，上面有鸟兽的纹样。从诗中的“崑仑”可知，这个蕃国应地处南隅。《旧唐书·南蛮传·林邑》：“自林邑以南，皆卷发黑身，通号为昆仑。”据《册府元龟·外

臣部·朝贡》记载，五代时期，在周太祖广顺六年六月，东南部占城国的进奉使莆诃散，亦“以云龙形通犀带一条、菩萨石一片上进”。

二、敦煌写本《宫词丛钞》所反映的唐代宫中娱乐活动

敦煌写本《宫词丛钞》还展现了乐舞杂技、射猎、戏鸟、赏花、弈棋、藏钩、打球等宫中娱乐活动的诸多细节，其间常能看到宫廷女子的踪影。如第十首、第十一首、第二十首即叙述了宫中的骑射运动：

“秋月君王多獵去，飛龍□□□□歸。承恩好馬香湯洗，猶恐輕陳（塵）污御衣。”

“中使先□□□□，春明樓上馬啼（蹄）聲。宫人各各縣（懸）弓箭，欲向君前鬪□□。”

“日晚中人走馬來，宫門處分遣交開。傳聲亦過排軍使，祇候君王打獵迴。”

第十首诗中的“飞龙”是骏马的美称，言秋天君王狩猎归来，其胯下的良马也蒙受恩泽，经香汤反复洗浴，仍然怕马上的尘土弄脏了皇帝的御衣。第二首诗中的“春明楼”，王维《奉和圣制御春明楼临右相园亭赋乐贤诗应制》和韦肇《驾幸春明楼试武艺绝伦赋》均有提及，由韦肇之赋可知，春明楼下是举行骑射、步射等武举考试的地方，武艺人才在此争锋骋技，好不威武：“于是拜手稽首，足之蹈之，骋伎于非常之

日，争锋于防类之时，则有六钧用壮，百中无疑……”第十一首诗中所写即是宫人在此竞技射箭，以求君王赏识的情景。第二十首诗中的“中人”指宦官，此诗写天色已晚，宦官骑马疾驰、吩咐卫士打开宫门，并传声宣唤各个军使，让他们列队等待君王打猎归来。唐代实行宵禁制度，在宫门开闭时间的管理上十分严格，《唐六典》云：“候其晨昏击鼓之节而启闭之……夜第一冬冬声绝，宫殿门闭；第二冬冬声绝，宫城门闭及左右延明门、皇城门闭。”如果要在夜晚打开已经关闭的宫门，必须经过合符、勘符等严格的程序。《唐律疏议》卷第七有“奉敕以合符夜开宫殿门”的记载，并引《监门式》云：“受敕人具录须开之门，并入出人帐，宣敕送中书，中书宣送门下。其宫内诸门，城门郎与见直诸卫及监门大将军、〔八〕将军、中郎将、郎将、折冲、果毅内各一人，俱诣合覆奏。御注听，即请合符门钥。监门官司先严门仗，所开之门内外并立队，燃炬火，对勘符合，然后开之。”如这首诗中所写，即使是君王也要履行宫门开闭的制度，晚归之时要先指派宦官履行夜开宫门的一系列程序。

第十二首、第十四首诗则反映了宫女对射猎运动的向往：

“春天日色正光輝，欲得新鷹近眼飛。珠殿少風塵□□。□□□上繡簾衣。”

“上方外案（按）收狐兔，教獵宫中貴在□。□□君王□□院，近聞中尉進花鷹。”

第十二首写唐代宫女们常跟随君王四处骑猎，如张籍的《宫词》就写道："新鹰初放兔犹肥，白日君王在内稀。薄暮千门临欲锁，红妆飞骑向前归。"第一首诗就写到了在万物生光辉的春日里，宫女守着寂寂无风的宫殿绣制帘幕的时候，特别渴望能追随君王踏足远郊，得以一睹新训的猎鹰翱翔的英姿。第十四首诗则反映了当时宫中常常收到各地进奉的狐兔和花鹰，以供宫中猎玩之用。其中的"上方"即"尚方"，指朝廷的尚方署，主要负责核查各地进奉的物产。据《唐会要》卷六十六记载："中尚署。本中尚方。天后时去方字。避监号。开元已来。别置中尚使。以检校进奉杂作。"

第十五首、第十六首、第十八首反映了宫廷中乐舞杂技、斗鸡、斗百草等娱乐项目：

"春時□□宴文王，弄戲千般賞□□。移卻御樓東畔屋，少陽宮裏鬬雞場。"

"花開欲幸教方（坊）時，桃□□令隔宿知。聞出內家新舞女，翰林別進柘枝詞。"

"美人背看內園中，猶自風流著退（褪）紅。為覩（賭）金錢爭百草，急行遺卻玉籠樬（瓏璁）。"

第十五首写了宫中举行宴会、观看百戏，为了玩得更加尽兴，在御楼东侧的少阳宫里建了斗鸡场。诗中的"少阳宫"，应指门下省东侧的"少阳院"。《陕西通志》卷七十二"少阳院"条云"长庆元年于门下省东少阳院筑墙及楼观"，《玉海》卷一六八“礼宾院”条云：“旧纪宪宗元和四年四月甲申，令皇太子居少阳院。会要：元和十五年十月，发右神策千人于门下省东少阳院前筑墙。会昌元年三月，敕造灵符应圣院。”由此可知，元和四年（809年），唐宪宗立长子李宁为惠昭太子，并让他居住在少阳院。太子李宁去世后几年，即于少阳院前筑墙，正合于此诗中所说“移却御楼东畔屋”句。第十六首写皇帝亲临教坊之时，教坊里新入了一些出身于官妓的舞女，翰林院的学士们特地为此献上了跳柘枝舞时所唱的新词。据《教坊记》记载：“妓女入宜春院，谓之内人，亦曰前头人。常在上前，若其家犹在教坊，谓之内人家。”诗中的“内家”即指内人家。第十八首写宫中的美丽女子在园林中回眸，面颊上涂抹着胭脂红晕，风姿绰约。她为了赢得斗百草的游戏，匆忙之中丢失了头上戴的珠玉首饰，亦浑然不觉。诗中的“褪红”一词指胭脂的红晕，元稹《杂忆五首》有诗云“钿头云映褪红酥”，其中的“褪红”与此义同。

第七首、第三十首、第三十二首则反映了宫中女子戏鸟、赏花的乐趣：

“孔雀知恩無意飛，開籠任性在宫幃。裁人亦見輕羅錦，欲取金毛繡武（舞）衣。”

“随他女伴賞春時，走下堦來獨自遲。行把短紅毛拂子，弄鸎抛在百花枝。”

“盡喜秋時淨潔天，愛行尋遍遶宫泉。才人願得荷花弄，魚藻池頭爭上船。”

据《新唐书》卷四十三上记载，岭南道罗州招义郡向朝廷进献的土贡有“银、孔雀、鹦鹉”，爱州九真郡所进献的土贡有“纱、施、孔雀尾”。由于孔雀翎羽绚丽、寓意祥瑞，在宫廷中尤受珍视。第七首诗中所描绘的孔雀在宫中闲庭信步，因为宫中的恩宠使它安心自在，即使打开笼子也不会飞走。宫中的各色人等因此就有了观赏孔雀的机会，掌管裁缝的宫人看到了孔雀那华彩闪耀的翎羽，就看不上手头精美的丝织品了，想拿孔雀金灿灿的羽毛来绣制舞衣。第三十首写一位宫女随女伴赏春时独自徘徊流连，以红毛拂子逗弄花枝上的黄莺。诗中的红拂子应是宫中侍女的一种游艺用具，[3]多出现于中晚唐墓壁画中。五代和凝《山花子•银字笙寒调正长》词中有“佯弄红丝蝇拂子，打檀郎”句，其中的“红丝蝇拂子”，与诗中的“短红毛拂子”，功用相同。第三十二首写宫中的才人特别喜欢秋日明净的天空，她走遍宫泉的四周，去寻找心仪的美景。当她看到鱼藻池中的荷花，便迫不及待要上船赏玩一番。诗中的“鱼藻池”在中唐时期几经疏浚，是帝王举办水上宴会、倾听棹歌、观看赛龙舟表演之地。《玉海》“唐鱼藻池”条云：“德宗旧纪：贞元十三年七月壬辰浚湖渠，鱼藻池深五尺。顺宗纪：侍宴鱼藻宫，张水嬉彩舰，宫人为櫂歌。穆宗旧纪：元和十五年八月壬辰，发神策六军二千人浚鱼藻池。会要：元和十五年九月，幸鱼藻池，大张乐，观竞渡。”中唐诗人王建《宫中三台词》诗中有“鱼藻池边射鸭，芙蓉园里看花”，亦提到了宫女在鱼藻池边玩“射鸭”这种游戏的情景。

第二十四首、第二十六首、第二十七首提到了宫棋、藏钩两种宫中娱乐项目：

“美女承恩賜好梅，銀絲籠子不教開。宫碁赢得人將去，卻進君王道睹（賭）來。”

“欲得藏鈎語少多，嬪妃宫女任相和。每朋一百人為定，遣賭三千疋彩羅。”

“兩朋高語任爭籌，夜半君王与打鈎。恐欲天明催促漏，羸（赢）朋先起舞纏頭。”

第二十四首言宫中美女受到君王的恩宠，被赐予名贵的梅花，她特意用银丝做的笼子保护起来，不让人打开。然而却在玩宫棋的过程中被人赢走了，只能把与人赌棋的事如实向君王禀奏。第二十六首则言为了增加藏钩游戏的难度，嫔妃和宫女任意组合成两队，每队一百人，以三千匹彩罗为赌注。《记纂渊海》卷八十九“藏钩”条云：“齐人高映善意彄，段成式尝于荆州藏彄，每曹五十人，十中其九。映言但意举止辞色，若察囚视盗也。”其中的“藏彄”即藏钩，齐人高映常能在每队五十人的游戏中猜中把钩者，众人即以之为奇。而宫中每队一百人的游戏与此相比，规模更大、难度更高。第二十七首写参加藏钩游戏的两队人大声说话、试探彼此，都想要争得游戏的筹码，君王亦乐得参与其中，与他们通宵达旦地玩乐。

第三十五首、三十六首则反映了打球、看球等娱乐活动：

“先换音聲看打毬，獨教一部在春樓。不排次第排恩澤，把板宫人立上頭。”

“寒食兩朋坊内宴，朝來排□為清明。飛龍更取并州馬，催捉（琔）毬場下踏城。”

第三十五首写宫中观看马球赛时要设乐助兴，只有教坊中第一等的音乐部门才有资格在春楼演奏。演奏的位置决定了观看的位置，那些演奏拍板的宫人由于得到了君王的恩惠，被安排在春楼的最顶层。其中的“把板宫人”指演奏拍板的宫女。拍板是唐代产生的一种新乐器，主要用来击节按拍，在当时很受欢迎。[4]“一部”则指教坊中第一等的音乐部门。白居易《琵琶行》诗中有“名属教坊第一部”句，其中的“第一部”与此诗中的“一部”义同。第三十六首写参加马球比赛的两队人马刚刚参加了寒食节的宴会，第二天早上就是清明节了，他们次第排开，拉来并州等地的名马，催人把球场收拾平整。诗中的“捉”字，敦煌写本原卷本为“捉”，左侧的提手旁有涂抹的痕迹。徐俊先生校为“促”[5]，蒋冀骋先生校之为“琔”，将“催琔”释为“催人整理”之义。[6]按照文意，应以“琔”为确。其中的“踏城”一词，则类似于现在马球运动过程中的一道程序：踏草皮。在马球比赛过程中，由于马的奔驰和骤停，马场上会被掘出一些凹凸不平的地方，这就需要在比赛间隙踏实场地，使之平整。

三、敦煌写本《宫词丛钞》所反映的其他宫廷生活琐事

此外，敦煌写本《宫词丛钞》还反映了君王处理政事、宴饮群臣等事宜，以及观测天象、御膳供应、御衣织造、花卉栽植、节日习俗等宫中日常琐事。

如第三首、第四首、第五首、第六首、第二十八首、第三十三首不仅表现了朝会、立仗、宴飨等皇家礼仪，还反映了君王处理政务、赏赐功臣等具体事宜：

“朝庭（廷）賞罰不逡巡，宣事書家出各頻。當日進黄聞數紙，即憑酬答有功人。”

“中書奉勑當時行，盡集朝官入大明。遠國戎夷修下禮，聖朝天子得蕃情。”

“內宴功臣有舊儀，會寧陳設是恩私。伶人奏語龍墀上，如說三皇五帝時。”

“君王閑靜欲聽歌，西面銀臺課事多。恩澤不曾遺草木，朝來三度進喜（熹）和。”

“批答封章不再尋，少年宣史（使）稱君心。近來闇讀羲之帖，學得行書勝翰林。”

“百司供擬甚芬芸，丹鳳重修了奏聞。明日禁兵皆立丈（仗），金鵝襖子賜將軍。”

前四首诗反映了当时政治清明、赏罚及时，大唐国力强盛，四方之国皆入大明宫朝拜天子。皇帝对有功之臣恩遇有

加，专门在皇宫中的会宁殿设宴款待，伶人们在宫殿的台阶上演奏起舞，说唱着宛如三皇五帝时代的辉煌。在这安闲宁静的盛世，皇帝仍不忘处理考核官吏政绩等事宜，如同清晨的阳光，将恩泽施于万物。其中提到的四方之国争相朝见的景象，《资治通鉴》卷第一百九十八亦有记载，言唐太宗执政时期“四夷大小君长争遣使入献见，道路不绝，每元正朝贺，常数百千人”。第二十八首写宫中有个行书写得很好的少年宣使，能助君王批答机密的奏章，深得君王赏识。第三十三首写百官供应之物甚多，不仅重新修缮了大明宫正南面的丹凤门，还在阶前禁军立仗之时，将织有金鹅图案的战袄赐予禁军的将领。战袄上所织的绣纹代表着将军的品级。《格致镜原》卷十六“战袄”条引《中华古今注》云：“至武德元年，高祖诏其诸卫将军，每至十月一日皆服缺胯袄子，织成紫瑞兽袄子。左右武卫将军服豹文袄子，左右翊卫将军服瑞鹰文袄子。其七品已上陪位散员官等皆服绿无文绫袄子，至今不易其制。”虽然其中并未提及金鹅袄子，但在这之前，生活于唐文宗年间的李廓《长安少年行》诗中有“玉雁排方带，金鹅立仗衣”句，亦描述了当时的卫队将领在殿前立仗时被赐予金鹅袄子、无比荣耀的情景。诗中的“禁兵”指北衙禁军，唐代前期的朝会仪仗主要由南衙禁卫军的“三卫”担任。《新唐书·仪卫志》云：“凡朝会之仗，三卫番上，分为五仗，号衙内五卫：一曰供奉仗，以左右卫为之；二曰亲仗，以亲卫为之；三曰勋仗，以勋卫为之；四曰翊仗，以翊卫为之，皆服鹖冠、绯衫裌；五曰散手仗，以亲、勋、翊卫为之，服绯施裲裆，绣野马，皆带刀捉仗，列坐于东西廊下。”中唐以后，南衙禁卫军的力量逐渐削弱，北衙禁军中的神策军也常在御楼前立仗。[7]这首诗所写即为北衙禁军在阶前立仗受赏的情形。

第八首、第九首、第二十九首体现了观察天象、御衣织造、御膳供应等事宜：

“寒更絲竹轉泠泠，月過猶殘色在庭。坐上司天封狀入，南方初見老人星。”

“掖庭能織御衣人，福（幅）尺襟襴盡可身。鬪染□□顏色好，水波紋裏隱龍鱗。”

“內家供應万般齊，無故宮門使檢題。尚食為盤三百面，引行先把一株犀。”

据《唐会要》卷四十二记载，开元十二年，“以八月自海中南望老人星，殊高。老人星下，众星粲然”。据《册府元龟》卷二十四《帝王部·符瑞》第三记载，唐太宗贞观十九年、二十年、二十一年，唐玄宗开元七年、二十一年、二十四年、二十九年，唐玄宗天宝十四载，唐肃宗至德二年、上元二年，唐代宗宝应元年皆有“老人星见”，掌管天象事务的官员谓此天象象征着“人主寿昌”“万人安常”“国多贤士”。第八首诗就写到了寒夜里的弦乐声变得更加清越，庭院间还留着将落的月儿的光影，君王在座席间收到了掌管天象的官员的奏章，说南方有老人星出现。此处亦是以老人星的出现来寓意大

唐盛世的承平景象。

唐代的掖庭，主要居住着一些受皇帝冷落的妃嫔以及罪臣的女眷。《唐六典》卷十九·司农寺云：“若犯籍没，以其所能各配诸司，妇人巧者入掖庭。”被选入掖庭的罪臣女眷皆是持有一定技艺的，其中就包括一些善于织造衣物的能人。第九首诗写掖庭能人缝制的各种衣物皆宽窄合身，他们争相染就颜色夺目的丝织品纹样，如同龙鳞在水波中隐现。白居易《新制绫袄成感而有咏》就提到一种用水波纹绫制成的袄：“水波文袄造新成，绫软绵匀温复轻。”

唐代百司向宫廷供应的各种物品都要经过严格检查，尚食局主要掌管皇家饮馔，会对所供应的各类食品、饮品、药品进行严格地监管。《唐六典·内官宫官内侍省》：“尚食掌供膳羞品齐之数，总司膳、司酝、司药、司饎四司之官属。凡进食，先尝之。”如果所进奉的食物不干净、不合时宜或在进奉前没有试尝，都要被重罚。《唐律疏议》第二十三条云：“诸造御膳，误犯食禁者，主食绞。若秽恶之物在食饮中，徒二年；简择不精及进御不时，减二等。不品尝者，杖一百。”第二十九首诗就写到了供应给尚食局的三百面盘子，在进入宫门之前要先用犀角检验。古人认为犀角有驱毒辟邪的功效，《本草纲目（金陵本）》 第五十一卷云：“时珍曰：‘犀角，犀之精灵所聚，足阳明药也。胃为水谷之海，饮食药物必先受之，故犀角能解一切诸毒。’”《全汉文》卷十一引《奏上赵皇后书贺正位》云，赵飞燕登上皇后之位后，她的妹

妹赵合德准备了二十六种礼物来庆贺，其中就包括“文犀辟毒箸一双”。

第二十五首、第三十四首反映了宫中花卉的养护细节以及节日习俗：

“牡丹昨日吐深紅，移向新城殿院中。欲得且留顏色好，每窠皆著碧紗籠。”

“寒光憔悴暖光繁，推曆今朝是歲元。宮裹玉釵長一尺，人人頭上戴春幡。”

中唐时期，深红牡丹应属稀有品种，寻常百姓很难看到。段成式《酉阳杂俎》提道：“兴唐寺有牡丹一窠，元和中着花一千二百朵。其色有正晕、倒晕、浅红、浅紫、深紫、黄白檀等，独无深红。”第二十五首诗就写到这种深红牡丹一开花就被移植到新城宫殿的院落中，为了留住这种美丽的颜色、延长花期，把每棵牡丹都罩上了碧纱笼。这首诗可能写于唐末，因为其中所提到的“新城”建于唐昭宗天佑元年（904年）。据《长安志图》记载，“新城，唐天祐元年匡国节度使韩建筑。时朱全忠迁昭宗于洛，毁长安宫室、百司及民庐舍，长安遂墟。建遂去宫城，又去外郭城，三重修子城，即皇城也。南闭朱雀门，又闭延喜、安福门，北开玄武门，是为新城。”关于诗中的“碧纱笼”，王定保《唐摭言·起自寒苦》有“二十年来尘扑面，如今始得碧纱笼”的句子，讲述了王播诗以人重的故事，说他年少时家境贫苦为僧人嫌恶，后来做了高官重游故

地，发现曾经在院墙上题写的诗都被碧纱笼遮着，精心保护起来了。其中的“碧纱笼”，有防止风尘侵蚀的作用。此诗中的“碧纱笼”亦有防烈日防狂风的功用。

唐代在立春日有佩戴春幡春胜的习俗。春幡即春旗。唐代之前，即有立春日在门外或车上悬挂春幡的习俗。《后汉书·礼仪志》曰：“立春之日，夜漏未尽五刻，京师百官皆衣青衣，郡国县道官下至斗食令史皆服青帻，立青幡，施土牛耕人于门外，以示兆民，至立夏。”其中的“青幡”即是春幡。到了唐代时，这种习俗渐渐演变为将小旗插在头上。[8]这种小旗一般由彩绢或彩纸裁剪而成。第三十四首诗中的“岁元”即指“立春日”，其中的“宫里玉钗长一尺，人人头上戴春幡”就描写了宫中女子将春旗缀于玉簪，插戴在头上的情景。

四、敦煌写本《宫词丛钞》反映了妃嫔宫女的内心世界

敦煌写本《宫词丛钞》多以女子口吻出之，她们流连美景、悠游嬉戏，然而命运始终牵系于君王的宠幸与否。如第十三首、第二十二首、第三十七首皆反映了嫔妃宫女们渴望得到君王宠幸的心理：

“新候恩光日日臨，宮中咒願意皆深。頻（嬪）妃□□□□□，綴著春人當背心。”

“春天暖日會妃嬪，各各梳頭出樣新。鵲語下堦爭跪拜，願令恩澤勝傍人。”

“不出閨闈三四年，卷廉（簾）唯見四時天。如今歌舞渾新去（法），爭得军（君）王换（喚）眼前。”

第十三首写后宫的嫔妃们向天祈祷，希望君王的恩泽日日常临，她们把浓浓的心意都缝缀在给君王所做的夹背心上。第二十二首写风和日暖的春日，君王召集众妃嫔来见，妃嫔们为了赢得君王的宠爱，不仅在发式上争奇斗新，还对着传语的喜鹊跪拜祈祷。古人认为喜鹊叫声兆示着喜事将临，唐代即有拜祝喜鹊的习俗。《太平广记》卷第一百三十八·征应四《孔温裕》篇云：“一日，有鹊喜于庭，直若语状。孩稚拜且祝云：‘愿早得官。’鹊既飞去，坠下方寸纸，有‘补阙’二字，极异之。无几，却除此官。”王建有《祝鹊》诗云：“神鹊神鹊好言语，行人早回多利赂。我今庭中栽好树，与汝作巢当报汝。”此诗亦是闺中女子对着喜鹊祝祷，希望远方的丈夫平安归来。第三十七首诗中的嫔妃已经三四年没有离开所居住的地方了，她每天卷起珠帘，只有四季的天空相伴。她想改变被冷落的现状，就学了全新的歌舞法式，想要以此来争得君王的宠爱。

第三十一首、第三十八首则从正面、侧面分别反映了宫女内心的寂寞：

“夜飲宫人總醉醒，起來逢下在中庭。金爐排火珠簾外，每處曨曨真獸形。”

“君王欲幸九城（成）宫，便著羅衣換水紅。聞道五坊新逐鶻，莫交鸚鵡出金籠。”

第三十一首写宫中的女子只能靠夜里饮酒来消解寂寞，却总在醉梦中醒来，在空荡荡的厅堂间行走。只见珠帘外金炉中的线香还在燃烧，映照得龙形的金炉如同真兽一般。诗中的“金炉”是古代的一种焚香计时的仪器，形如龙船，龙的水平脊背上燃着线香，线香上悬挂的丝线上安有铜锤。[9]拂晓之时，线香将要燃尽，龙头的地方就会转暗。所以中唐诗人韩愈《奉和库部卢四兄曹长元日朝回》诗云“金炉香动螭头暗，玉佩声来雉尾高”。此诗中的宫人眼睛盯着计时的金炉，等待着时间一点点流逝，表达了漫漫长夜的寂寥。王建《白纻歌二首》中有“夜天曈曈不见星，宫中火照西江明。美人醉起无次第，堕钗遗珮满中庭”的诗句，与此诗所描述的情景相类。

第三十八首则写一位长久待在皇宫中的嫔妃听说君王要行幸九成宫，欣喜不已，她为了此次出行特意换上了水红色的罗衫，希望还能见到九成宫金笼里豢养的鹦鹉，表现了长期禁闭在深宫中的女子对外面世界的向往，也从侧面反映出深宫生活的寂寞。九成宫是唐代重要的行宫，据《旧唐书》《新唐书》《资治通鉴》等史书记载，唐太宗、唐高宗都曾多次游幸九成宫，但中唐以后并未有帝王巡幸九成宫的相关记载。而诗中所提到的“五坊”设立于唐玄宗开元年间，中唐以后出现了“五坊小儿”的弊政。据《旧唐书》记载，唐德宗、唐文宗即位后都曾释放五坊鹰犬，唐德宗“诏文单国所献舞象三十二，令放荆山之阳，五坊鹰犬皆放之，出宫女百余人”，唐文宗下诏“五坊鹰犬量须减放。内外修造事非急务者，并停。出宫人三千，省教坊乐工、翰林伎术冗员千二百七十人，纵五坊鹰犬，停贡纂组雕镂、金筐宝饰床榻”。据《资治通鉴》记载，唐顺宗曾经试图废除“五坊小儿”的弊政：“常贡之外，悉罢进奉。贞元之末政事为人患者，如宫市、五坊小儿之类，悉罢之。”此诗中所言“五坊新逐鹘”可能即指释放五坊鹰犬或废除“五坊小儿”的史事。

第三十九首则描写了宫中的女乐人受宠时的娇憨慵懒之态：

琵琶擀撥紫檀槽，弦管初張調鼓高。理曲遍來雙腋弱，教人把筯餵櫻桃。

任半塘先生推断此诗可能仿拟自中唐诗人张籍的《宫词》诗：“黄金捍拨紫檀槽，弦索初张调更高。尽理昨来新上曲，内官帘外送樱桃。”五代时期，和凝所写的《宫词》诗“金鸾双立紫檀槽，暖殿无风韵自高。含笑试弹红蕊调，君王宣赐酪樱桃”亦提到了宫中的琵琶乐女受赐樱桃的事。写本中的“擀”与张籍诗中的“捍”互为异体字。此诗的后两句写到琵琶乐女弹遍所有的曲调后两腋疲弱不堪，让人拿着筷子喂食樱桃的细节，十分生动地展现了宫女撒娇的情态，比张籍所写更胜一筹。

【参考文献】

[1]张锡厚,田奕.敦煌本《宫词》残卷探微[J].文献,1991(4): 21.

[2]徐俊.敦煌诗集残卷辑考[M].北京:中华书局,2000:647.

[3]王昱东.唐墓壁画中所见拂尘[J].文博,2000(4):52.

[4]幸晓峰,沈博,钟周铭.南方丝绸之路文化带与中国文明对外传播与交往[M].成都:电子科技大学出版社,2017:221.

[5]徐俊.敦煌诗集残卷辑考[M].北京:中华书局,2000:648.

[6]蒋冀骋.敦煌文献研究[M].长沙:湖南师范大学出版社,2005:191.

[7]朱德军.中晚唐关中诸军赏赐问题探微——以立仗军士为中心[J].唐史论丛,2016(1):145.

[8]张锡厚,田奕.敦煌本《宫词》残卷探微[J].文献,1991(4): 28.

[9]宋月航,谁道花无百日红 古诗里的科学奥秘[M].成都:电子科技大学出版社,2018:277.

图书在版编目（CIP）数据

敦煌诗集佚诗、佚句、异文丛考/张琴著. -- 太原：山西经济出版社，2023.7

ISBN 978-7-5577-1117-7

Ⅰ. ①敦… Ⅱ. ①张… Ⅲ. ①古典诗歌—诗歌研究—中国 Ⅳ. ①I207.22

中国国家版本馆CIP数据核字（2023）第024558号

敦煌诗集佚诗、佚句、异文丛考

DUNHUANG SHIJI YISHI YIJU YIWEN CONGKAO

著　　者：张　琴
出 版 人：张宝东
责任编辑：李春梅
助理责编：马　睿
内文设计：华胜文化
封面设计：张永文

出 版 者：山西出版传媒集团·山西经济出版社
地　　址：太原市建设南路21号
邮　　编：030012
电　　话：0351—4922133（市场部）
　　　　　0351—4922085（总编室）
E-mail：scb@sxjjcb.com（市场部）
　　　　zbs@sxjjcb.com（总编室）

经 销 者：山西出版传媒集团·山西经济出版社
承 印 者：山西基因包装印刷科技股份有限公司

开　　本：889mm×1194mm　1/32
印　　张：10.5
字　　数：210千字
版　　次：2023年7月　第1版
印　　次：2023年7月　第1次印刷
书　　号：ISBN 978-7-5577-1117-7
定　　价：58.00元